真葛と馬琴

小室千鶴子

郁朋社

真葛と馬琴

一

カナリアが不意に啼《な》いた。机にかがみこんで夢中で筆をはしらせていた馬琴は、おどろいたように鳥かごを見あげる。はたして猫が、隣家の屋根から目だけ光らせている。馬琴は『八犬伝』を書きながら、犬も猫もきらいだ。いまいましさに、しっしっ、とおいはらう。

そのとき階下で女の声がした。また来客か。長女のおさきは、あいにく留守だ。馬琴は無視をきめこむ。猫といい、不意の客といい、馬琴には我慢ならない。それでも女はしつように呼びたてる。馬琴は腹をたてながら、傾きかけた階段をのろのろ降りる。

みると玄関先には五十前後の尼が、従卒をつれて立っていた。

「あるじは不在で、しばらく留守をたのまれたもので」ぶあいそうに居留守をつかう。

尼はそれではと、おもむろに懐中から一通の封書と、お肴代と記した金包み一封をとりだすと、手にした袱紗《ふくさ》につつんだ草稿三巻をひろげて、馬琴の前にさしだした。

「わたくしは霊岸島の松平家の中屋敷に住むものですが、これはみちのくの親しきものから、こなたさまのあるじ殿に、お届けするようにと送ってまいったもの……」

「あるじは、どなた様からたのまれても、かようなものは受けとれません」

おひきとりをと、馬琴はかたくなに押しかえす。すると尼は眼に笑いをにじませ、

「ともかくお預かりを……明朝巳の刻（十時ごろ）にまた……」と、去っていった。

居留守をみぬかれた。それも尼の勝気そうな面ざしが、十九で亡くした母もんに似ている。その動揺のせいか、不覚にもあずかってしまった。霊岸島といったが松平家の老女か。しかたなく書斎にもちかえると、封書をひらいてみた。みごとな筆跡だが、

（馬琴さま、みちのく　真葛《まくず》）と、ある。これではいかなる身分のものか、わからない。

馬琴は不快になった。尊大なる文章からして、おおかた仙台候の側室かなんぞが柔媚《じゅうえん》生活にあいて、草紙めいたものでも編んで、自慢するために送ってよこしたのか。

しかも自分のことを馬琴様など戯作の名でよぶのは、侮蔑もはなはだしい。今でこそ町人に身をおとしたが、父祖代々れっきとした武家の出で、本名は滝沢清右衛門、解《とく》である。

馬琴はむっとしながら、冊子をめくる。すると意外にも婦女子の手すさびとはおもえぬ物価財政のことなど書いた随筆である。それも馬琴がもっとも大事とする儒教批判にはじまり、皇室や公家の批判、幕府、諸藩のうかつさ、町人の狡猾さなど、好き勝手を書いている。その論旨の幼稚さはともかく、憂えるのは国家の経済にあるようだ。

女の身で、かようなことを考える婦人には、これまで会ったこともない。かすかに好奇心にかられる。それも文末までくると、

（何も知らぬ女のこと故、めったむしょうに云いたき事をいふ。腹あんばいに御なおし頼入候）とあるではないか。

馬琴は憤慨した。これが人にたのむときに使う言葉づかいか。何も知らぬ女といいながら、いいたい放題ではないか。彼は和漢の故事を援用し、ながながと相手を非難する返事を書いた。そして翌日

尼がくる時間になると、娘のおさきに渡して、息子宗伯《そうはく》と馬琴の妻お百の住む神田明神下に出かけてしまった。

「いいな、相手は尼君であるが、はっきり断ってくれ」

馬琴の客嫌いは、いまにはじまったことではない。それに手紙や文章では、完膚なきまでに相手を批判しないと気がすまない馬琴だが、面とむかうと文句の一言もでない。

小心なのか、それとも父が信奉する儒学の教えとは、そうしたものなのか、おさきにはわからない。それでも大真面目な顔でいわれると、だまってうなずくしかない。

それに昨年文政元年（一八一八年）うつりすんだ神田明神下の弟宗伯の新居からは、毎日のように母親のお百から呼び出しがある。そのつどいやな顔もせず馬琴が出向くと、やれ隣家の御家人伊藤家の犬が押し入ったの、猫が台所の羽目板に爪音をたて、宗伯も自分も一晩中神経をたかぶらせてねむれなかったのと、たわいのない話を聞かされる。戯作に忙しい馬琴が、じつに根気よく、妻や息子の苦情に聞き入っている様子をおもうと、おさきは正直父親が気の毒でならない。それでも馬琴は長男にすべての期待をかけているのか、ようやく開業させた宗伯の医院に、いそいそとでかけていく。

その六尺あまりの恰幅のいい背中を見おくると、おさきは二階の馬琴の書斎にあがる。狭い部屋の中にぎっしり積まれた蔵書にはたきをかける。とにかく足の踏み場もなく、冬など火鉢を置く余地もない。それでも、きつくしぼった雑巾で机のうえをふくと、草稿らしき束が目にとまった。めずらしいこともあるものだ。こうした原稿のたぐいは数多く送られてくるが、一度として預かったことはない。すべて送り返している。

昨日自分の留守に五十年配の尼がたずねて置いていったそうだが、どんなやりとりがあったのだろう。おさきは好奇心にかられたが、西日に焼けた畳をふいて、鳥かごのカナリアに餌をやるうち、尼のことはいつしか忘れていた。

そこへ階下から、気丈そうな声がした。

おさきが入口の戸をあけると尼僧がたっている。老尼ときいていたが、みたところまだ四十前後の上品そうな女性である。

まあ、十歳も年上にみるなんて、おきのどく、おさきはふきだしそうになる。

馬琴はことさら女性がにがてだ。面とむかうと気の毒なくらいうろたえて、もともと訥弁《とつべん》なのが、いっそう言葉につまるらしい。

それなのに、父のかく『八犬伝』の読本は、なぜか婦女子のあいだで大人気なのである。

八犬士《はっけんし》織《おり》の金襴緞子《きんらんどんす》がはやり、錦絵となり、絵本となり、浄瑠璃になり、犬の芝居は江戸大坂に大入りをとり、深川の芸者の七人のうち五人までが犬張子の下げ物をしているという。

しかも大名家の側室や後室、名家の婦人らが父の崇拝者として、しきりと文を送ってよこす。婦人のみならず、大名家や高名な家、裕福な町人らの招きもおおいが、そのいずれをも父はがんとして、ことわっている。だから父への評価は真っ二つに分かれている。

権貴にへつらわぬ高潔な人格者、まさに『八犬伝』の義士たちのようだ。そういわれる半面、戯作者ごときが横柄で偏屈なのは、鼻もちならないと、非難の渦にさらされる。

おさきが父の手紙をわたすと、尼は、お約束でしたのにと、腹をたてたようすで、

「お父上は、まことお留守にございまするか？」うたがうそぶりで、奥などうかがう。

おさきが黙ってうなずくと、あきらめたように手紙をひらく。みるみる色白の顔に赤く斑点がひろがる。くやしさのあまり、きつく結んだ唇のはしに、細かなしわがよっている。

尼が衣のすそをひるがえして、ぶぜんと表へでるのを、おさきもあわてて見おくるが、小柄な尼の姿はいちはやく路地の角にきえていた。そのとき用水桶の陰から、御殿女中らしい御高祖頭巾《おこそずきん》の女が、あわてたようにかけだしていくのがみえた。

おさきは苦笑しながら玄関の戸をしめる。

父の『八犬伝』が評判をとると、著者の顔をひとめみようと、家のあたりをうろうろする女人がふえた。なかには父がつくって売りだした、ふじんのみち諸病の妙薬など売薬をもとめるのにかこつけて、家のなかをうかがったりする大胆な読者もいる。さらには十年越しに、熱心に弟子入りをねがって、文など送ってよこすひともいるという。

それだけに、おさきには尼君とのやりとりが気にもなる。いったい父は、どんな手紙をかいたのだろう。だいいちあの怒りようは、尼らしくもない。父は娘の教育には厳しく、とりわけ女が感情をあらわにすることは見苦しいと、たしなめる。

おさきが十七歳で、行儀見習いのため立花候の奥に仕えたのも、昨年奉公先を下がらされたのも、ただ父の命令におとなしく従ってのこと。

それも、宗伯が神田明神下に医院を開業したことで、母親が新居にうつると、飯田町中坂の家にひ

とり残った父の世話をするためである。ことごとく父に反抗する妹のおゆうが、すでに二度目の縁談で嫁いでいるのに、おさきは二十五にもなってまだ独り身である。

買い物から煮たきまで、一人できりもりしている。しかも世間体を気にする父は、娘が日々の買い物をするのに、ていさいがわるいと日が落ちてからにさせる。

寒い冬の日はおちやすく、おさきはかじかんだ手に息をはきつけ、店先にたつ。それも、毎年冬には置く下男も、年ごろの娘がいる家だからと断ってしまったせいで、ひとりだけいた下女も、昨年の七月から姿をかくしてしまった。

きっかけは、田舎出の下女の口のきき方が悪いと、父が説教したからだ。それも『万葉集』をひきあいに、二日もねちねちとされると、下女は、足はしびれるわ、ねむくなるわ、しまいには畳をむしりながら、大あくびを連発する。そしてその晩には逃げだしたという。

それでも、おさきは父との暮らしがいやではない。母親と宗伯は、そっくりの気性で癇癪《かんしゃく》もちのうえ、じつに多病であった。しじゅう、あちこち具合が悪いと寝こんでいる。

それにくらべて、おさきは父ゆずりの大柄な体のせいか、風邪をひいてもあまり寝こまない。仲のいい弟の宗伯は子牛のようだとからかうが、たいして気にもならない。

おさきは帯紐をつかむと袂をたすきがけにしめる。障子をあけ、はたきをかけて、きつくしぼった雑巾で畳の目をふく。そうして十坪たらずのあばら家を、チリひとつないまでにみがきあげると、額の汗をぬぐう。

これから夏になると、父の書斎には西日が照って、夜まで瓦のいきれが強く、から風呂に入っているような苦しさに悩まされる。それでも、おさきが手入れした家には、さわやかな風がふきわたって、ここちよく感じられる。

　おさきは雑巾をもつ手をやすめて、軒下につるした鳥かごのカナリアを見る。そのとき路地をわたってくる下駄の音が、かつかつとひびいてきた。見おろすと、いつものように広い肩をはって、大股で歩く父の姿が見えた。気のせいか、足音はいつもより軽々と聞こえる。なおもながめていると、ふいに空を見あげた馬琴と眼があった。

　叱られる。とっさに首をひっこめ、階段を転がりおり、三つ指ついて出むかえる。いつもなら大目玉のひとつもくらうところだが、めずらしいことに、父はやさしい声でいう。

「おさき、茶をのもう。おまえも、すこしはゆっくりしなさい」

　そういえば、父が独り暮らしをするのは、所帯をもって初めてのことらしい。家族から解放されたせいか、父の表情には、いつもの渋面さはなく、むしろのびやかな明るさがただよってみえた。

二

馬琴の元飯田町中坂の家をでて、従卒がまたせておいた駕籠にのると、萩尼栲子《はぎにたえこ》はこみあげてくる悔しさをかみしめた。栲子には、遠いみちのくでひたすら返事をまちわびる姉の真葛の気持ちが、いたいほどわかる。

それなのに、馬琴は初対面では居留守をつかい、それも横柄な態度で。あれでは誰だって、とうの主人だとばれているのに。しかもその返事といえば、ろくに真葛の草稿を読んでもおらず、ただ形式的に姉の非礼をあげへつらい、なじっているにすぎない。

馬琴さまと戯作者名でよんだとか、みちのくの真葛とはなれなれしい、人にものをたのむのに失礼だろうなど、まるで女のようにこまごま言いたてる。あんな大男のくせに、なんという心のせまい、小人だろう。やはり世間のうわさは、まことかもしれない。

馬琴のかく戯作《げさく》は、儒教の「勧善懲悪《かんぜんちょうあく》」の教えをかたくまもり、しかも女子、小人はやしないがたし、と、孔子のいうことを信じて、女性をあしざまに見くだしているという。

それにもかかわらず、馬琴の戯作は、発売されるや飛ぶように売れる。しかも読み手の半数ちかくは、馬琴が一段低くみている、その女性たちなのだ。

松平家の奥女中らのなかでも、馬琴の読本は、『源氏物語』とおなじくらい、人気がたかい。発刊の当初から、大好評をとった『椿説弓張月《ちんせつゆみはりづき》』など、その硬質な筆にもかかわらず、女たちはきそって読み、まるで自分が悲劇の主人公になったような気になる。

たしかに馬琴がかく戯作は、これまでの草紙の書き手が、ひとつの世界をかくのに、たった一つのネタ本で、てきとうに処理してしまうのとはちがっている。

弓張月は、これまで歴史の陰に押しやられていた悲劇の英雄、鎮西八郎源為朝《ちんぜいはちろうみなもとのためとも》と、その妻白縫姫《しらぬいひめ》を主人公とする物語で、その壮大な浪漫の世界は、奥に閉じこめられている女たちの外への夢を、これでもかこれでもかと、かりたてる。

しかも強烈な個性をもつ脇役たちとのからみも痛快で、やがて主人公為朝が、琉球国の中興の祖になるという結末には、海にかこまれた日本人が心の奥そこにいだいている、南島や海洋へのあこがれともなって、雄大にして、怪奇と冒険にみちた物語となっている。

それに挿絵は、江戸の人気画師、葛飾北斎《かつしかほくさい》である。

こうして馬琴の『弓張月』は、発刊の当初から、爆発的な人気となった。評判は江戸のみならず遠い京坂《けいはん》にまでとどき、いまでは馬琴の名声は全国に知れわたっている。

栲子は尼になった気楽さで、江戸中の草紙、読本をかいあさっては、読みふけった。だから正直、著者である馬琴には、あってみたい好奇心もあって、姉にいわれると、いそいそと出かけたのである。

それだけに馬琴のとった傲慢な態度には、がっかりさせられた。馬琴の評判があがるにつれ、世間はやっかみ半分、戯作者のくせに横柄だの、不遜だのと、あしざまにいう。とくに三年前に山東京伝《さんとうきょうでん》が死んだときなど、ひともんちゃくあったそうで、うわさずきの江戸っ子をよろこばせた。

京伝といえば、長い間戯作の第一人者で、風来坊だった若いころの馬琴を家に寄食させ、彼が戯作者として世にでるのを助けた、もじどおりの恩人だそうだ。

その京伝の葬儀に、とうの馬琴は顔をださず、息子の宗伯を代理として参列させた。これには京伝の弟の京山が怒った。以後京伝の関係者とは険悪な仲になっているという。

梏子は、そんな巷の馬琴のうわさをおもいだすと、急に気がおもくなった。するといつもは慎重で思慮深い姉が、どうして苦心してかいた自分の著作の手直しと、出版の依頼を、馬琴になんぞたのんだのだろうか、いぶかしげに首をかしげて、梏子ははっとした。

それほど姉には、もう頼るべき人々はいないのだ。せめて村田春海《はるみ》が生きていてくれたら。姉はこの江戸でも有名な国学者を、実の叔父のように春海おじと慕っていたのに。

その春海という人は、賀茂真淵《かものまぶち》の高弟で江戸国学者を代表する学者にもかかわらず、派手な豪遊ぶりで、代々つづいた家業の干鰯問屋をつぶしてしまったという。

ものにとらわれぬ歌いぶりや、おおらかな人柄で、父の親友のひとりだった。幼かった姉の書いたはじめての一文をほめてくれ、また姉が仙台藩只野《ただの》家に後妻に入ったのちも、姉がかいた道の記や紀行文を読んでくれ、おおいに賞賛してくれたという。

その都度、姉のうれしそうな便りがとどいて、梏子はほこらしく思ったものだ。

春海なら、父平助のことも、工藤家のことも、遠いみちのくに嫁がざるをえなかった姉の悲痛な胸中も、なにもかも分かってくれている。

それなのに、あの大男の馬琴はただ形式のみを重んじて、姉の草稿をほうむろうとしている。梏子はあらためて馬琴に腹をたてた。そうして心にちかうのだ。

たとえどんな嫌な目にあおうと、姉の草稿は馬琴から出版の労をとってもらおう。そのことができるのは江戸にいる自分しかないのだから。

そうおもうと、急に表の騒がしさが気になってきた。駕籠からのぞくと、いつしか日本橋の雑踏をはしっている。やがて書肆《しょし》須原屋の看板が見え、店頭には草紙や読本をながめる客の姿があった。

栲子は従卒に声をかけ、駕籠をおりた。書肆の前には馬琴の『八犬伝』が山積みされている。栲子の目の前を、白練《しろねり》裾模様の小袖をまとった奥女中風の女が、馬琴の本を手にとると番頭になにか話して持ちかえった。女の小袖は、幼かった姉が父の往診先の大名家の奥女中からもらったという着物にそっくりで、栲子はなつかしげにみとれた。

それはよほど上質な着物だったのか、長姉の真葛から、次女のしず子、三女のつね子と着まわして、十七歳年下の栲子までは十分袖をとおせたのに。

「栲子は活発で、男の子のようだから……」

母が心配したとおり、とうとう末の妹照子まではまわらなかった。

尼になってかんざしも、小粋な小袖にもえんがなくなって、紅をさすよろこびもなくなった。けれど、どこにでも身軽に出かけられる気楽さができた。

それでも黒髪をおろしたときは、さすがに侘びしくて、みちのくの姉につたえると、

「まあ、なんてはやまったことを……女の生きる道は、いろいろあったでしょうに……」

姉は、自分が遠いみちのくにいるので、そんな大事なことを誰にも相談できずに独りで決めてしまった妹を不憫《ふびん》がった。せめて身近にいたら力にもなれたものと、遠いみちのくに閉じこめられているの

を悔しがり、みずからを責めるような手紙がとどいた。

そういえばいつだって姉は一家のなかで一番聡明で、思慮深かった。

おなじ奥奉公しても、姉は仙台藩主重村夫人に気に入られ、息女詮子《あきこ》さまの嫁ぎ先、井伊家にまでつき従っている。そこには姉なりの苦労があったようで、栲子が田安家の奥奉公にでるというと、人との交わりの難しさをさとしてくれた。

ところがもともとさっぱりした気性で顔立ちも若衆じみていた栲子は、奥奉公にあがっても、同性に妙な人気があった。武家出身と町人出の奥女中の間には超えられぬ敵意があり、陰湿な争いは絶えなかったが、栲子はそのいずれの陣営からも敵とは思われなかったようなのだ。姉のように思慮深くないのが幸いしたのだろうか、栲子はくすりと笑うと、聡明な姉の顔をおもいうかべた。

あの姉が馬琴を選んだのは、自分などおもいもつかない深い考えがあってのこと。そう思いつくと、栲子は妙にさばさばした気持ちになっていた。

そのとき、武家の女房らしい女が、すれちがいざまにふりかえって、声をかけた。

「瑞祥院《ずいしょういん》さま？……ああ、やっぱり萩尼さまでございますか。わたくし、越前松平家で仲居をしておりました、しのでございます。」

上屋敷で老女格だった栲子には、しのという女にはさしたる記憶もない。それでも相手は栲子にあえたのがうれしいらしく、美しい顔をほころばせてかけよった。

「お暇をいただいて、まもなく御家人加藤の家に嫁ぎましたの。それから夫が丹後の陣屋の手付役人となって赴任しましたので私も同行して、つい先月江戸にもどったばかり。そうそう瑞祥院さま、たちばなしもなんでございます。ちょっとそこらの茶店で……」

おしのは笑いながら一軒の店にはいる。

稀なる美貌だが、ちょっとはすっぱな笑いに、栲子はおもいだした。おしのは、たしか神田明神下の八百屋の娘だとか。そういえば上女中と下女中のあいだの仲居をつとめていた。仲居といっても越前家の奥奉公にはちがいない。町人の娘でも無事つとめれば、たいそう立派な経歴になり、やめたあとには良縁にもめぐまれる。

おしのは甘茶をすすると、つやつやしたお歯黒の口元をすぼめて、

「丹後の陣屋におりましたとき知りあった尼さまが、みちのくにたいそうすぐれた歌をよむ女性がおられて、そのかたとの便りのなかで、萩というお名が親しげに何度も書いてあったそうで。私が、それはきっと松平家の老女さまのお姉上のことだろうというと、海音尼さまはひどくおどろかれて、それからはすっかり話もはずみましたの」

「そうですか。でも海音尼さまは、たしか伊勢にお住まいとうかがっていましたが」

姉のたよりで、その尼のことは聞いている。

「ええ、修行行脚の途中、丹後に滞在しておられたのです。ゆくゆくは江戸にでて瑞祥尼さまとあわれて、みちのくにもまいりたいともうされて」

「それは楽しみでございます。それにしても海音尼さまはなんと自由に旅をたのしんでおられるのでしょうか」

「それがそんなに気楽ではないようなのです。尼になられたとはいえ女であることにはかわりなく、

道中はぶっそうで危険もおおいとか。でも丹後では陣屋役人の夫人の知人としれると、土地の人々は無住だった寺をきれいにし、食べ物をはこんで、住職にお迎えして敬ってくれました。だから尼さまも丹後を離れられなくなったといわれて」

おしのは陣屋役人の女房である自分の力だといわんばかりに、甘茶をのみほした。

それから霊岸島の中屋敷まで栲子を送っていきたいというおしのの申し出をていねいに断ると、栲子はやっとひとりの身軽さになった。

仲居をしていたときは町人の出ということで、仙台藩医の娘の栲子にも控え目であったのに、武家の女房となった自信のせいか、嫁ぎもせず世捨て人の尼になった自分を見くだす態度がさすがに鼻につく。それでもおしのから聞いた姉の評判は、栲子を勇気づけた。

ああはいっても馬琴の目はけっして節穴ではないはずだ。だいいち姉の歌人としての名声は遠い丹後にも知れわたっているくらいだし。馬琴も虚心に姉の著作をよんでくれたら、その慧眼《けいがん》にはっとおどろかされよう。

その夜栲子は姉に文をしたため、いつものならわしで、末尾に萩とかく。

それは当時すでに仙台藩に嫁いでいた七人きょうだいの長女であったあや子からの提案で、長女の自分を葛の花とよび、長庵元保には藤袴、美人であったしず子は朝顔、つね子には女郎花、弟の源四郎は尾花、栲子が萩、末の妹照子を撫子となづけ、おたがいの歌文にはその名でよびあおうというものだった。そうして姉は自分を葛花としたのは、

「葛花、めずるばかりの物ならねど、葉ひろく、はらからをさしおおうは、子の上にしも似つかわし」

とのことで、これからも工藤家の長女として、弟、妹を庇護しようという、姉の強い意志でもあったのだ。

そこには聡明さではきょうだい一番の、しかし病身で二十二歳の若さで死んだ長男長庵や、おなじく若くして死んだ、次女しず子や、三女つね子もふくまれていた。

姉はきょうだいのなかでは一番体も丈夫で、好奇心も旺盛だった。それも仙台藩医工藤球卿《きゅうけい》平助の長女として、父の全盛期に少女時代をすごしている。父はそんな姉に、

「あや子が男子であれば……あれこそ己の後を継ぐにふさわしい、ひとかどの人物になるものを具えておるのに」そう嘆きながらも、

「しかしなにぶん女子だ。せめて娘のうちの誰か一人、仙台藩の有力者に嫁いでくれたら、そしてまだ若く、ひ弱い源四郎の後楯になってくれたら」と、つねづね姉にもらしていたそうだ。

そんな父の命令で、仙台藩の奥奉公から下がった姉は、仙台藩酒井家に嫁いだ。結婚の当日はじめてみた相手は、黒い髪もほとんどない老人で、「わしはあと五年ばかり生きるべし。そなたには家の後をたのむべし」と、自分の死に水をとってもらうため、その後の家のための結婚だと、はっきりいわれたという。姉は絶望のあまり、毎日泣いてばかりいたのでまもなく離縁された。

そうして実家にもどり三十五にもなっていた姉に、父はふたたび仙台藩の大身への後家の口をさがしてきた。先方には先妻の息子が三人とも四人ともいわれ、老母までがいる中年男だそうな。しかも仙台藩の大身の家に嫁ぐということは、生半可な覚悟ではいかない。たとえ夫に先だたれても、その「家」のため、生涯生きることがもとめられる。生まれ育った江戸にもどりたくとも、ゆるされない

のだ。

江戸を離れたくなかった姉だが、六十になった父の老いが気にかかる。栲子は十九歳になっていたが、末の妹はまだ十二歳の幼さ。姉はひたすら敬愛する父のため、年若い妹たちを、そんな惨い目にあわすわけにはいかないと、決死の覚悟でみちのくに嫁いでいった。そうした姉が、再びみちのくに嫁ぐ朝、母親代わりに育てていた末の妹の照子が、

「姉上さまは鬼が住むようなみちのくに、なぜいかれる。お照はどういたしましょう」と、身をよじって泣きくずれた。

今も昔も江戸に住むものには、みちのくは遠くおそろしいところだと信じられていた。

今にして思えば、みちのくに嫁ぐ運命にあったのは、自分だったかもしれないのに。

その姉が、おのれの五十年の人生をかさねて、ようやく書きあげた『独考《ひとりかんがえ》』である。

姉のためにも江戸にいる自分がふんばらねばならない。たとえ偏屈な馬琴が相手でも、出版の労をとってもらおう。栲子はそう決めると、やっと夜具にくるまった。

三

只野《ただの》家の仙台屋敷の奥まった座敷で、真葛は夜半の寒さに眼をさました。

昨夜は女中の加乃が「今夜は雪がふるかもしれない」と、枕もとの手あぶりにも、赤々とした炭火をたっぷり埋けていったのに、それも白い灰となっている。主人のいないせいか、一人で寝るには広すぎる座敷には、どこからともなく寒気がしのびこんでくる。

ようやく雨戸が開く音がして、加乃が炭火をもって火鉢にうつしかえていく。

真葛は障子をあけた。やっぱり雪になっている。江戸では梅や桃が咲いているのに。音もなく舞い降りる雪をながめていると、

「まあ、奥方さま、冷たい風がはいって、お体にさわります」

廊下づたいに身のまわりの世話をする老女中富美の声がして、そのままぴしゃりと障子をしめられた。しかたなく銅鏡の前に座る。すると背後にまわった加乃が、いつものとおりに髪を梳《す》きだした。

鏡にうつる顔を見て、真葛が小さくため息をつくのを傍にいた富美が聞きとがめて、

「奥方さまの御髪はもともとたっぷりで、それに毎日手入れしておりますので、白いものもさほどは目立ちませぬ」

いいながら加乃から毛抜きをすばやくとると、真葛の白髪をぬきだした。そういえば父は娘の自分の器量がさほどでないので、代わりに豊かな黒髪をほめてくれたものだった。

「よいできばえです。のう、加乃」

加乃は無言で頭をさげると、朝食の膳をとりに台所にたっていった。

「よい娘です。四郎右衛門さまは、ほんとうによい娘をよこしてくれました」

冨美は目をほそめて真葛にも同意をもとめる。

加乃が屋敷にきたのは四年前のことである。夫の伊賀の次弟で木幡家に養子にいった四郎右衛門が連れてきた。当時はまだ十三歳、小柄できゃしゃな体つき、青白い丸顔のせいか、年より幼くみえた。ただ四郎右衛門の袴をきつくにぎり、広い額から大きな眼でにらむように真葛をみた姿が印象に残っている。

それから四年、十七歳になった加乃は、あいかわらずきゃしゃで子どもじみた幼さをのこしていたが、背丈ものび、豊かな胸乳に、そこだけ硬くひきしまった丸い腰が、着物のうえからもわかるようになっていた。当然屋敷の若侍たちの熱い視線をあび、付文も頻繁にとどいたが、なぜか加乃はそっけなく、封もきらずに燃やしてしまうという。

それが冨美には自慢でならない。嫁いだことも、おそらく恋したこともなく老いた冨美のことを、女中たちは陰で悪口をいっている。冨美も、いくらかわいがっても年ごろになれば自分より男の胸にとびこんでいく娘たちを、内心ではいまいましくおもっている。

「加乃はあの年で、すでに貞淑です」

そうだろうか？　若い娘が男に恋するのは自然の情で、加乃の老成した態度は、逆に不安をおぼえる。それも、さっき鏡に一瞬うつった加乃の右目の下の黒子のせいだろうか？

じつは真葛にも、加乃とおなじように右目の下に大きな黒子があった。

「これは泣きぼくろといって女はきっと不幸になるのです」乳母は少女の真葛の将来をいつも危ぶんでいた。

「そんなこと、ただの迷信だわ」くすくす笑ってとりあわなかった真葛だが、初めての惨めな結婚の失敗のあと、どうにも気になって思いきってとってしまった。

そのとき音もなく襖があいて、加乃が朝粥の膳をはこんできた。

真葛は朝粥のふたをとった。今朝もたった一人で膳をかこむ。

夫であった只野伊賀《いが》は江戸番頭《ばんがしら》の要職にあり、江戸と仙台を一年ごとに往来していたが、夫婦仲は睦まじかった。それなのに何かにつけて思い出されるのは父工藤球卿平助のこと、それも父がもっとも闊達であった築地の家でのにぎやかな食膳をかこんでの一時だった。

真葛はこの家で平助の長女あや子として、明るくのびやかな好奇心にあふれた少女時代をおくったのだ。今でも目を閉じると築地の豪邸がうかんでくる。西本願寺の表門と川をへだてたところにある家の付近には、仙台藩蔵屋敷や松平周防守の邸がならんでいた。川沿いを左にすすんだ三ノ橋をわたったところには幕府の奥医師桂川甫三《かつらがわほさん》の家があり、その子の蘭方医甫周《ほしゅう》はあや子が少女のころ毎日のように遊びにきていた。

さらに西本願寺の先の中津藩邸には『解体新書』をあらわした前野良沢《りょうたく》が住んでいた。良沢はときに弟子の大槻玄沢《おおつきげんたく》をつれてやってきては、父と蘭方医学の話を熱心にしていた。

病弱だった母は寝ることもできずに、少女のあや子に苦痛をうったえる。あや子は母のかわりをつとめて、彼らの話に興味をつのらせたものである。
それから家の隣の旗本大島織部の家には、紀伊家の息女に歌や学問を教え、のち私塾をひらいた歌人であり国学者の荷田蒼生子《かだのたみこ》が一時寄寓していた。『古今集』の手ほどきをうけに蒼生子のもとにかよったのは、あや子が八歳のときである。

こうして築地の父のもとには、蘭学者やら林子平、高山彦九郎など奇人と呼ばれた人、当代きっての知識人長崎のオランダ通詞吉雄幸作《よしおこうさく》、さらには村田春海《はるみ》など江戸派の国学者といわれた通人たち、それに歌舞伎役者や博徒までわけへだてなく出入りしていた。

遠い松前からは公事（裁判）沙汰のため、父の知恵をかりようと度々やってくる人たちがいて、そのつど父は彼らから松前や蝦夷交易の事情、オロシヤの南下の様子を熱心にきいていた。そんな父の名声に、紹介状ももたず弟子入りを願って、松前からやってきた玄丹という若者がいた。彼は飲まず喰わずのありさまで家についたときは乞食同然のなりであった。

おなじころ長崎からも吉雄幸作が弟子を三人ばかり送ってきた。そんな中の一人に樋口司馬という青年がいた。彼が泥まみれで家に辿りついたとき、あいにく父は留守だった。早口で何やら熱心にしゃべるのだが、だれも彼の言葉がわからない。下男は番屋につきだそうという。男の風体はぼろぼろだが、眼だけは澄んでいた。あや子が台所から握り飯をもってくると、男はなんども頭をさげて、あっというまにたいらげた。それから黙々と薪を割りだした。そうして男の素性もわからぬまま、彼は下男のように居ついてしまった。

ところが数日して、奉行所から海水につかった書物の問い合わせがあった。難破した公儀の船の、海の底にしずんだ荷をひきあげると、なかから吉雄幸作から父にあてた手紙の上書きがでてきた。それと同時に一冊の書物があがった。

なんと男は吉雄幸作の門人であった。吉雄は弟子入りする樋口に、外科道具一式とドイツの植物学者ドドネウスの著書『植物標本集』をもたせてやった。ところが司馬の乗った船が難破して、かろうじて一命をとりとめた彼はやっとのことで父の家に辿りついたのだ。

潮水につかった書物は修復できない。そういわれていたが父は親しい紙問屋にきいて再生させることにした。家や庭のあちこちに紐をかけて、異国の本の紙片がひらめいている。

うわさを聞いてやってきた桂川甫周が、オランダ文字のページ数を読み解いて、ついに一冊の書物になった。

少女のあや子には、「オランダ本草、しょううつしの絵入、厚さ四寸ばかり」の「ドニネウスコロイトフクウ」の書物であったと、鮮やかに記憶されている。

これは徳川吉宗の時代に五冊輸入させたもので、平賀源内など大枚はたいて購入したという。吉雄幸作から送られたこの書物は、本草学や医学に携わるものには垂涎《すいぜん》の的《まと》である貴重なものだったのだ。

吉雄からはこの後も「オランダもの」といわれたヨーロッパの珍しい品々がおくられて、築地の家には大勢の見物人がおとずれている。

父はこうした文物を出入りの大名家などに仲介し、かなりの手数料をえていた。

築地の家にはつねに千両箱があって、膂力《りょりょく》にすぐれた父は、それを片手でもって、母をあきれさせたり、真葛を嬉しがらせもした。

こうして多方面の興味と才能の持ち主で、多彩な交遊関係をもつ父は、とうてい仙台藩医のわくにおさまりきれぬ人だったが、それでも医師としても有能ぶりを発揮して、父の患者は諸大名から商人にいたるまで数えきれないほどであった。

あれはあや子が七歳のこと、父は大名九鬼家に奉公するお品という奥女中の診察にむかう駕籠に、膝の上にあや子をのせていった。あや子は、子ども好きだったお品から白練裾模様の単衣の着物をもらい、それは妹のしず子、つね子、栲子たちへと着つがれていったことを、いまでも懐かしくおぼえている。

それから十一歳の時には父につれられ江戸城二の丸で狂言を見た。それも父が、十代将軍家治の側室つきで権勢をふるった玉沢という大奥老女とつきあいがあったからだという。

その父がさらに土地をかりまして築地の家を二階屋に普請した。その普請祝いには多くの客がおとずれて、その対応に、あや子もうれしい悲鳴をあげたものだ。真っ先に訪れたのは藩主伊達重村の末弟で堀田家に養子にはいった堀田正敦で、満開の桜に感嘆の声をあげていた。ちかくに屋敷のある老中松平周防守からは、みごとな桜の大樹がおくられてきた。それにふだんから頻繁に屋敷に遊びにきていた島根藩主松平候など、歌舞伎役者中村富十郎をつれてにぎやかに顔をみせて、「平助、今日の献立は？」など、父が包丁をふるう「平助料理」に舌づつみをうっていた。

翌年には藩主伊達重村をむかえ、父は当時でもめずらしい二階屋にサワラで造った湯殿や小用所を案内する。獅山公といわれた藩主は手をうって、「さすが平助、天下一の才、からくりのごとし」と、いたく感心されていた。

そうして、当時重村候がすすめていた官位昇進運動に、藩が御側役田沼意次や大奥老女など幕府にねまわししたさい、父が主治医であった老中松平武元に直接たのみこんだ結果、無事昇進をはたしたこともあって、父への寵愛はますます深まったという。

工藤周庵という名で頭を丸めていた父に、髪をたくわえさせ、平助という通称を用い、俗医師として側において藩医以上に重用したのも重村公で、父はこれ以降、いわゆる仙台藩の「機密乃事」にも加わっていったらしい。

こうした豪放磊落《ごうほうらいらく》な父のもとで、工藤の家ではたえず大勢の人々がともに食膳をかこんでいた。いつもは祖父母や両親、兄弟たちだが、時には桂川甫周、中川淳庵、前野良沢らが、それに村田春海ら国学者など、いずれも平助の創意あふれた料理を楽しんでいった。

あや子にとって食卓は、彼らの話を聞ける興味深い場であったし、その後の家族の団らんでは得意の和歌など詠みあう、心のなごむところでもあったのだ。

「まあ、すこしも召しあがらないで。こんなことではお体がもちません」

みると冨美が座敷にいた。敷居に膝をついて加乃がお歯黒つぼをもっている。冨美は三十五で初めて仙台に嫁いだ真葛に、糸車を操ることを教えてくれた。それからも慣れぬ真葛の世話をやいてくれた。それもあっという間に二十二年がたった。もう七十に近いのに、いまもぴんと背筋をのばして膝をくずすこともない。

真葛は鏡台にいざりギヤマンの方形の鏡に顔をうつすと、お歯黒のできばえにうなずいた。

すると冨美はほっとしたように加乃にめくばせする。加乃がお歯黒壺をもってたちあがると、「長崎の南蛮ものは長持ちいたします」冨美は入れ歯をがくがくうかせながら言う。

それも嫁いだころは、南蛮の手鏡を気味悪がって、それで顔をうつすと悪霊にたたられる、など本気におびえていたのに、いまでは真葛が手鏡でうつさないと、けっしてさがろうとはしない。

そう、この手鏡も、長崎の通詞吉雄幸作から父にとどけられた品である。

みちのくに嫁ぐ朝、父は涙こそみせなかったが手鏡をそっとわたしてくれた。

あのころ自分の周囲には、そうした珍しい文物や、訪れる知識人たちの行動、彼らの知的探究心がかもしだす自由で闊達な雰囲気であふれかえっていた。

そうして少女のあや子も、やがては彼らのように知識を学び、世の中の人のためになりたいと考えるようになっていた。自分が関心をもつ世界を知るため、父たちが用いていた漢文を学ぶ日のくることを楽しみにしていた。父をはじめ、父のもとにやってくる知識人はみな漢文の書物を用いて専門的な知識を習得していた。それはまず儒学の基礎を学ぶことからはじめられ、その過程で漢文を修得し、さらにより広くて深い学問や思想の領域にふみこんでいくのである。ところが父は、自分より二歳年下の弟長庵が七歳になると儒学を学ばせた。そして姉のあや子には、漢文を学ぶことを禁じたのである。

あや子は自分の能力が弟にくらべて劣っているとは思ってもいなかった。それでも父の命令は絶対である。弟が儒学を学ぶのを、姉であるあやこは黙ってながめるしかなかった。

当時もいまも、「女は才なきが徳」「女の博士ぶりたるはわろし」と、学問にたずさわるのは男の領分であり、女には認められていなかった。そしてあれほど開明的で新興の学問に親しんできた父も、女に対する考えは世間のそれとかわらなかったようだ。

こうして、女であるゆえ父のようにはなれぬということを、傷みとともに知らされたあや子は、それでも失望をのりこえ前進しようと、ならば自分にできる別の目標をさがそうとしていた。そうして思いついたのが、女の手本となることだった。

そんなとき、明和の大火がおこった。目黒行人坂の寺に盗みに入った賊が放火したのがきっかけで、おりからの強風にあおられ一昼夜にわたって、江戸の町の三分の一を焼きはらう大惨事となった。さいわい築地の家はぶじだったが、焼けだされた知人や親類の者が避難してきた。あや子も彼らの世話に奔走したが、焼けだされ家をなくした人々は、橋の下や軒先、寺の境内に身をよせて、食べるものもなく寒さにうちふるえていた。

あや子はそんな彼らの姿に胸を痛めた。ところがそんな被災者においうちをかけるように、鎮火後まもなく江戸中の物価が急騰しはじめたのだ。米も麦も味噌も、野菜も木材も、なにもかもが信じられないほど値上がりして、餓死者が続出するありさまだった。

道端に棄てられた彼らの惨めな姿に、十歳のあや子はいいようのない悲しみと怒りをおぼえた。それも物価を高騰させているのは町人どもで、彼らは人々の困窮ぶりに便乗して利益をあげようとしている。しかも被災者を救出すべき幕府は、なんら策もこうぜず、こうした町人の横暴をむしろ野放しにしているではないか。

あや子は、その後も「女の本」になる生き方をみずからに課して、自身の喜びより父の工藤家のため、ついには心ならずも遠いみちのくまで嫁いできたのだが、それでもこの時の被災者の苦しみ、社会への憤りは、胸の奥底にくすぶりつづけて、忘れることはできなかったのである。

その父の形見ともなった手鏡をしばらく眺めて、真葛は文机の前に座った。

こうしていまは亡き父と、滅びてしまった工藤の家のことを思いだしていると、急に馬琴におくった草稿のことが気になってきた。

いつもなら墨をすっていると心がしずまるのに、馬琴におくった草稿が気になって、廊下に女中のあし音がするたびに、胸の動悸がたかまって息苦しくもなる。

そんな日が十日もつづくと、期待は不安になり、もしや椅子の身になにかあったのではなかろうか、悪い病にでもかかってはいないかなど、あれこれ心配で夜も眠れなくなる。

ようやく女中が手紙をはこんできたのは、それから十日もたってからのこと。

真葛はぱっと顔を輝かせると封をきった。

椅子は馬琴にとどけたが、粗略にあつかわれたと、憤慨して書いてきた。真葛は妹の短慮に苦笑しながら、つづいて馬琴の書簡をひらいた。

なんということだろう。あれほどたよりにおもう馬琴が、自分の非礼をいきどおり、苦言をていしている。二度三度、その行間までたんねんによんで、真葛は全身に冷水をあびせられたように、うちひしがれた。そうして自分の思慮のなさに、激しく傷ついた。頭がきりきり痛みだし、目の前が真っ暗になる。

それにしても世間に名高い戯作名こそ尊敬をこめた名称だとおもったのに、それを侮辱とおもわれてしまった。みちのくの真葛といったのは、生まれてはじめて、見もしらずの男性への文で、あまりなれなれしいのも失礼かとおもったからで、それがまさか傲慢だと思われてしまうとは、考えてもみなかった。

村田春海にしろ、その弟子で真葛の和歌の師匠である清水浜臣《はまおみ》に送る手紙とは比べようもないほど緊張して書いたことが、どうやら裏目にでてしまったようだ。

これでは苦心して書いた草稿も、とても読んではもらえない。

それに馬琴の批判は筋がとおっている。もし自分が馬琴の立場にあったら、見ず知らずの人間から、身分と立場もあかさず、いきなり草稿をみせられ、やれ手なおししてくれだの、出版の労をとってほしいと頼まれるのは、腹だたしいことにちがいない。

ましてや馬琴は、当代一の人気戯作者として多忙をきわめている人なのだから。

真葛はそうと気づくと顔から火がふきだすように、我が身のうかつさに恥じいった。

とにかく一刻もはやく返事をしたため、馬琴の怒りを解きたかった。

……よろずにあわあわしきおんなの、よそをだに得しらねば、今はやもめにて、いと老いたる身にしあれど……

真葛は先の手紙とはうってかわって、へりくだり、ていねいに前の手紙の非礼をわびつつ、ひたすら馬琴の心にとどくよう、心をこめて書きつづる。

……世間のことはなにひとつ知らぬ、いまは夫にも先立たれたやもめで、たいそう老いたる身で、容貌もとるにたりない女にございますが……

真葛は醜い自分をさらしてまで、ひたすら馬琴の胸にとどくよう切々とかきつづる。

みちのくの真葛となのったのも、これが見も知らずの男の人に書くはじめての文で、あまりなれなれしいのもどうかとおもいまして……、ですから、つゆほどもあなたさまをあなどる心などあれば、他人には決してみせぬ筆のもてあそびを、どうしてお直しくださいとお願いもうしあげることなどいたしましょう。真葛は馬琴の心を傷つけたことを、心から悔いて、ひたすらわびる。それから馬琴が素性を明らかにされよといわれたことについても、道理であるとおもい、幾日も考えて、馬琴の意にそうよう、父平助の実家長井家にさかのぼる家系を記した「昔ばなし」をあらわした。

さらには『独考《ひとりかんがえ》』をかくにいたった自分のこれまで秘めてきた心境を「とわずがたり」としてかきあらわすと、最後に工藤家の七人いたきょうだいを七草にたとえ、その絆をふかめてきたが、今では尼になり世をすてた椙子とたった二人になってしまったと、こらえようのない寂しさと無念をかきとめる。そうして最後に、墨をたっぷりふくませて、

……こののちとも、なにぶん心づかぬことが多いでしょうが、お教えくださることをこそ、ひたすらお願いもうしておりまする……

一気に筆をはしらせると、ふかぶかと深呼吸した。それから障子をあけた。

ここ数日来の南風のせいか、庭の松の枝にあった雪もきえて、縁側には柔らかな日だまりが所どころに丸くみえる。呼ぶまでもなく、冨美がひかえていた。

真葛が早飛脚をたのむと、うなずいて、そそくさと廊下を風のようにわたっていった。

四

二十日ほどして尼の従卒だという男が二通の文をとどけてきた。おさきから受けとると、馬琴は珍しいものでもみるように、書斎にはいると、すぐさま書面をひらいた。

萩尼の添え状は、姉の真意を理解しない馬琴の偏屈をいきどおるもので、いかにも勝気そうな尼にふさわしい。馬琴はそれを机の隅において、もう一通に目をとおす。

これは妹とは反対に、しおらしいほど馬琴を怒らせた非礼をわびて、うちあけがたい身の上まで細かにつづって、ひたすら馬琴の指導をこうている。

その女らしい文づかいに、馬琴はみょうに浮いた気分にとらわれた。

手紙によると只野真葛という女人は、仙台藩の医師、工藤球卿平助の長女として江戸で生まれたという。

工藤平助の名は馬琴も聞いたことがある。あれは老中田沼意次《たぬまおきつぐ》の全盛期に『赤蝦夷風説考《あかえぞふうせつこう》』なる書物をあらわし、北方事情の博識を認められた男である。医師というより警世家《けいせいか》であり、ゆくゆくは蝦夷奉行にも抜擢《ばってき》されるとうわさのあった人物である。

しかも工藤家には養子ではいって、もとは長井基孝の三男であるという。その長井家は古くは戦国期までさかのぼり、播磨の城主であった。ところが豊臣秀吉に滅ぼされ、その後は郷士として住みつき豊かに暮らしていた。それが基孝の父の代に、幕府が諸国の隠し田などの調査をしたさい、長井家の当主は誇り高い人物で、ここは郷士長井家が長年もっていた土地であり、今後も長井家の所有であると言いきった。幕府は怒って、領地財産のすべてを没収した。その後大坂にでて、生計のために医学を身につけた基孝は紀州藩医となった。ところがもとは武士で豊かな領地をおさめていた基孝には、武士身分から「長袖者」と軽侮される医師になったことは、たとえ紀州藩医の身分をえても、屈辱でしかない。

紀州藩主は、基孝が五十をすぎても後継者のことを口にしないのを不審におもってある時たずねた。すると彼はそれまでの身の上を語り、医師は自分一代にしてほしいと願った。

藩主はいたく心をうごかされ、柔術の名手だった長男の長井四郎左衛門を、武士として紀州藩に仕えさせた。そして次男善助は、弓術の腕をみこまれ清水家に仕えることとなる。

末子の平助だけは、縁あって仙台藩医工藤家の養子に出された。

長井家の没落を、身をもって体験したがゆえに医師の身分に満足できず、武士として生きることを願った父のもとで、平助は生まれ育っている。

馬琴は真葛がかたる生い立ちを興味深くよんだ。

馬琴が生まれた滝沢家は、旗本松平鍋五郎家の譜代家老の家柄であった。

松平家はたかだか一千石だが、藩祖は徳川幕府創業の功臣で「知恵伊豆」といわれた松平伊豆守信綱までさかのぼる。老中をつとめ河越藩七万石の領主になった伊豆守は、その六男堅綱に七万石のうちから千石を分知させ、旗本にした。そうして深川の河越藩下屋敷を改修して、初代松平鍋五郎家を誕生させたのである。そしてこの松平鍋五郎家の譜代として、馬琴の滝沢氏の家系も存続していくことになる。馬琴の曽祖父にあたる三代目運兵衛興也《おきなり》は、幼少のころから松平伊豆守信綱の小姓として仕えていた。十七歳のとき疱瘡にかかり、一命はとりとめたがひどいあばた面になってしまった。

信綱はその顔をつくづくながめて、「いやはや、美少年も、凄まじい勇士面になったものよ。だがこれぞ家老面である。いずれ六男堅綱に家をもたすときに役立てよ」

そういって、約束どおり深川に松平鍋五郎家をおこしたとき、運兵衛興也は家老にとりたてられた。弱冠二十二歳であった。しかも現米五十石に月俸五口という給与は特別で、あわせると、ゆうに二百俵はこえ、「五分の一」家老と呼ばれるほど評価されていた。

その後の滝沢家と主家との関係には紆余曲折もあり、一時は他家に仕官もした。

だが馬琴の父興義《おきよし》の代には、主家の経理の乱脈もあり、鍋五郎家からたってと懇願され、ふたたび戻っている。興義は馬術をはじめとして兵法に長けていたのみならず、意外にも理財にもあかるく、主家の財政家運を大きく改善するとともに、滝沢家をも理財その他の面で安定させていく。二十五俵五人扶持の少禄だが、旗本松平鍋五郎家の家政を一手にとりしきる有能ぶりを発揮した。この父のもとで、倉蔵とよばれた少年のころの馬琴は、順調に成長していった。馬琴が生まれた家老屋敷は父祖伝来で門構えも立派だった。包丁人をかねた下男一名、下婢二名がいて、質素ながらも武士としての格式は保たれていた。

父は、武芸を重んじ、武具、刀剣を購入するかたわら、広く儒学を読んでいる。特に兵書「孫子」「呉子」「司馬法」などは座右の書であり、他に新古の軍書を多読していた。さらに余暇に俳句もてがける趣味人でもあった。父の屋敷にはたえず客がおとずれ、酒をくみかわしては放談していた。大酒のみだったが父の酒は陽気で、乱れることはなかった。

その父が、ある日突然吐血した。血はおびただしく、あわてて運んだ耳たらいがみるみる一杯になったほどである。急ぎ医師をよぶと身体を動かしてはならぬといわれ、玄関の間で寝かしつけた。夜になると落ちついたといって、湯漬を一椀食した。その夜は母のもんが乳児をだいて枕頭で夜を明かしていた。赤児がぐずるので一寸座敷をでたすきに、父は小水したいと下男にいい、厠までは遠いので表で放尿するが、そのまま白眼をむいて動かなくなってしまった。その時すでに心停止していたという。

倉蔵といわれた九歳の馬琴は、父の大吐血、苦悶、その死を、眼前であまさずみた。五十一才で亡くなった父の年を二つ超えたいまも、その記憶は強烈に脳裏に焼きついている。

ただちに主家に報告された。だが主家からは滝沢の家督の話はなく、俸禄の停止がつげられ、屋敷も没収された。主家の冷淡な対応は、気丈な母もんを怒らせた。

母は四十九日に髪をおろすと対策をこうじた。すでに小姓として仕えていた長男興旨《おきむね》を退身させた。つづいて次男の興春《おきはる》が、長男のかわりに小姓にとられて、ただ同然でこきつかわれるのを予知して、高田家に養子入りさせる。いずれも主家からの緊急避難の措置でもある。松平鍋五郎家は、残った十歳の倉蔵を、老主の嫡孫八十五郎《やそごろう》の童小姓として出仕させ、滝沢家の家督として、俸禄は年に二両二分の金給、他に月俸二人扶持（月に一斗五升の現米支給）とした。これだけの収入で、倉蔵、母、二人の妹の四人家族が暮らしていけるはずもない。

こうして十歳で家督を継いだ倉蔵は、八歳の八十五郎に仕えることになった。ところが八十五郎は「大痼症」のうえ、どうやら知能面でも異常があるらしく、いじめ、さいなみ、暴力など日常的で、しかも激越だった。さいわい体格が良かった倉蔵はなんとかしのげたが、それでも十歳で異常児相手の終日勤務は苦痛きわまりないものだった。

倉蔵は鬱憤をはらすように、手当たり次第に本を読んだ。十一、二歳ですでに当時の浄瑠璃本で熟読しないものはなかった。さらに草双紙、軍書、実録等にいたるまで読みあさった。

三年後、浪人中の長兄興旨が浜町の戸田大学邸に用人として採用されると、母もんは二人の妹をつれ、興旨の世話をするため浜町にうつっていった。

一人残された倉蔵は少舎で炊事もできず、夜は八十五郎の居室の隣、畳廊下で寝起きすることになる。寝ていても人は往来する、つまりごろ寝であった。しかも食事は台所で下婢ととる。倉蔵は兄弟の中でも一番利かん気が強く、反抗心は旺盛だった。彼は八十五郎の度重なる無体に、ついに堪忍袋の緒をきった。

十四歳の冬、主家の居室の障子に、墨痕あざやかに、

木がらしに思ひたちけり神の旅

と書きつけて出奔する。一種の脱藩であった。

倉蔵は母や兄の怒りを恐れて、亡父の友人宅に一時身をかくすことになる。

倉蔵の主家の脱出、逃亡により、滝沢家は譜代の主家から完全に離脱した。倉蔵にとっては心身の自由を得たことになったが、主家を失った滝沢家は、専用の渡り用人という下級武士の吹きだまりに堕ちていくことになった。

その後長兄のもとに引き取られ、一時は医学を学んだが興味がもてず、戸田家の下士にされた。これは足軽のことで奴、槍かつぎである。倉蔵は拒絶したが、母にきつく叱られ、いやいや従うも我慢できず、うさを晴らして喧嘩にあけくれた。兄は後難をおそれて、倉蔵を戸田家から止めさせた。それからの倉蔵は好き放題の放蕩の生活にいりびたっていく。

十八歳になっていた倉蔵はすでに大男で、道を歩いているとその巨体をみこまれて、相撲取りに誘われたこともある。卑賤《ひせん》な業態とさげすまれていた相撲取りにといわれて火を噴くように怒っては、いく先々でなぐりあいの喧嘩をする。若かった彼は、なにをしても気に入らず、体のうちから突き上げてくる欲望をもてあましていた。岡場所で遊んだ娼婦から、楊梅蒼《ようばいそう》（梅毒）をうつされたのも、このころの放逸のツケがまわったせいだった。

真葛の生い立ちから、馬琴ははからずも崩壊した滝沢家のことを、若かった日々の苦い体験をおもいだしていた。

そのとき階下でおさきが来客をつげる。

「おとうさま、渡辺さまがおみえにございます」

思いを中断された馬琴は渋い表情になる。すぐに返事をしないでいると、おさきがいつになく弾んだ声でよびかける。馬琴がしぶしぶ階段を降りると、

「先生、ちょっとこの近くまできたものですから」

渡辺登（崋山《かざん》）は馬琴を見ると、うれしそうに濃い眉をゆるめて笑った。

「八犬伝、たいへんな評判です」

「うむ」

「鎮説弓張月も面白く読ませていただきましたが、これはそれ以上の傑作ですな」

おさきが茶をはこんでくる。登は無造作に湯のみをつかむと、

「いや、うまい。おさきさんのいれた茶は、いつもながら、コクがある」

おさきは首筋まで真っ赤になると、こばしりに台所にかけこむ。そんなおさきには目をくれず登はもってきた画をさっとひろげて、

「どうです」

「ほう、神田明神下かいわいか」

「わかりますか。先だって宗伯殿の医院にでかけたおり写生してまいったものです」

「なるほど……で、これが西洋の遠近法というものか」

「ええ、というより実際に神田同朋町から丘の上の神田明神の守を見あげると、奥にいくにしたがって小さくなる。遠近法は写生の理にかなっております」

あいかわらず研究心熱心な男だ。つい先だっては、はやりの南蘋《なんぴん》流の細密描写をほどこし、さらに

はそれにあきたらず惲南田《うんなんでん》風の没骨法をとりいれた花鳥図をもってきた。谷文鳥《たにぶんちょう》に師事して画を学んでいるが、けっして一所にとどまらない。息子の宗伯とはえらいちがいだ。

馬琴は宗伯が幼い頃から儒学や絵画を習わせた。画は谷文晁の弟子だという金子金陵《きんりょう》の門下生にした。そこへ当時十七歳の登が入門してきた。宗伯は登より五歳も年少だったが、金陵門下ではすでに先輩だった。ところが登は金陵の紹介で谷文晁にも師事すると、めきめきと頭角をあらわした。いまでは絵画界にも名がしれた存在にもなっている。

ところが宗伯は儒学も画技もさっぱりで、しかたなく十五のころから医師への道をあゆませた。ようやく見習医から独立しかけていたが、生来の多病、癇癖からか、馬琴がみてもさほど優秀な医師とはおもわれない。それでも昨年には、神田明神下の武家地を借地、家屋購入して医院を出してやったばかりだった

その登は、近ごろではむしろ馬琴の家に頻繁に訪れるようになっていた。外出嫌いで他人とあうことが面倒な馬琴は、当初登の率直さにめんくらったものだ。それもたびかさなると、登の人となりが分かってきた。田原藩といっても三河の小藩で、禄高もさほどでない。貧乏であり、世間では軽蔑される下級武士でしかない。

あるとき、登はいつものように馬琴の家にあがりこんで、おさきのいれた茶を飲みながら、つと眼をほそめて身の上話をうちあけた。

それは登が十二歳のときのことだった。たまたま日本橋辺りを歩いていると、ある大名家の先供にぶつかった。死ぬほどぶちのめされた。よくみると、行列の主はかれと同年配の子どもであった。

「おなじ人間なのに、いかにも悔しい」と、登は屈辱でわなわなふるえながら、発奮し、以来志をたてるにいたった、と一気に言いきった。田原藩の先輩に聞くと儒者として成功すれば、大名にも師礼をとらせることができる、といわれ、一時は儒者の門をたたき、学者になろうとした。ところが老いたる祖父、二十年も病に臥している父、幼い弟妹をかかえた母の苦労を思うと、学資を出してもらうのもはばかられた。そこでもともと絵がじょうずだった登は、画家で身をたてようと一大決心をしたという。

「絵なら売って家計のたしにもできるので」

登は照れて頭をかきながら、白い歯をみせて笑った。

登が絵画や蘭学を異常な熱心さで学んでいるのも、背景には世の中に認められぬ悔しさ、貧しさがあるのだ。それは九歳で父に死なれて世間の辛酸をいやというほどなめた馬琴には決して他人事ではなかった。

登の内心がわかると、馬琴は彼の来訪に文句をいわなくなった。いやむしろ彼の努力や情熱は、馬琴に若かったころの自分の世の中に対する反抗心をおもいださせるのだった。馬琴は登がもとめるまま、貴重な蔵書も貸してやったし、自分の新刊本までみせてやった。そのつど、登はありがたくうけとって、数日かけて書写し、眼をかがやかせて返却におとずれる。そのときの幸せそうな笑顔、かれの全身から発散する活気にふれるたび、宗伯がかれのように心身ともに頑健であったらどんなに心が安らぐだろう、そう妬ましくも思うのだった。

かつて馬琴は、母から兄弟一番の反抗癖をきつく戒められてきた。それも四十の頃までのことである。息子が成長するにつれ、ますます激しくなる痼癖や病に、不安を昂じさせられると、世間に対する反骨精神も、鈍くなるようだ。

それにしてもまったく対照的な登と宗伯がどうして友人でいられるのか、不思議におもうことさえある。だが数少ない宗伯の友人として、小藩ながら上士の家柄の登はもうしぶんがない。馬琴は宗伯にやがては武家である滝沢家復興の期待をかけているだけに、そんなことまで考えている自分に思わず苦笑した。

そのとき音もなく障子があいて、おさきが青菜とたくわんの漬物をもってきた。

「おっ、これはみずみずしい色合いだ」

漬物に目のない登は、さっそく青菜を口にほうりこむと、

「おう、塩加減もいいあんばいでござる」

鋭い眼をやわらげ、たくわんをぽりぽりかみだした。総入れ歯の馬琴はその音にいらいらした。昔は馬琴の好物だったが最近ではまるでかめない。小言をいうが、おさきは母お百にならって毎年山のように漬ける。

「おさきさんのようなひとを嫁にもらった男は、じつに果報者だ」

登の遠慮のない声に、おさきはお盆を膝にのせたまままもじもじしている。いつもなら客の前に長居する無作法など決してしないのに。

馬琴はため息をつく。登はおさきより二つ年上の二十七歳、三河の田原藩の上士の長子で、ゆくゆくは父の家督を継ぐ男だ。おさきがいくら惚れてもむりな相手である。

それに滝沢家の武士の家系は息子宗伯に継がせ、おさきには町人の婿をとり、清右衛門を名のらせる。馬琴には、武家の出自から滝沢家の再興と、どうじに町人に入り婿した町人の身分との両立を、おさきの縁談に当然ながら考えている。

馬琴はたてつづけに咳ばらいする。おさきはびくっと肩をふるわせると、うさぎのように台所ににげこんでしまった。

馬琴は腕組みしたまま、しばし感傷にふけった。

そのとき、最後のひときれのたくわんをほおばっていた登が、

「いやうまかった。おやじ殿、またきます」

ぐいと茶をのみほすと脇差をさして出ていった。

馬琴は二階にあがった。机の上にある真葛の文の続きをよんだ。

真葛は嫁いでからも、自分は工藤平助の娘である。自分にとっての「家」とは、父の「工藤家」であり、その父の精神を受け継ぐのが娘である自分の使命だと、はっきり言いきっている。そうして今では父の先見性や業績が報われず、埋もれさせられていることに激しく憤り、「かくては止まじ」と、死んでも工藤家の不遇をこのままでは終わらせない、強い決意をみなぎらせている。

馬琴は驚嘆した。

女の身で、かくもゆるぎない「家」へのこだわりをもつとは、なみの女性ではあるまい。

さらに幼い頃、父から漢文も儒学も学ぶことを禁止されたため、それからは目標を転換して、「女

の本」として生きることを自分に課してきたとあった。自分一身の幸せより家のために生きるという真葛の生き方は、女であれば当然の美徳である。だが実際にそのように生きる女性が少なくなったこともたしかで、馬琴はあらためて真葛に興味をおぼえた。そうしてさらに読みすすむうち、幼かった真葛が体験した明和の火災の惨事にふれて、

……何のために生まれてきたのだろう、女一人の心の中で、世界の人の苦しみを助けたいと思うのは、できないことと知りながら、ただこの事を思うが故に、日夜心安らぐ間もなく、苦しむのこそ無駄なこと……と、心情をうちあけている箇所が目にとまった。

やがては六十に手が届く年になろうとしているのに、幼き日の痛みをいまだ忘れぬ心根に、馬琴は心の底から感嘆した。女でありながら、国の経済を憂い、世の中の人々の苦しみを救いたいと願う心に、これぞ男たましいであると、真葛という女の志の高さに、深くうたれたのだ。彼はめずらしくやさしい気持ちになり、返事を書く気になった。

五

馬琴に手紙をおくってその返事をまちわびる真葛に、冨美が来客をつげた。

おどろいたことに客は瑞鳳《ずいほう》寺の住職南山禅師である。

「ご病気とうかがっておりましたが？」

「いや、ご心配かけましたが、だいぶ良くなりました。それより先だってはお訪ねいただいたのに、あいにくと病でお目にかかれず、大変失礼いたしました」

ややつきでた広い額から濃い眉と鋭く光る眼が、一見すると禅師の風貌を厳しくみせている。だが真っすぐ見おろす禅師のまなざしは、いつもながら深い泉のように澄んで、やさしくみえた。

「まあ、それでわざわざ」真葛には南山の気持ちがうれしかった。

臨済宗瑞鳳寺は仙台屋敷の近くとはいえ、伊達正宗以下三代の菩提寺で、禅師は勅をえて紫衣を賜った高僧である。夫只野伊賀とは詩会をとおして親しい関係にあったとはいえ、病がちな身をおしてたずねてくれたのは真葛をあんじてのことである。

その南山の気持ちにこたえようと、真葛は夫が自分のため造ってくれた茶室に案内する。

「おお、『聴鶯』の扁額《へんがく》か。なつかしい」

江戸にいた夫が、参州刈谷藩主だった土井侯に「聴鶯」の二文字を書いてもらい、真葛への手みやげにしたものだ。父の患者でもあった土井侯の好意に、真葛はよろこんで扁額につくり、建てたばかりの茶室にかざった。竹やぶがおおいこのあたりは、よく鶯が鳴く。

茶釜が音をたてはじめた。それを合図のように南山がいう。

「いかがかな。新しい文などできましたかな。先だって七ガ浜に遊びにいかれた紀行文など、まるでご一緒に出かけたような楽しい気持ちにさせられました」

南山は真葛が昨年あらわした『いそづたい』に跋文《ばつぶん》を書いてくれている。

「こたびは、長い間心にありましたことなど、女のひとりかんがえとして、かきあらわしてみました」

「ほう、女のひとりかんがえ、ですか。それはまたおもしろそうですな。伊賀殿も奥方の深い教養、ものにとらわれぬ独特な見方には、いたく感服されておられた。それもこれも、奥方が生まれ育った江戸、しかも開明的であった工藤平助殿のせいだろうと、伊賀殿にはそれも自慢の種であったようで、あのかたぶつが、のろけてござった」

「まっ、そんなこと……」真葛は南山の心がうれしかった。

死に目にもあえなかった夫のことをおもうと、今でも胸がつぶれそうになる。

この茶室にはいるのさえ、息苦しくてたまらない。

「儒学に明るく、漢詩に堪能であった伊賀殿が、あるときから和歌など詠まれるようになった。不思議におもって問いつめると、奥方が江戸より持参した『古今和歌集』や『伊勢物語』が近ごろでは心にしみてくるのだと、さすがに照れくさそうに白状されてのう」

伊賀はもともと書を好み、謡など風雅の道もたしなんでいる人で、こうした教養の深さで、若き藩主伊達斉村《なりむら》の信用をえていた。だから正室にはじめての世子松千代君が誕生すると、その守り役をおおせつかって江戸定詰を命じられたのだ。

真葛と結婚する一年前のことで、伊賀は一家をあげて江戸に移り住んでいる。

ところが松千代を生んでまもない正室が、一ヶ月後の四月に突然亡くなった。

それが不幸のはじまりのように、その五日後には、三十年以上も藩主であった伊達重村が逝去した。しかも七月ごろから病をうったえていた藩主斉村が、八月十二日突然仙台城で息をひきとってしまった。二十二歳の若き藩主を亡くして、あとを継いだのはまだ生後半年にもならない幼君松千代君である。まもなく幼君の補佐役に大叔父堀田正敦が就任すると、伊賀はもり役を解かれた。

そうして主君とはもっとも遠い、江戸での客の対応や他家への使者を事とする江戸番頭に任じられたのである。その騒動のさなか、伊賀は妻を病で亡くしている。

幼君をかかえて体制も整わぬ仙台藩は、翌年三月には藩をゆるがす大一揆にみまわれた。ようやく一揆の首謀者を捕え処刑したものの、収拾には二ヶ月もかかっている。

真葛が只野家に嫁いできたのはその秋のことで、仙台領にはいると一揆のツメあとはあちこちでみられた。

「伊賀殿は江戸藩邸で国許の情勢をきき、なにもできぬおのれを責めておられた。しかもそんな領内に、新妻の奥方をひとりで嫁がせて、さぞ心細い思いをしてはいないかと、あんじておられた」

伊賀はそんなことまで南山禅師にうちあけていたのだろうか。

嫁いだとき、伊賀は江戸での役目のため一緒には来られなかった。供をつけてくれたが、たった一人で婚家にいく真葛には、江戸を離れるつらさもあって、心細い旅でもあった。

さいわい只野家への挨拶に、父にかわって弟の源四郎がつきそってくれたのが、せめてもの慰めであった。

奥州街道を北へ、北へと向かい、やがて仙台領内にはいると、いやでも荒廃した田畑の様子がうつる。駕籠の中からでも、木枯らしの吹く畦道や祠にうずくまるボロをまとった百姓らの無慚な姿に、胸をつかれた。

まもなく城下に入るという長町橋の手前の旅籠で、身なり、髪を整えた。芭蕉の辻にたどりつくと、供の侍がはげますように言う。

「その先の大橋をわたれば城の大手門、お屋敷はすぐ近くにございます」

一行は、じきに広瀬川の橋の袂に着いた。何やら碑がたっている。

「その昔、ボルトガル人の神父、カルヴァリオら九人の切支丹の信者が、ここで水責めの拷問をうけ、殉教した、その碑です」

真葛は碑を眺めて意外な気がした。島原や西国のキリシタンの殉教は江戸でもうわさになったが、遠いみちのくの殉教は正直はじめて聞く話であった。真葛が考えこんでいると、駕籠は大橋を渡ったようで、供の者が目の前に二の丸、さらに左手にあるのが山城の本丸と教えてくれるが、暗くてその雄姿はみてとれない。さらに広瀬川にそって川内の只野家の屋敷の門をくぐったのは、戌の刻も半ば頃（八時すぎ）であった。

新しい女主人をむかえる屋敷の門前には提灯がかかげられ、箒の目がのこるほど、掃き清められていた。式台でむかえられ、長い廊下を案内されていくと、伊賀の老母、三人の幼い男子ら、そして他家に養子にでた伊賀の弟木幡四郎右衛門、橋本八弥、沢口覚左衛門、武藤左仲、他家に嫁いだ伊賀の叔母たちが、座敷で待ち受けていた。

そうして和やかに親戚のかための盃をかわしたことまでが、まるで昨日のことのように思いだされた。十四歳を頭に三人の伊賀の子らと底冷えのする冬を過ごして、ようやく主の姿をみたのは翌年の春のことであった。

その夜主人をむかえて屋敷はにぎわった。四十人とも五十名ともいる供の者やその家族まで一堂にかいして、にぎにぎしく祝宴がはられた。

伊賀も裃をぬいで、弟たちや身うちのものたちと一晩中飲み明かしていた。

真葛は彼らのおびただしい酒量にあきれた。それも真葛が嫁いだ晩とはくらべようもない賑やかさで、お国ことばが飛びかうさまに、伊賀もくつろいでいた。

江戸しか知らない真葛は、なるほどこれが故郷というものかと、みょうに感心したことをおぼえている。翌朝たんねんに身づくろいをして座敷に両手をつくと、伊賀はけろりとした表情で、「みちのくの寒さは格別じゃ。風邪などひきはせなんだか」はりのある声でやさしく気づかってくれた。

それから真葛が聞きたがっているだろうと、

「江戸の人々は、お父上はじめ、みな息災でござった」

にこやかにいうと、みずから数寄屋町の家をたずねた時の模様をこまかに語りだす。

真葛は一気に肩の力がぬける気がした。みちのくに下ってから真葛は日記をつけている。

あとで読みかえしてみると、気恥ずかしいほど、気負っている。

……こうして只野家にまいったからには、なおなお、いくひさしくご奉公もうしあげまする。そのかわり江戸にいる老年のととさま、まだ若い弟、妹たちに思し召しをかけてくだされと……まるでそれが遠路はるばる嫁いだ夫婦の約束ごとのように、真葛は夫への手紙でも切々とうったえかけている。

顔も知らない夫が男から、ようやく背の君と呼ぶようになれたのは、一年をともに暮らしてからのことである。

そのときそばの竹やぶで、鶯がケケケキョケーと鋭く鳴いた。

「これはまためずらしい。はやくも鶯ですか。そういえば伊賀どのは鳥が好きだった」

禅師の言葉にうなずくと、真葛も耳をすませた。

みちのくにきて、初めて鶯の鳴き声をきいた。その声の大きさに驚いていると、

「鶯は、土地では『おとたか鳥』とよばれておる」伊賀が笑いながら教えてくれた。

なるほど江戸の向島園あたりで聴く鶯にくらべて、さえぎるもののない大空のもとからひびく鳴き声は、かん高く、おとたか鳥とはじつに似つかわしい名である。

真葛が感心していると、伊賀はさらに一二の鳥の名を詠みこんだ和歌をつくって、真葛にみせた。真葛も三月三日を示す「やよひみか」を、五七五七七の最初の音に詠みこんだ一二首を伊賀におくったりして、彼をよろこばせた。

「伊賀殿も、さぞ心残りであっただろう。若君のもり役を解かれて一時は気落ちされておられたが、奥方を江戸から迎えられ、隠居後が楽しみだともらしておられたが……」

そういえばあるとき伊賀が書棚から「論語」「大学」などの書物をとりだして、

「かような書物も、将来の藩主である若君のもり役をつとめるため必要とおもうて励んでまいったが、それもお屋形さまがあの若さで亡くなられるとは……すっかり張りも失せてしまったわ」

嫁いで日も浅い真葛に、伊賀は平気で弱音をはいたものだ。

そうした伊賀の率直さ、意外にも遊び心のある一面を知ると、悲壮な覚悟で嫁いできた真葛も、じょじょに心を開くようになっていった。それも真葛が、藩主の世子のもり役に選ばれた直後に藩主の死により職を失った伊賀に、田沼意次の失脚で蝦夷奉行の夢を挫折させた父の境遇をかさねて、より親近感にかられたせいかもしれないのだが。


隣室から昼の膳が整ったと、富美の声がする。伊賀は茶室のつづきに待ちあいのような瀟洒な建物をつくり、夫婦はよく水入らずで昼の膳をかこんだものである。座敷に入ると加乃が給仕のため、ひかえていた。

「さがっておいで、あとは私がいたします」

真葛がいうと、加乃はにこりともせず、強い光をおびた眼でうなずくと、障子に手をかけた。

「ほう、鮎ですか。もうこんな季節になりましたか。伊賀殿の好物でござった。それに夏になると鰻の白焼きをよく馳走になりましたな。とりわけ奥方さまが仙台に来られてからは中新田の百姓にいいきかせて、まるまる太った鰻を捕るよう頼んでおったようですな」

「まあ、さようなことまで」

伊賀は淡白な鮎もよく食したが、一番の好物は鰻、それも白焼きだった。

江戸生まれの真葛は、うなぎも濃いたれでからめたものしか食べたことはない。伊賀に勧められても皿にもられた白焼きが生々しくおもわれて、ついためらっていると、

「鰻は嫌いか？」

「いえ、好物にござりまする。ですが、かような白焼きはなんとも気味悪くて」

「まあそう嫌がらずに食べてみなさい。そうそう、おろしわさびをそえると生臭くない」

伊賀は笑いながらいうが、真葛には鰻の白身がぶきみでならない。それでも一家の女主人の意地をみせねばと、鼻をつまみたいのをこらえて、目をつむってのみこむ。

「どうじゃな？」

「……まこと新鮮で、それにこのわさびのせいでしょうか、少しもにおいませぬ。江戸でもかような鰻、食したことはございませせぬ」

「あたりまえじゃ。拝領地の中新田の鳴瀬川で今朝がた簗にかかっておったのだから」

なら最初からそう言ってくれれば、なにも死ぬ気で食べなかったものを。真葛は内心うらめしくおもいながら、料理が得意だった父にも味あわせてやりたいと、胸をつまらせる。

そうして一年もたつと、水量ゆたかな鳴瀬川でとれた鮎やあかはら、カジカ、鮒、鯰、ハヤなど季節ごとの食材が膳にのぼるのにも慣れた。江戸では食材から衣服、何もかも、町人の店をとおして買うことになる。それがここでは拝領地からとれる食材や絹糸などでまかなうことができる。嫁いだその年の冬など、夫のいない広い屋敷でぽつねんとしていると、冨美が糸つむぎを教えてくれた。きような手つきで糸車をあやつりながら、

「中新田には一面の桑畑がひろがって、この糸もそこから運ばれたのでござります」

冨美は誇らしげに薄い胸をはったものだ。

「伊賀殿は、いつか奥方さまにも中新田をみせたいと言っておられた」

それも果たせぬまま伊賀はひとり逝ってしまった。

その伊賀は、広い屋敷に茶室や離れをつくり、一年ものあいだ留守をまもる真葛をいたわって、昼の膳などともにしてくれた。

栲子に手紙でそのことを書いてやると、

「まあ、うらやましいこと。そんな待ちあいでお昼をいただけるなんて。それも姉上さまのお住まいになるお屋敷の土地が、たいそう広いからでございましょう」

いつもながら栲子の手紙は、あっけらかんとして、女にはめずらしく感傷的でない。その栲子も尼になり、世をすてた。思えば七人もいたきょうだいで、残っているのは栲子だけなのに。おもわずため息をつく真葛の耳もとで、南山の声がした。

「伊賀殿はなかなかの食通で、さまざまな料理をたのしまれた。そういえば奥方さまのお父上も料理名人で、たしか……」

「はい、平助料理とよばれておりました」

「おうそうでしたな。伊賀どのも父上の包丁さばきには感心しておられた。おしいことをしました、拙僧もご相伴にあずかりたかった」

そういうと南山は豪快に笑いだした。それからふと真顔になって、

「奥方さまには、その工藤平助どのの血が流れておられます。『赤蝦夷風説考』が出たころは、仙台藩内でも熱心に読まれたものです。伊賀殿も血気盛りの若者で、父上の著作にいたく感激しておられた」

そういえば江戸から戻るたび、伊賀は真葛にこう語っていた。

「おやじさまもお歳をめされ弱られたが、まだまだ長生きして世の成り行きをみていただかんといかんのじゃ。なにしろ、おやじさまは初めて赤蝦夷風説考を著し、オロシヤとの交易を老中田沼意次さまに進言されたお方じゃ。田沼さまはさっそく御普請役を蝦夷にむかわせ調査を命じられた。それ、そなたも知っておろう。乙巳の年、天明五年、わしも二十五とまだ若かったせいか、血が騒いだものよ」

仙台藩は早くから北方警備の任にもついていた。そんな事情もあって、伊賀もオロシヤや蝦夷地開発には若いころから関心があったようだ。

あのときの伊賀のはりのある声までが、なつかしく思いだされる。

それでも夫から父の栄光を聞かされるたび、そのあとの父の失意の大きさが思い出されて、真葛はいいようのない悔しさと焦慮におそわれたものである。

父が『赤蝦夷風説考』を書きあげたのは、真葛が仙台藩の奥奉公にでて六年目のことである。もっともそのきっかけとなった事件は、明和八年真葛が九歳のとき起こっている。

当時ハンガリー出身の政治犯で、カムチャッカに流刑になっていたベニョフスキーという男が、あるとき仲間とともに船をうばって脱走した。彼はヨーロッパにむかう途中、食糧を調達するため日本の阿波に寄港し、さらに奄美大島に立ち寄った。そのとき彼は日本人に親切にされたことで、オロシヤが南下政策により日本を侵略する計画をもっていると、長崎商館長に手紙で警告した。長崎商館長は、事の重大性にただちに幕府に報告した。

だが幕府は、詳細を調査もせず、無視した。ところがこの間秘密とされた情報が、オランダ人や長崎通詞から知識人たちに伝わることになり、父のもとにもオランダ通詞吉雄幸作から知らされることとなった。その吉雄幸作は、独自にオロシヤの歴史、地誌をのべた蘭書『ベシケレイヒング、ハン、リュスランド』を入手し、翻訳している。それを買い上げた福地山藩主が前野良沢に下賜し、平助の手にわたった。さらに当時蘭学者のあいだで有名だった地理学の本『ゼオガラヒー』を入手した蘭学者の杉田玄白から、良沢をつうじて平助もみる機会をえている。父はオランダ語を解しない。そこでオランダ語に堪能な桂川甫周と大槻玄沢に翻訳してもらって読んだという。

さらに以前松前から飛びだし平助の弟子になっていた前田玄丹をつうじて、元松前藩勘定奉行湊源左衛門からオロシヤの詳しい情報を入手することができた。最近東蝦夷にはオロシヤ人が度々交易を求めてやってくる。なかには通訳もいて、これには日本の漂流民がされている、と。父は、これらオランダの書物と松前人の情報をもとに、『赤蝦夷風説考』を著した。そうして父の名声がひろまると、あるとき田沼の用人によばれた。

「田沼老中の時代に、これからの日本にとって有益なことを仕置きたい願いあり、何をしたらよいとおもうか」

「国を広くする工夫、よろしかるべし」

平助は即座に答え、蝦夷地開発を提案したという。

さらに幕府勘定奉行松本秀持によばれて、父は北方事情など詳細をのべた。こうした結果、幕府は父の進言を受け入れ、正式に蝦夷への調査隊を派遣することを決めた。

さらに父はこれらの事情を藩主伊達重村候に報告するにあたり、

「赤蝦夷風説考を著すにいたったのは、すべて藩主のすすめによるもの」と、自分の著作も藩主の先見の明によると、手柄を藩主のものにした。すると重村候は、父の機知に手をうって喜ばれたという。

そんな父が幕府から蝦夷奉行の内諾をえた。仙台藩の奥奉公にあった真葛のもとにも知らされた。

長井家の三男に生まれて、幼少から武士として志をもって生きよと育てられた父にとって、蝦夷奉行就任は武士として政治に参加できる最大の機会であった。

父はその実現を疑ってもいなかったし、真葛も父の言葉を信じていた。

そうなったら、いずれ蝦夷奉行にふさわしい幕府の高官に真葛を嫁がせようと、本心から考えていたようだ。

「それが翌年、まさかあの田沼さまがご罷免《ひめん》になろうとは……

だが、おやじさまの見通しは正しかった。あれ以来オロシヤが蝦夷を侵すこと度々じゃった。おやじさまには、これからも目を光らせてもらわんとな。それにそなたが育った工藤家のような家はめったにあるものではない。わしの留守のあいだ、息子たちにも異国の珍しい話や江戸でのこと、話してやってくれ。そなたの生まれ育った家でのできごと、なんどきいてもゆかいでならない。むかしばなしとして、書きとめるべし。さすれば寂しくはなかろう」

夫が父をほめるたび、そして真葛の寂しさを気づかうようにしきりと書くことをすすめるのを聞くと、父の蹉跌《さてつ》の深さがおもいやられて、ことさら悲しくなった。

それに田沼の失脚がなかったら、父は蝦夷奉行となっていた。そうしたら自分が伊賀の後妻になって、ここにいることもなかったのだ。真葛はそんな思いを胸にひめて、夫の言葉にただうなずいていた。その父の全盛期の象徴であった築地の家は、田沼の失脚の二年前、天明の大火で全焼してしまった。それはまるで父の蹉跌の前触れのように、それからの父と工藤家は、ことごとく運にみはなされていくことになる。

真葛は深々とため息をついた。

そんな真葛の思いをやぶるように、茶室の「聴鶯」の扁額を眺めていた禅師がつぶやいた。

「そういえば、この扁額をかかれた土井候が、亡くなられたそうですな」

真葛は寂しくうなずいた。こうして父を知る人々も、あいついで世を去っていく。

「さて、そろそろおいとまさせていただきましょう。奥方さまといると楽しゅうて、つい時間もわすれて長居いたしました。いずれ奥方さまが書かれた女のひとりかんがえ、読ませていただきたいものです」

豪放ながら繊細な南山は、こうして伊賀亡きあと、たったひとり広い屋敷に残された真葛をあんじて、ときおり訪ねてくれる。

その禅師を見おくると、真葛は長い廊下をわたって座敷にもどった。急に冷えがしのびよって、真葛は背筋をちぢめた。父や伊賀を知る人との楽しい語らいの後に、きまっておそわれる寂寞感にうちひしがれていると、障子越しに冨美の声がした。

「江戸の瑞祥院さまからの、お文にございまする」

真葛ははやる心をおさえかねて、さっと文をひろげる。栲子は手紙のなかで、あの偏屈な馬琴が姉上さまの手紙でようやく心をひらいてくれたと、率直に喜びをあらわしていた。

真葛は一瞬ほっとして次に馬琴の文をあけた。たしかに馬琴は「独考」を読んでくれたようだ。馬琴の筆で、

……をうなにして、をのこだましひましますなるべし……


おんなの身でありながら一国の経世済民をうれえ論じるなど、立派な男子のような魂をもっているばかりか、世人は知らない予のことをよく知っていると、真葛の志の高さをほめてくれている。

そうして「独考」の出版については、幕府の禁忌にふれる部分もあり、ひとまず写本という方法で、読み広めたらどうか。十人に二、三人は真葛の考えを理解するかもしれない。そうして読みつがれれば、後世にものこるだろう、と。

そのためにも真葛の名を広める必要がある。さしつかえなければ「独考」の一部を、自分の随筆「玄同放言」に載せて、その一助としたい。馬琴はそうまで言ってくれた。

真葛は夢ではないかと、なんども馬琴の文を読みかえした。

そうしてまずは真葛という名をひろめたほうがいいとの馬琴の助言に、たしかにいきなり風変わり

な「独考」を世にだすより、もっとなじみやすい著作をだしたほうがいい。

そうおもった真葛は、みちのくでの怪奇話をあつめて書いた『奥州ばなし』と、いまひとつは伊賀の死後、松島の南に位置する名勝の地、七ヶ浜をたずねて、各地の口碑、伝承を聞き書きした『いそづたひ』を送ることにした。

六

めずらしく馬琴が朝風呂に出かけるという。手ぬぐいをぶらさげ、洗い桶をもって出かける馬琴を見送って、おさきは首をかしげた。書きものがよほどうまくいっているのだろうか。風呂嫌いな父は銭湯にいくのも月に一度ばかり。それもおさきに催促されてやっとしぶしぶ腰をあげるのに。それが今朝は自分から風呂屋にいくといいだした。

それでもかつかつとひびく下駄の音を聞いていると、おさきも嬉しくなる。

いつものように二階にあがると、障子をあけた。はたきをかけ、ほうきでさっと掃いていると軒下の鳥かごでばたばた音がする。腹でもすかせたのか、餌をやり水をかえてやる。

しばらく静かになったが、その時路地から一塵の風がさっとまってきた。カナリアは鋭く鳴いて、狭いかごのなかを狂ったようにとびまわる。机の上の書物が乱雑に畳にちらかった。おさきはあわてて障子をしめる。それから畳にはいつくばって手紙を机の上にもどしながら、なにげなく見て、はっとする。あのみちのくの女性からの手紙だろうか？

……縁あってみちのくに下った頃は、江戸に比べて百年程もおくれたような土地柄で、旧家の主婦として多くの旧習を守らねばならず、「あたかもかい鳥のごとし」と、自分を籠のなかの鳥のように不自由に感じておりました。

それも二十年ほどたった今でも、「此の身は、たとえば小蛇の物に包まれて、死にもやらず生きもせず、むなしきおもひ残れるにひとし」と、感じているありさまです。

おさきは一瞬あっけにとられた。女の身でこんなことをあからさまに打ち明ける人がいるなんて、しかも気むずかしい父に送ってよこすなんて……

それに我が身を「かい鳥」となげいたり、小蛇になぞらえたり。

蛇なんぞ人に畏れられ嫌われるだけで、そんなものに例えられたら、かえって肌にまとわりつかれたようで、きみわるくてたまらない。

でも蛇はいやだけど、「かい鳥」というのは、なんとなく自分にもわかる気がする。

おさきは再び障子をあけて手すりにもたれながら、何気なく路地を見た。

するとまぶしそうに陽ざしを手でさえぎりながら、男が歩いてくるのが見えた。

「登さま……」おさきはころがるように玄関先にでる。

「おやじ殿は？」

「風呂屋に出かけました」

「これはめずらしい。いつですか？」

「たったいま」

「そうですか、では私もひとつのぞいてみます。だいぶ髭ものびてきたし」

登はそういうと浅黒い顔をくしゃくしゃにして、おさきに頭をさげると出ていった。

おさきは笑顔で見おくって、はっとした。さっきから、前かけをしめたまま、たすきがけの紐もとらずに登の相手をしていた。なんて気の利かない女だろう。登はそうおもって、はやばやと退散してしまったのだろうか。おさきは急にかなしくなった。せめて妹のおゆうのように、愛嬌たっぷり冗談のひとつもいえたら、登にもそそくさと朝風呂なんぞにいくこともなかったのに。自分が口べたなばっかりに、登につまらない思いをさせてしまった。

おさきはのろのろと階段をのぼろうとした。そのとき玄関があいて、萩尼があらわれた。

「あいにくと父は出かけておりますが」

「まあ、どちらに？」

「あっ、いえ、ちかくまで」まさか朝風呂にいったとはいいかねて口ごもるおさきに、

「では待たせていただきます」尼はそういうと上り框《かまち》に腰をおろした。

「あの、玄関先では、どうぞおあがりください」おさきは居間に案内すると茶をだした。

「ありがとうぞんじます。急いでまいりましたので喉がからから……」

尼はくったくなげに笑うと、細い眼に好奇心をうかべて、

「おさきさん、先生のお嬢さまでしょう？」

おさきが前掛けをいじりながらうなずくと、

「ここでは二人っきりでお暮らしですの？　お見かけしたところご家族さまのお姿が見えませんので……、あらっ、立ち入ったことお聞きしまして」

萩尼はそういいながらも一向に悪びれたようすもない。

「おさきさん、おいしいお茶ですわ。きっと料理もお上手なのでしょうね。でもあんまり何もかもおできになると重宝がられて、一生縁遠くなりますわ」

萩尼は茶をのみほすと、湯のみを手でころがしながら、いたずらっぽく笑う。

「でも何もできないよりいいかもしれません。姉から聞いた話ですが、ある用人の奥方は、みためには普通でしたが、縫い物を手にとればたちまちふさぎこむありさま。とうとう家内は、ぼろをまとうようになって。こまっていたところ、下男が家につたわる妙薬があるというので飲ませたら良くなった。ところがその下男が暇をとるとまた再発して。それをきいた医師の弟子が機知をはたらかせて、下男の薬とそっくりに調合して飲ませたところ、治った。下男の名前をとって惣八散として売りだしたところ売れにうれて」

医師というのは母の弟で、真葛はこの桑原の叔父をなぜか嫌っている。

「奥方も病とはわからず縫い物嫌いなど名づけられ、さぞおこまりだったと、姉などいたく同情しておりましたけど。ところでおさきさん、縫い物は？」

おさきはこくりとうなずく。女である以上針仕事ができないなど考えたこともない。

「そう、うらやましいこと。わたくしはお裁縫がにがてで、針をもつと頭が痛くなって、気のせいか髪の毛が薄くなって。あら、そのせいで尼になったわけではないのですよ」

「まあ……」尼の飾り気のない話しぶりに、おさきは目をまるくした。厳しく女の作法をしつけられたおさきは、もともと手先がきようなこともあり、縫い物も炊事も苦ではない。むしろ何もしないでいると落ちつかない。

「そうそう、これも姉の友人で、もと吉原の遊女だった直衛《なおえ》という人が、嫌いでいつも振っていた客にうけだされて、一生つれそうにはめになったという哀れなはなし。きっかけは、客が帰ったと思い悪口をいっていると、押入れに潜んでいた男が飛びだしてきた。男は、遊女のくせに客の悪口をいうお前の本性を廓中にいいふらすとわめきたてる。面目をなくした直衛は、それからは親身につくすようになり、身うけされた。ところが後でわかったのですが、すべては男の計略で、あげく男に金で買われて主人に縛られることになった。相手をみた姉は、いかにも女の嫌いそうな男だと、直衛を気の毒がっていました」

「まあ、……でも姉上さまは仙台藩の大身の奥方さまでございましょう?」

それがなんで吉原の遊女と知りあいなのだろう。おさきはおかしいやら不思議やら、笑うに笑えず、半分泣きべそをかいたような顔で尼を見る。

「もちろん、仙台に嫁ぐまえの数寄屋町でくらした時のことですわ。仙台にいってからは和歌のお弟子さんも、ご家老や上層のお武家さまの奥方さまとか、ずいぶんと限られたようですが」萩尼はそういうと、

「でも江戸にいた頃の姉は、ずっと活発でしたの。だって数寄屋町にいたころは、父の診療の手伝いもしていましたから。あるとき、なかなか治らない皮膚病の娘さんの往診の供をして、どうして快方しないのかと不思議がると、父はライ病だからと答えたそうですの。姉は、これが音に聞こえた病かと気味悪がって、うつらないでしょうか、とたずねると、らい病がうつってたまるか、父は笑ったそうです。もっともこれらの話は私の小さかった頃のことで、父や母の思い出を知らずに育った私たち

妹を不憫がって、姉はむかしばなしとして書きつづってくれましたの」

おさきはやっとうなずいた。みちのくの真葛という女性は妙なことをかたると思っていたが、それも尼さまのお話で、たいそう珍しいご経験をつまれたからだと、納得した。

それに長女として弟や妹を思いやる情の深さといったら頭が下がる思いがする。それにくらべて自分は姉でありながら、妹のおゆうが父に勘当されても何一つかばってもやれなかった。おさきはすこしだけ寂しくなった。すると萩尼が、

「おさきさんも、たしか奥奉公のご経験がおありとか？」

「ええ」

「そうでしょうね。当節だれもが奥奉公をしないと一人前とはおもってくれませんもの。でも姉はここでもおかしな話を老女中の真珠という人からきいてますの」

そういって萩尼はくすりと笑うと、身をのりだした。

「真珠が仕えていた当時の仙台藩主宗村さまはとても美男だったそうですわ。側室もおおく、だれもが憧れていたところ、奥女中の一人が恋文を送った……」

「まあ……」藩主に恋文を？　なんという大胆なことを。おさきが目を丸くしていると、

「でもそれがばれて、暇を出されてしまったそうですわ」

そりゃあたりまえだ。

「でも姉は笑ってもうしますの。美男な藩主を見て、若い女がのぼせあがるのはあたりまえ。だって好色は、だれもが好む道だといって、ね」

おさきはどぎまぎして、玄関口を見た。父や登に聞かれたら……

するとを萩尼も戸口を見て、

「そういえば、先生は遅いですね」

「でもじき朝風呂からもどりますわ」

「まあ、朝風呂に？　毎日のことですの？」

「いえ」

そこへ、かつかつと下駄の音がして、引き戸が勢いよく開いた。おさきはその音におびえたように腰をうかす。父の留守に客を座敷にあげたことなどこれまで一度としてない。

気配を察して座敷のなかから萩尼がでてきた。馬琴を見るとていねいに三つ指ついて、

「お留守のあいだにおじゃまして、あいすみませぬ。姉から草稿が送られてまいりましたので、一刻もはやくとお届けにあがりましたの。……まあ、おひげをそられて、お顔の色艶もよくて、すっかりみちがえましたわ」

「いや、ちかごろ無精をしておって……」

馬琴は言葉につまって、上り框にひざをぶつけた。附毛がおちそうになる。あわてて髪に手をやる父に、おさきはうつむいて笑いをかみころす。

馬琴は四十の半ばころから薄くなった髪を気にして、附毛をかかさない。でも風呂上がりはさすがに外しているのに、きれいに剃った月代に、ていねいに附毛をのせている。

そのとき、登が顔をのぞかせた。萩尼を見ると、よほど驚いたか、蒼くそりあげた顎をなでて、は

はんとうなずきながら、馬琴と尼の顔を交互に見くらべている。

「五の日に風呂屋にいくのは、ここ何十年来の日課でしてな」

そういうと、馬琴は萩尼には目もくれずに二階にあがろうとする。すると後からのっそり入ってきた登が尼の前にどっかと座ると、

「ほう、なになに『奥州ばなし』と『いそづたひ』、なにあなたの姉上のお作ですか。ちと拝見してもよろしいかな」馬琴に聞えよがしにいう。

「ええ、この『奥州ばなし』は仙台地方の奇人変人、狼や山女、はては年を経た狐、猫、猿などの悪戯など、姉がみちのくで聞いためずらしい話ですの。たとえばこの『狐とり弥左衛門がこと、ならびに鬼一管』は、千年もたった狐のはなしで、おもしろうございます」

「おやじ殿が好きそうな奇談怪談でござるな」

「ええ、それはもう。姉もそうもうして、ぜひともお見せするようにとのことですわ」

馬琴はこらえきれずに居間にとってかえす。すかさず萩尼が、

「姉はたいそう喜んで、とりあえずこの二作を送ってまいりました。よろしかったら置いてまいります」と、ふくさをひろげてみせる。

「これは……八本矢車紋？」

「ほう、これはめずらしい。それにおやじ殿の滝沢家の家紋ですな」登がのぞきこむ。

「どこでこれを？」

「じつは、越前藩出入りの商人にそめあげてもらいましたの」

茶をはこんできたおさきはおどろいた。馬琴の目が一瞬鋭く光って、うるんだからだ。

「かってにご家紋を染めたりして、あいすみませぬ」萩尼は頭を深々とさげたが、たいしてすまなそうな顔もしていないばかりか、得意げである。

「いやそれはかまわぬが」馬琴は口もとをゆるめて、したしげな眼で尼をみる。

ふたりのやりとりを脇でにやにやながめていた登が、ようやく立ちあがった。

「のちほどまいります。おやじ殿には、よしなに」

おさきに目くばせすると、頭をふりふり表へ出ていった。

馬琴はそれにも気づかぬふうに、尼にも茶をすすめると、

「姉上の手紙、読ませていただきました。仙台藩医であった工藤球卿平助殿のご息女とは、存じあげもせず、失礼いたしました。さすが教養のほどもうかがえます」

「おそれいります。姉も一風かわった『独考』が先に出版されるより、奥州のめずらしい話などかいた『奥州ばなし』や、『いそづたひ』の随筆などのほうがより親しみもあるだろうと、先生のご指示にそうよう送ってまいったようです」

「わかりました。さっそく読ませていただきましょう。ところで今日はお詫びせねばならぬことがあります。おい、おさき、れいのもの持ってきなさい」

馬琴は、おさきがおそるおそる手渡したふくさを尼の前にひろげると、

「いや面目もござらぬ。火鉢に落としましてな」そういいながらも、

「こがれつつ　わたしかねたる河舟の　風のふくさにいとどくるしき……」

など、妙に誘いかけるようなざれ歌をくちずさむ。それを聞いた尼も、

「よの人の　たぐいにあらずまめなりや　けふくさの戸にかへす心は」しっぺいがえす。

おさきにははじめてみる父の戯れた姿である。母のお百にもあんな艶めいたことは言わないのに。

あの尼さまはどうして父の心を惹きつけてしまったのかしら？

それとも、みちのくの真葛さまのせいかしら？

おさきは首をかしげながら、登が出ていった戸口をうらめしそうに見た。

七

　登が再びきたのは夕方近くである。おさきは小鍋をつかんで豆腐屋にいくところだった。

「おさきさん、尼さまはお帰りですか？」

　おさきは飛びあがった。小鍋を後ろにかくすと、きまりわるそうに突っ立っている。

「たしか越前松平家の尼さまといわれたようだが、どんな用事でまいられたか。どうもおやじ殿とはむすびつかぬが」

　おさきは首を横にふる。めったなことは言ってはならぬ。父のいましめは絶対である。

「まあいいでしょう。いずれ素性もわかりましょう」

　登は白い歯をみせると、さっと通りすぎようとする。

「あの……」

「なんですか？」

「尼さまは仙台藩にとつがれた姉上さまが書かれた草稿を出版してほしいと……」

「それで、引き受けられたのですか？」

「それは……」

「めずらしいことがあるものだ。他人の草稿など、どんな高家の方から届けられてもすぐに返される。あずかるなんて、ましてやそれを読んで出版の労をとるなど、これまで一度としてない」

登はなおも不思議そうにつぶやくと、おさきのいることも忘れたように戸をあけた。

薄暗くなりかけた路地に立ったまま登の後姿をながめて、おさきも豆腐屋にいそいだ。

そうして二丁もの豆腐が鍋にうかぶのを見て、湯気のたった湯豆腐鍋をかこんで話に花をさかせる父と登のむつまじい姿をおもいうかべる。

しばらくして、おさきが裏木戸をひきあけると、登のよくとおる声が飛びこんできた。

「なるほど、仙台藩医工藤平助といえば、もちろんぞんじております。田沼意次に赤蝦夷風説考という本を献上して、いちやく時の寵児となった人物ですな。それにしても、めずらしいことです。おやじ殿が興味をもたれるとは」

「いや、なにもさような本に興味があるわけではない。たまたま頼まれた相手がその娘であったというだけで、深い意味などない」

「いや、あの本は、オロシヤの東方経略の歴史、蝦夷、千島、カムチャッカ、オロシヤの地理的位置について述べた、たしか文献にあらわれた最初のものです」

「なるほど」

「しかも工藤平助は蘭書や松前人の話から、ベニョフスキーの情報を検討して、オロシヤは交易をもとめている。侵略計画があるというのは貿易の利益独占を図るオランダ人の策略だろうとしている。そのうえで、大国オロシヤの接近を放置することはできないから、交易すべきだといっている。その理由として警備のため交易すれば相手の内情もわかり対策も講じられる。二つめは、抜荷対策、放置すれば抜荷が増えるのみである。その三、交易により国力を増すことができる。そして交易の利益を用いて、蝦夷の金鉱山などの鉱山開発をすれば日本の国益になる、そう論じておる。まこと先見の明ある見識で、公儀もこの意見をとりいれてオロシヤとの交易をしていたら、近年いちじるしいオロシヤの露寇《ろこう》、択捉《えとろふ》、利尻《りしり》などへの襲撃もくいとめられていたとおもいます」

登がいう露寇とは、馬琴が『椿説弓張月《ちんせつゆみはりづき》』を著しはじめた文化四年四月から五月にかけて勃発した有名な事件である。オロシヤはそれ以前から松前、長崎に使節をおくって交易を申し入れていたが、幕府がひたすら後手にまわるうち、北では露寇が、長崎には英米船が来航する事態になってしまった。

登はいつもながら明快に断言する。その博識ぶりや武士らしい気骨に、馬琴は一瞬羨望をおぼえた。宗伯に、せめてこの健常さがあったらと、悔しくもなる。

だがその一方で、馬琴は登の若さを警戒する。

そういう馬琴も、かつて酒一樽をもって、はじめて山東京伝の銀座一丁目の家をたずねて入門をこうた。たちまち意気投合して、京伝の家にころがりこんだ。

京伝はそのころすでに、芝居絵、役者絵、遊女絵で知られ、他にも毎年四、五作の黄表紙を書くという、その道では若き通人だったのである。馬琴はこの時までに江戸中の黄表紙や浄瑠璃はすべて読んでいた。だから京伝が六年前、二十四歳で書いた出世作、『江戸生艶気樺焼《えどうまれうわきのかばやき》』の黄表紙も当然熟読している。馬琴は京伝の語りの魅力に惚れぼれしたが、腹の中ではなんのこの程度の黄表紙なら自分にも勝算ありと本気で思ってもいた。

その馬琴は二十四にもなって、食もなく素寒貧《すかんぴん》で、一ケ月あまりも神田川を漂泊しては、卜筮家《ぼくぜい》（易者）になろうとして、それもなりきれずに放浪していた。しかも江戸をおそった大雨洪水、津波のせいで、根城にしていた深川の裏店が浸水し、崩壊してしまった。

とりあえず京伝の好意にあまえて、半年ばかり食客になった。その間妙におかしみのある処女作をかいたり、京伝の代作をして黄表紙をかいたりした。

その京伝が、翌年寛政の筆禍《ひっか》にあって、手鎖《てぐさり》の刑に処せられるとは……

書肆《しょし》、蔦谷《つたや》重三郎から刊行された京伝の洒落本が、相次いで出版禁制にふれ、版元、地本問屋行事とともに、とうの京伝自身も町奉行所に召喚されたのだ。内容的にはとくに問題もない洒落本だったが、前年に好色本（洒落本）など禁止されていたから、時期が悪かったようだ。

それも蘭書から好色本まであらゆる種類の出版物が氾濫していた田沼意次の時代が突如幕をひき、松平定信の寛政の時代に移行した。この間の激動する政治の変化を、当時の黄表紙が面白おかしく、冷やかしたり茶化したりしたことが背景にあったのかもしれない。

とにかく版元の蔦重は、財産半減の闕所《けっしょ》処分になり、通油町の本店は、店前半分が破壊、閉鎖された。そうして京伝も、ただちに手鎖五十日の刑を執行された。

この裁決は、処罰慣れしている蔦重より、京伝をひどくうちのめしたようだ。

それからの京伝は、馬琴にいわせると、「深く恐れて謹慎第一の人」となり、面白くもなんともない戯作にあまんじるようになってしまう。こうした京伝にたいして蔦重は、「大腹中の男子で、お咎など痛くもかゆくもない」つまり根っからの商人だったせいか、筆禍をこうむった京伝人気を利用したり、馬琴に京伝代作をさせたり、したたかに商いを続けた。

その蔦重に馬琴はどうやら認められた。翌年には蔦重の店の番頭におさまっていた。

寛政の筆禍は、太田南畝《おおたなんぽ》、恋川春町、朋誠堂喜三二《めいほうどうきさんじ》といった、それまでの世相風刺、滑稽一辺倒の黄表紙作家を一掃した。しかも彼らは武士である本名は隠し、吉原に遊び、戯作者としての自己を高等遊民とみなすことに誇りを感じていた。

だが馬琴は彼らとはちがっていた。おのれの出自を誇示するかのように武士である本名を名のり、祖先の系譜さえ明らかにしている。蔦重は、その馬琴の硬質で、さらに中国や日本の古典などから題をとった伝奇性、耽美性をもつ多面的な内容の読本に、これまでの黄表紙の書き手にない作家の資質を見てとった。とくに伝奇的物語の中に、悪や闇や残酷も強いメリハリで書かれる、馬琴の激越さに、彼は注目した。このころ江戸の文化は成熟しきっており、一方で美の頽廃という側面をもっていた。世相の残酷さ、武士階級は道徳的に堕落し、遊女や下層民にいたっては凄惨な窮迫を強いられている。世相の残酷さ、靡爛《びらん》した感性は、この時代の特徴をなしていた。蔦重の時代を見る目は卓抜だった。

馬琴の書く歴史的伝奇性の読本という新しい形式は、唐国の故事、趣向を用い、形式的には公儀の目をごまかすため勧善懲悪の旗印をかかげ、善玉悪玉の人々が葛藤するなかで、恋愛、受難、奇異、敵打などちりばめる。じつに多彩な物語の世界を現出したのだ。

これが受けた。馬琴の読本は、時代の脚光をあびることになった。

それは従来の黄表紙が、主題などはなく、ただ反意味的で万華鏡のように、新しい物語を混沌として語りつづける、つまり浄瑠璃や芝居に、観客婦幼がわくわくする見た目の華やかさ、歓楽性、情調性、怪奇、戦慄性、そして涙と悲しみに胸をつまらせる、その混沌とした世界そのものでなりたつ、まさに語りの魅力にあったから。……その中心に、吉原を根城に遊芸にふける京伝その人がいたのだが。

馬琴は眼をとじて、めずらしく過去の一事などおもいだして、感慨にふけった。

自分の硬質な読本にたいする強烈な自負、それも滝沢家へのこだわりであること、それらをおもうと、ふと妖しげな激情にかられた。

おなじだ、なんというめぐりあわせだろう。

みちのくの真葛は、ひたすら父の「工藤家」にこだわっている。それも二人いた弟たちはいずれも体が弱く、若くして亡くなってしまった。その結果、工藤の家は後継ぎをなくして、滅んでしまったと。馬琴には決して他人ごとではない話だ。

父が突然死してからの滝沢家の苦労は、今思いだしても胸がくるしくなるほど悲惨なものだった。そんななかでも兄弟は、長兄の興旨を中心に機会があるごと親しく行き来してきた。長兄興旨は、二十三のころから越谷吾山《こしがやござん》の門弟になり、羅文の号をもつ俳人であった。

彼は俳諧の連衆として東岡舎を結社した。人望のあった羅文のもとに集まったのはすべて侍であるが、いずれも陪臣身分の人々であった。奉公先はそれぞれちがっても、俳諧という趣味によって連帯していたのである。俳諧は当時すでに町人らの間でもひろく浸透していたが、富裕な町人とは異なった、彼ら貧しき武士層なりの矜持が支えとなっていたこの結社に、馬琴は鶏忠の俳号をもつ次兄興春とともに参加していた。

その次兄が二十二歳で突然死した。馬琴は長兄と、いそぎ赤坂三分坂の長屋にかけつけ、その無残な死にざまに唖然とした。

次兄の興春は、母の死後、高田家に婿入りしたが、そこの娘に嫌われ、ひどいしうちをうけた。我慢にがまんをかさねたが、ついに耐えかねて離別し、その後わたり用人の口をみつけたものの、病にたおれて、たったひとりで苦悶死したのだ。

死骸を大八車にのせ、馬琴は兄とふたりだけで赤坂三分坂の長屋から、市ケ谷をこえ、千石、小石川、音羽をとおって、大塚の茗荷谷の菩提寺深光寺まで運んで、ようやく埋葬を終えた。二十歳になっていたものの次兄の死は前年死んだ母もんにつづき、馬琴には身をきられるほどのつらい体験だった。

その後の馬琴は、長兄のつとめる旗本、山口勘兵衛邸を頻繁におとずれ、兄弟はしじゅうあっていた。

そのたのみの長兄も、まわりの人々に惜しまれながら、四十歳で突然死んでしまった。病臥してからわずか二十七日目の、あっけない死であった。長兄には二歳の女の子しかいなかった。その子も三歳で死んでしまうと、馬琴一家が血筋の上では最後の滝沢家の血脈を受けるものとなった。

しかし馬琴は町人になっていた。その意味では武家としての滝沢家は終焉した。

だが馬琴は、長兄の羅文が結成した東岡舎の集まりには、その後もよろこんで参加した。彼らとの交流を大切にしたのは、身分いやしき下級武士ゆえに社会的に冷遇されて生きざるをえない彼らと、共通の俳諧をとおして遊ぶことで、侍の身分をすて戯作者になったおのれの出自を、いつまでも忘れないためでもあった。地位も名誉も、しかるべき財産もない下級武士にとって、ゆいいつ頼りになるのはたがいの血縁でしかない。兄たちが死んだいまでも、馬琴にとって彼らはもっとも敬愛すべき人々であった。

そうして不幸にも亡くなった兄たちをおもうと、真葛が、きょうだいを七草にたとえてまで、工藤の家の血の絆にこだわった、その家への激越なこだわりが思いだされた。

それは、馬琴の運命や感情と、奇妙なまでに一致するではないか。

もしやあの女こそ、わが戯作の真価を、その独創性をみぬいてくれる貴重な読者ではあるまいか……。


「おやじ殿、なにか考えごとでも？」

ふと我にかえると、登の真剣な目がけげんそうに見つめている。

「いやなんでもない」

「それならいいのですが」

登はほっとしたように唾をのむと、いいかけていた話の続きをはじめた。

「いやあの田沼意次の政策は、いまでは口に出すのもはばかられるが、一概に何もかもが悪いわけではありません。あのまま幕府がおしすすめていた蝦夷地調査をもとに、オロシヤと交易していれば、今ごろ幕府も異国の出現にあたふたすることもありますまい。海洋国日本は、これまで海洋にまもられてきたが、それが逆に脅威ともなる時代です。いたずらに時代に逆らって鎖国をしている場合ではないのです。林子平は『海国兵談』ではやくから国防の必要を警告している。その子平は、老中松平定信候の命で国元の仙台藩で蟄居を命じられ、翌年には死んでいる。あたら人材が闇にほうむられた」

登は挑発するように、にやりと笑うと、最後にこう断言した。

「それに、おやじ殿の『椿説弓張月』の読本、あれなど為朝伝説を媒介に、南島や海洋への関心がじつに生き生きと表現されています。海に守られる平和な島国日本が、やがてその海洋ゆえに異国の脅威をうける、時宜をえて警鐘を発しておられる。おみごとです」

「なにを馬鹿な。たとえ冗談でもさような根も葉もないこと、いいふらしてもらっては迷惑だ。あれは、たんなる物語にすぎぬ」

「いや、それは分かっております。ただ、おやじ殿の物語は絵空事ではなく、時代をうつしだしている。もっといえば、およそ小説は心を師として、作り出せしもの、おやじ殿の持論のとおりです」

馬琴は苦虫をかんだように黙然としている。

「おう、日が落ちてきた。いや愉快な話で、つい長居しました」

おさきは台所から飛びだした。登の姿は路地の角をまがっている。

湯豆腐の鍋の二丁の豆腐を、おさきがうらめしげに見ていると、いれかわりに山青堂の番頭が玄関先にあらわれた。馬琴はこの春には『八犬伝』の三編を山青堂から刊行したばかりである。押しだしのいい番頭とは馬琴はそりがあわない。

しまったとおもったが、相手は当然のように座敷にあがりこんでいる。

それも女づれで、新しい筆耕者だという。

「おしのさん、みごとな手跡です」

「おしの、ともうします」女はそう言うと顔をあげた。

馬琴は眼をむいた。すきとおるような色白の肌、淡紅の小さな唇、豊かな黒髪、そのいずれを見ても、そっくりなのだ。馬琴がみとれていると、番頭がにやにや薄笑いした。

「美人でしょう。いやこれほどの美貌は江戸でもめずらしい。さすがの先生も、眼が点になっておりますな」

「なにをばかな。それで今日は何の用事ですか」

「それが、おしのさんの御亭主は御家人さまでした。ところが丹後の陣屋から戻って、にわかに心の臓が苦しいと訴えて、そのまま息をひきとってしまわれた。あいにくご夫婦には子もなく、おしのさんには頼りになる身よりもない。それであたしのところに頼ってきた。これも人助けとおもって、ひとつ仕事させてやってくれませんか」

「これまでの人はどうしたんですか」

「いやそれはそのままにして、この人にも少しばかしやらせてやってほしいんですが」

馬琴はおしのという女の顔をまじまじ見つめて、ため息をついた。

京伝が生きていたら腰をぬかしただろう。それほど女は、京伝の二度目の女房百合に生きうつしだった。馬琴はせきばらいすると、

「せっかくの山青堂さんの紹介だが、筆耕者、校正はこれまでどおり慣れた人におねがいしたい。それに女は……」

「にがてだ。よくぞんじておりますよ。でもおしのは、いや、おしのさんは、先生の愛読者で、以前は越前松平家の奥に奉公していた、かたいおひとで、一度でいいから先生に会ってみたいというもん

で、こうして連れてきたんで。なんとか先生のお慈悲とやらで、おしのさんを救ってやってくれませんか」

「帰ってくれ。わしは、いそがしい」

「へっ、さようで」いいながらも番頭は腰をあげようとはしない。

馬琴はさっさと二階にあがる。

番頭はしぶしぶ立ちあがると、玄関先に見送りにでたおさきをみて、

「まったく、あいかわらず偏屈で……これじゃあ女中もいつかないわけですな。ねえ、おさきさん、かわいそうに、そんな荒れた手をしちゃ嫁にもいかれねえ」

ふたりの姿が路地にきえると、

「おさき、塩をまいておけ」馬琴は踊り場から、どなった。


どうも気分がのらない。さっきから書いてはやぶりしているのは、あのおしのという女を見たせいだ。それにしても世間には自分に似た人間がいるというが、空恐ろしいほどだ。

馬琴は京伝の妻、百合をおもいだして、ぞっとした。百合は二十歳のとき江戸町玉屋で雛妓《しんぞう》玉の井となった。廓入りが遅いのは、早くに両親に死に別れたあと、弟、妹の面倒をみてきたが、それも力つきて、泣く泣く吉原に身を沈めたからだという。

京伝は最初の妻お菊を亡くしたあとで、玉の井を一目見て、その美貌に夢中になった。

京伝は玉屋にいりびたった。玉の井も遊女にしては才があり、いつも京伝と一緒にいたいと、衣装

はつくらず、草履まで自分で緒をすげて、節約につとめたという。

そのうち京伝から玉の井の身受け話がもちあがった。玉の井の年季は一年余も残っていたが、玉の井は高名な京伝の熟妓だし、他の客からよばれても、やれ頭が痛いの、月のものだといって、しぶる。商売にはならない。それで玉屋も、しぶしぶ京伝の話をのんだ。

玉の井はそのとき二十三歳、京伝とは年も離れていたが、所帯をもって、百合と呼ばれた。押しかけ女房の最初の妻お菊とちがい、みずから大枚はたいて身受けしただけに、京伝は溺愛した。それに百合は、お菊にまさる美貌のうえ、よく姑にもつかえた。

しかも足し算も引き算さえ満足にできない京伝にかわって、実家の商い、煙草入、煙管の仕入れや販売、京伝が宣伝した薬、読書丸、奇応丸、小児無病丸などの製造にあたり、店のきりもりを一手に引き受けていた。

そのため京伝は、二階の書斎でえんりょなく戯作三昧の日々に没頭できたという。

それにしても馬琴には不可解でならない。

京伝の最初の妻お菊も、吉原江戸町扇屋のかかえ遊女だった。京伝の家に食客だったころ、お菊には世話になったからその人柄のよさはわかっている。もっともお菊は、年季明けて扇屋にいたところ店にきた京伝を見て一目で惚れてしまった。当時京伝は吉原を根城に遊興にふけっていたが、すでに当代一の人気作家だった。それに長顔で、色白、高い鼻、唇は淡紅、黒々とした豊かな髪、役者絵からぬけでたような美男子だったから、お菊は扇屋の主人になきついて、京伝の家にいくと、そのまま居ついてしまった。人のいい京伝はお菊の純情にほだされて、両親を説得して妻にむかえたという。

そのお菊が、京伝の刑の執行のあと、しばらくして血塊を病み、昼夜をわかたぬ苦痛に泣き叫びながら、ついに死んでしまった。京伝はお菊の苦しみを見るにたえられず、吉原にいりびたって、酒をあおっていた。寛政の筆禍で手鎖の刑をうけた直後でもあり、京伝がうちのめされ、しょげているのをみて、馬琴もお菊の若すぎる死をいたましく思ったものだ。

それでも馬琴には、二度まで吉原の遊女を妻にした京伝の本意が分からない。

そういえば京伝が若くして売れっ子黄表紙作家になったのは、若い頃から吉原に遊んだ体験による。茶屋の主人や遊女と和歌をよみあったり気のきいた会話のなかから、これとおもう物語をつくって、さらに読み聞かせて、彼らが喜びそうな黄表紙やら滑稽本をかいてきた。じっさい恋女房百合と所帯をもってからは、京伝は腹稿ができると、まず百合に説き語りしておく。そうしないと、あとで話の筋を忘れたとき、これを思いだす拠り所がなくなる。近ごろでは記憶も薄くなって折々忘れることもあるから。そのとき妻に聞けば、預け物をとりだすように、話の先が蘇ってくる。これは楽でよいと、馬琴にも語っているくらいだ。

これも馬琴には不可解である。いくら遊女が教養をつんでいようと、しょせん大勢の男の相手をする売色でしかない。しかも茶屋の主人などどんなに趣味人であろうと、その知識などたかがしれている。それにたいして自分の読本は、中国小説などの典拠的なものを我が国の伝承や故事、俗史などときわめて意図的に組み合わせるものだった。

だから初めに構想とその設計概略があって、執筆はその設計をさまざまな趣向で活性化する形でなされる。だから京伝のやり方とは、本質的な部分でちがっている。

だが今になって思うと、京伝は吉原に遊んでも、淫楽遊興に溺れたわけではなく、もっと醒めていた。京伝にとっては、そこでの趣向、洒落、風刺、滑稽などから、ひどく細やかで、微妙な人情の機微、もつれやゆらぎ、感情を言葉として表現する技術など、あらゆる美の真髄を学ぶかっこうの場所であった。だから馬琴が淫蕩に心身ともにのめりこんで、のたうったのにくらべて、京伝の遊郭あそびは冷静だった。おそらく京伝は、官能が深まるにつれ、観察者としての鋭い自我にとらえられる、稀有な戯作者の業をかかえていたのではあるまいか。これは若い頃放埒で得た遊里の、しかも被害的な知識しかない馬琴には、驚異というより不可解きわまりない異才、いや狂才としか思えなかった。

おしのという女を見て、はからずも百合を、そして京伝を思いだしていた。

それにしては生来虚弱な京伝だが、五十をすぎても頭髪は黒々として、歯もみごとにそろっていた。しかも売色あがりにせよ、女にとことん惚れられる。羨ましいとはおもわないが、おどろくべき異才である。世の中に通俗的戯作を書いて名を知られる者はおおい。だがその通俗的戯作で学問見識がひろがった者はいない。ただ京伝だけが、それをやった。またおよそ娼妓に惑溺して家財を失う者は多い。しかも遊女遊びをしながら産をふやした者はいない。ただ、京伝だけがそれをやった。

……ただ、百合のことだけは、京伝にも大きな誤算だったようだ。

馬琴はその日の日記にこうしるすと、頭の附け毛をとった。

八

みちのくの空が高く澄んでいる。女中たちは星祭の準備におわれて浮き浮きしている。

嫁いだ翌年、真葛は冨美からおしえられた。

「星祭の七月七日の夜には、仕立てたばかりの着物をお星様に祭るのです。そうすると女は幸せがくるともうします」

「まあそれで……」

短冊をつけた笹竹と、衣桁にかけた着物が風になびくさまをおもうと、下女たちが、夜な夜な針をはこんでいるのもうなずける。新しい布地で縫うもの、古い着物を洗い張りして仕立て直すもの、だれもが七夕の日に間に合わせようとしている。

どうしよう。江戸から持ってきて一度も袖をとおしていない着物を祭ろうか。

この二月には夫伊賀が江戸からもどってきている。そうして七夕を祝うのは夫婦となって初めてのことである。

真葛はいそいそ部屋にいくと、前年持ってきたままになっていた長持ちの中をあれこれさがした。すると細い桐箱に入っていた賀茂真淵《かものまぶち》の『乞巧奠《きっこうでん》』の草稿がでてきた。

嫁入りのしたくをしていたとき、父がこれをと持たせてくれた。開いてみると、なんと真葛が生まれる十年も前の日付が入っている。父が誰かにもらったのか、それとも春海おじが持ってきてくれた

のか、真葛はおおらかな真淵の筆跡に見入った。伊賀に見せると、

「なるほど古式にのっとった七夕の祭りとは、風雅なものよのう。築地の家ではかように祭ったか。たまには江戸のしきたりも珍しくていい」

笑顔でうなずくと、真淵流で祝うことをゆるしてくれた。

真葛は幼い頃の家での記憶をたよりに、真淵の絵のとおり四つの机をおく。手前の二つに琴をわたして、奥の二台には梨、桃、瓜、茄子、大豆などの初物をそなえる。それぞれの机の四隅に燭台をすえて、手前の左右に香炉、その奥に蓮の花をいける。

そうして母が、初めて自分のために仕立ててくれた紫絽地の御所解《ごしょどき》模様の単衣を飾った。夏の季にふさわしい水辺模様で網干しに芦、ところどころに蛍をとばした涼味をさそう意匠である。日本橋まで出向いて母が着物をみたてるなど、初めてのことだった。父はそれを見ると、あきれた。

「なんと地味な柄をえらんだものよ。どうも陰気くさくていかん。若い娘はもっと奇抜で大胆な柄を好むものだ」

最初の結婚に真葛はもっていった。ところがわずかのうちに離縁されて家にもどった。父は、ほれみたことか、など、自分がろくに嫁ぎ先を調べなかったことなど棚にあげて、母をやゆった。母はだまっていたが、内心では悔んでいたようだ。日本橋の呉服商に出かけたのも、はやりの裾模様の単衣など選んだのも、生まれて初めてのことだったから。

母は桑原家の惣領娘で、祖母の桑原やよ子は『宇津保物語《うつほものがたり》』の研究でもすぐれた業績をあげており、あや子の母を秘蔵したという。そのため教育は厳しく、衣服は昔風で、流行はいっさい無視されたの

で、女たちから馬鹿にされたという。そしてなにより教養を身につけることを第一にされた。母と弟の純は両親から直接朗詠集を習った。そして朝食前には復習をさせられ、朝夕の片づけがすむと、奉書五冊分の手習いを両親の眼前で行わなければならない。夏の夕方、人目のつかぬ湯殿の脇に蜘蛛が巣をかけ、虫をとるのを、母は弟と二人で肩をあわせて見るのが、唯一の気晴らしだったという。

この桑原の祖母は真葛もにがてだった。ひどい癇癪もちで、笑ったり遊んだりすることが大嫌いという人で、桑原の家にいくと息がつまりそうになったものだ。母はそうした実家で厳しくしつけられたせいか、人なみはずれてぎょうぎがよく、おとなしい人だった。

開放的で磊落な父とは対照的な性格で、欲もなく、身のまわりを飾ることもなく、髪型も櫛巻がほとんどであったが、父の好みで裾模様の長い着物を身につけていた。

母はまた病身で月のうちの半分は床についており、ひどい頭痛もちで、そんな時は二、三日絶食していた。父と結婚したのは同じ仙台藩医で禄高四百石と家柄がつりあったせいだという。そんな母の弟純もまた、母に似て病弱で神経質だったせいか、平助とはそりがあわなかったようだ。純は、たとえば諸藩に出入りすると、「はてこの世はどうなるものか、どこの若殿をみてもこれが成人したら、よい馬鹿だろうと思うような児ばかり」と、心も湿りがちな見方をする。病身のせいか、鋭敏な感覚と細かな観察力にめぐまれて、平助がそのようなことを苦手としたのとは対照的だった。

母は大ぜいの客が出入りする築地の家がにがてだった。それが父の失脚で、一家は転々と居をうつし、ようやく数寄屋町の手狭な家におちついた。父には不満の日々だったが、母は家族が水入らずで暮らせる今の生活が一番性にあっていると、幸せそうだった。

母がえらんだ着物はその後縁起がわるいと、いつも箪笥の奥にねむっていた。母は真葛が仙台に嫁ぐ五年前には、数寄屋町の家で亡くなっていた。

七夕の星祭に、真葛はおもいきって母の形見となった着物を祭った。

「さすが江戸の衣装は粋でいい。どうだ、お前たちも美しいとおもうだろう」

伊賀がほめると、神妙な面持ちでながめていた伊賀の三人の男の子がそろってうなずいた。そうして遠慮がちに真葛のかたわらに座ると、「母上さま、江戸でのお話を……」

彼らは、真葛が語る江戸の築地の家のことや阿蘭陀のめずらしい話に眼を輝かした。

そうして仙台の只野家では、このの ち七夕の祭りには賀茂真淵の「乞巧奠」にならって祝うようになった。


渡り廊下の反対側では、下女たちが縫い針をもつ手をやすめず、せっせと着物を仕立てている。たまに何がおかしいのか、笑い声が聞こえる。襖があいて加乃がでてきた。

「おまえも新しい着物を仕立てているのですか」

真葛がさりげなくたずねると、

「いいえ、わたくしのは足りております。それより老女中さまに……」

いいかけて冨美の姿を見ると、するりと脇をとおりぬけていった。

その後ろ姿を見て、冨美がうれしそうに眼をほそめた。

「あの娘は、わたくしをじつの親のように大事にしてくれます」

真葛もほほえんだ。肉親のない冨美には、加乃のやさしさはかけがえのないものだろう。

「それはよいことを、ところで冨美、なにか用があったのでは」

「あっ、もうしわけございませぬ。たったいま但木さま、武田さまがお見えになられて」

「まあ、もうそんな時間でしたか」真葛はふたりがいる座敷にむかう。

座敷にはいると二人の女性はつつましやかに頭をさげた。

但木直子は仙台藩では宿老格の名門の一族、但木三郎次行隆の妻である。もうひとりの武田梅子は武田恒之助の妻で、若くして夫に死に別れ、一子の養育に力を注いでいる。

いずれも仙台藩では知られた教養のある女性で、真葛の和歌の弟子でもあった。

仙台にきた真葛を松島や瑞巌寺にさそってくれた。

それ以来の古いつきあいで、気心の知れた仲でもあった。

「先生、おかげんはいかがでしょうか」年輩格の直子が気づかうようにいう。

「ええ、だいぶよくなりました。ご心配をおかけして」

「それをうかがって安心いたしました。先生は仙台藩にはなくてはならぬお方にございますれば」梅子は勝気そうにいうと、肩の力をふうっとぬいた。

「それはそうと、江戸の清水浜臣先生から文が届いております。おふたりの和歌の精進のはやさに驚かれておりますす」

「まことに？」

江戸の国学者清水浜臣《はまおみ》は、村田春海の弟子である。真葛は和歌や文章の添削をうけていた。そうして先だって真葛のもとに届いた浜臣の書簡を開くとよみはじめた。

「ええ、先生はこうもおっしゃっておられます。……私のもとに来る人々は、おのれ、おのれの心を失わないように思うので、その心もさまざまです。自分よりよく詠む人も多くいますが、他人の和歌を見て、よい所を真似ようとすれば、知らずうちに他人の和歌になるものです。ただ他人の和歌をみて、悪しきところは、このようには詠んではいけないと思うことです。それがやがては、学の道になるのです……」

二人の弟子は同時にうなずいた。真葛は先をつづける。

「そのほかは、おのれの心を思うかぎりに言うのこそよい。その言いようは古人にならうべきです。でも心まで、古人に借りるべきではありません。今風の未熟な女性歌人が、なんとなく上手に聞こえる歌を詠むのは、たいていは古歌の真似をしているからです。初めて和歌にふれた女性たちをとがめてはならないが、おのれの歌として詠むには、残念です。まことの和歌を詠むということは、古人をすてて、おのれの心にもとめることとです」

二人は真葛の弟子というより、すでに優れた歌人である。やがては仙台藩の女性たちの師となって門人をもつにちがいない。浜臣は真葛のもとに多くの門人が集まることを考えて、和歌を他人に教える場合の心得をさとしたのである。

「清水先生の説かれることは、まことそのとおりでございますわ。歌は詠めばよむほど奥が深くなります」直子が神妙に言うと、梅子もしきりとうなずいて、

「それにしても妙な気がいたします。清水先生のお手紙を、そのまま読み聞かせてくださるなんて初

めてのことですもの。まるで真葛先生はわたくしたちを置いて、どこかに行かれるような気がいたします」

「まさか、先生にさような失礼を申しあげるとは」直子がすかさずたしなめる。

「これはとんだことをもうしました。先生が仙台から離れるなどありえないことですわ。だって先生の理想は、あの香蓮尼さまでございましょうから」

夫に先だたれて一人息子の成長にすべてをかけている梅子は、かたい表情でわびた。

そこへ冨美が茶をはこんできた。つづいて加乃が折敷に茶菓子をのせてあらわれる。

「あまりかたい話ばかりでは肩がこります。さあ、お茶でもいただきましょう」

「先生のお書きになった『かほるはちし』、仙台藩で読まぬ女はおりませんわ」

「まことに。香蓮尼さまのような女性は、女の手本にござりますれば」

真葛は庭に眼をやった。緑の木々が鮮やかにせまっている。

あれは嫁いで二年目のこと、屋敷をおとずれた人が香蓮尼という女性の話をしていった。ちょうど伊賀が、長男の由章をつれて江戸に発ったその日のことである。

話というのは次のようなことである。

昔みちのくの松島に富豪夫婦がいた。子に恵まれず神仏に祈願して男の子を授かった。彼が二十歳になったので主人が伊勢参りに出かけたところ、ひとり娘をもつ越の国の人と出会った。二人はまたとない友情を感じて、別れがたい。そこで、たがいの子どもを結婚させる約束をして帰郷した。ところが松島に帰ると、一人息子が急死していた。あまりの悲しさに約束も忘れていたところに、越の国の娘が数々の宝をもって嫁いできた。主人は有りのままを告げて帰らせようとする。されども娘は、親がよろこんで嫁にと遣わした、その親の心にそむくわけにはいかない。たとえ夫となる人が亡くなっても娘として仕えさせてくれといいはり、その家にとどまった。娘は息子の供養をし、親にもよくつかえる。

しかし男の両親は息子を亡くした悲しみのあまり相次いで死んでしまった。すると奉公人たちが金を持ち逃げしてしまったので、娘は持参した金で葬式をだし、持ってきたものを売り払って三年ほど暮らしたが、それも尽きて、近くの寺で尼になって香蓮尼となのった。越の国の菓子を売り一日の糧にした。その菓子は「香蓮」と呼ばれるようになった。

「にごりなき　みのりの池に咲いでて　かをる蓮ぞ　よのかがみなる……『かほるはちし』の文にあった先生のお歌、若い女まで口ずさんでおります」

「香蓮尼さまこそ、世の鑑、まこと女の手本でございます」

「そうそう、その四年後でしたか、先生が松島に遊ばれるというのでご一緒させていただきました。香蓮尼さまが住まれた寺や、彼女が植えたという梅の木、墓など、先生は、それはそれは熱心にたずねておいででした」

そんな日々もあった。嫁いできたばかりのころは、ひたすら夫伊賀と只野家に奉公することで、寂しさに耐えようとした。さいわい伊賀はやさしく、夫婦の中の垣根もしだいにゆるんできた。それでも思いだすことといえば、江戸にいる老いたる父のことであり、幼い弟、妹たちのことばかり。そんな真葛に香蓮尼の生き方は、みずからの努力の足りないことをおもわせた。夫が死んでいるのに婚家にとどまり、養父母の世話をして一生を終えるなんて。それは幼い頃から「女の本」になるため努力してきた真葛にも正直驚きでしかない。それにくらべて自分はいまだにこの地になじめず、ひたすら生まれ育った江戸を恋しくおもっている。伊賀が江戸に出立する朝など、真葛はめまいをおこしそうになる。胸のうちでは、自分も、江戸に、恋しい家に……そう叫んで、あやうくかけだしたい衝動をこらえている。そのせめぎあいに歯をくいしばりながら、顔には笑みをうかべて、伊賀の一行にふかぶかと頭をさげてかしずいている。そうして涙がこみあげそうになると、口の中で、香蓮尼さま、香蓮尼さまと、まるで念仏のようにとなえている。さらにはがらんとした座敷にかけこむと、指で畳の目をかぞえて、胸の泡立ちをしずめようとする。

それもしだいに涙でよれて、真葛は袂であわてて顔をおおう。控えの間の女中らにけどられぬよう、歯をくいしばり、ただこみあげてくる嗚咽を、かみ殺して……

そのあと、香蓮尼のことを、「かほるはちし」という随筆にまとめあげた。

それは彼女の生き方に女の理想をみて、自分の弱い心をはげまそうとしたからだ。

今おもうと、そうなりきれぬ自身への、不安の裏がえしだったのだろうか。

ふたりを見送ってわたり廊下にでると、加乃が箒の柄をにぎって、庭をはいていた。きっちりと庭の隅からはじめて箒の目をきれいにつけていく。真葛がみているのも気づかぬように、加乃は箒をもつ手をやすめようとはしない。真葛は冨美の言葉をおもいだして、微笑んだ。まこと若い娘にしては表裏がない。

そのとき不意に庭の植え込みから男がかけだしてきた。加乃の腕をつかむと、

「加乃、あんずるな、かならず母上を説得してみせる」せきこむように言う。

加乃はおどろいた様子もなく、黙りこくっている。すると男は加乃の肩をだきよせ、

「加乃！　わたしは本気だ。どうしても母が承知しないなら、母も、家も捨てる」

そのとき背後の障子があいて冨美があらわれた。男と加乃を見ると、「あっ」と叫んだ。その声に男はふりむいた。真葛の姿をみると顔色をかえ、逃げるように立ち去った。加乃はなにごともなかったように、箒の柄をきつくにぎると、庭をはきだした。

座敷にはいると、冨美がまちかねたように切りだした。

「あれは高橋金弥といい、父親は只野家の家士でございました。それが昨年急死して家督をついだばかり、まだ二十にもなりません。ですが加乃に好意をよせて、本気で嫁にしたいと。ところが母親は、身分ちがいもはなはだしいと、猛反対しておるようなのです」

「身分ちがい？　さてもおかしなことを、あの加乃もたしか木幡家の家士の出であろう。それに当人同士が好きあっているのであれば、母親といえども反対するのはおかしい」

真葛は自分の体験からして、結婚が親同士の勝手できめられることに疑問を感じていた。

「まったく、そのとおりにございまする。ですが母親は加乃の素性をどこかで調べたようで、場合によっては藩に訴え出るなど、ぶっそうもうして」

「藩に？　加乃のことを？　みょうなことを。いったい加乃の生い立ちに何か問題でもあるのです

か？」

「わかりませぬ。ですがたった一人の息子のことで、母親も意地になっているようで」

「いざとなったら、わたくしがその金弥の母親からじかに話を聞いてみましょう」

「ありがとうござりまする。……ですが気がかりなのは、かんじんの加乃の気持ちが煮えきらない、恥ずかしがっているのかともおもうと、どうもそうばかりではない。若い娘の気持ちは、わかりかねまする」

冨美は心底情けなさそうに身をちぢめた。真葛は笑いながら、

「加乃には加乃の考えがあるのでしょう。はたで案じることでもありますまい」

いよいよ七夕の星祭の日、真葛は衣桁にかけた様々な意匠の着物が風にひるがえるさまを見て、おもわず「どれも、これも美しい」と、かたわらの冨美をふりかえった。

「ええ、でも加乃の衣装が一番ですわ」冨美がとくいげに指さすほうを見ると、藍色染の裾に七宝模様をえがいた着物が、鮮やかに宙にまっていた。

「でもおかしな娘です。このわたくしが寒がらぬよう袷で仕立てたと、七夕の祭りなのに」冨美はそういうと袖で目がしらをぬぐった。

九

からっとした夏空が江戸の町にひろがっている。汗っかきの椛子にはなんとも憂鬱な季節である。それでも姉とおそろいの銅鏡でねんいりに顔をのぞくと、真新しい足袋にはきかける。そうして薄染の衣をはおると、いそいそと霊岸島の屋敷をでた。

駕籠にゆられながら馬琴のことを考えている。あれ以来、馬琴は自分の来訪を心待ちしているようだ。あの八本矢車のふくさが効いたのだろうか？　それとも姉の「奥州ばなし」や「いそづたひ」に感心したのだろうか。おさきさんにそれとなく聞くと、あの夜馬琴は一気に読み終えて、朝方やっと蒲団にはいった。よほど姉の著書が気にいったか、その日は客がきても相手にならず、始終無言でおしとおしたという。

そっけなく追いかえされた客は、れいの渡辺登とかいった若い侍で、おさきさんはひどく気の毒がっていた。でも自分がみたところ、あの侍は女になど興味がなさそうで、かわいそうにおさきさんの気持ちなど気づいてもいない。

くすりと笑いながら、椛子は馬琴の家の角で駕籠をおりた。路地を歩いて行くと、おさきが門の前を掃いていた。

「ちょうどよかった。おさきさん、今日はおもしろい話がありますのよ」

おさきは飛びあがるほどおどろいて、あわてて部屋にかけこむなり、茶をさしだすと、

「あいにく父は二階で書き物を」と、心配そうに眼を階上におよがせる。

「いえ、これはおさきさんにお聞かせしたくて」

椅子はおさきを手招くと、姉の『奥州ばなし』の中にある「影の病」の話だと、しゃべりはじめた。

北勇治という仙台藩士が外から帰って、自分の居間の戸を開くと、机によりかかっている人がいた。誰ならん、わが留守にあやしいと、よくよく見るが、髪の結いよう、衣類帯にいたるまで、自分が日ごろ着ているものと同じ。自分の後姿など見たこともないが、寸分たがわずと思われる。顔を見ようと、つかつかと歩みより、のぞきこむが、男は顔を見られぬよう、障子の細く明けたる所より、縁先に走り出て、何処ともなく去ってしまった。

家内にそのことをいうと、母は物もいわず、なりをひそめていた。まもなく勇治は病みついて、その年のうちに死んでしまった。勇治の祖父、父も、自分の姿を見て死んだ。

これや、いわゆる影の病なるべし。母や家来は知っていたが、あまりに忌みじきことと、勇治には知らせていなかった。

「二歳の男子をかかえて後家となったのは、只野家の遠縁の娘さんだそうで」

椅子がひと息いれると、おどろいたことに馬琴が、階段をかけ降りてきた。

「萩どの、それはじつに面白い」馬琴はかかえていた『大平広記』を椅子の眼の前にさしだすと、ぱらぱらとめくりだした。

「まあ、唐の国にも同じような話がありますの」

椅子がのぞきこもうとすると、馬琴はぽんと膝をうって、

「ああ、これこれ、『離魂記』。娘が男を恋しく想いつづけるうちに、魂だけが娘の体からぬけだして、男と添い遂げ、子までもうけるという話」

「まあ、それで娘さんの体は蝉の抜けガラ？」

「大丈夫、やがて娘の魂は、無事に自分の体に戻ってきた。しかし、これは、あきらかに違っている、が」

おもしろい、じつに愉快だとほめあげる。栲子は馬琴の話にうなずきながらも、魂だけ好きな男と結ばれたって、体がもぬけのカラじゃ、ろくなことにはならない、と、おさきに目くばせして笑いをかみ殺す。

するとと栲子の同意をえたとかんちがいした馬琴が、

「いや『独考』などより、はるかにいい」など、妙なことを口ばしる。

「まあ……」栲子がかるくにらむと、あわてて、

「あっ、いや、それはなんだな、深い意味などござらん。あれとこれでは比較すべきではなかった」

など、あの魅力的な深い眼差しを情けなそうに瞬かせて、しどろもどろになる。

天下の馬琴先生もかたなしだわ。よほど心を許している。栲子は女の直感をたよりに、馬琴の心をおしはかる。そうして馬琴は自分たち姉妹に並々ならぬ好意をよせている、そう確信するまでになった。いよいよ出版も近いかもしれない。早くて秋ごろだろうか？

栲子が姉にかきおくると、姉からは喜びの返事と、これまで書きためた著作などが続々と送られてくるようになった。それが嬉しくて、栲子はそのつど外出の身支度をととのえて、飯田町中坂に出かける。

駕籠をおりた。ところが従卒の姿が見えない。近ごろ博打をおぼえたらしく、時たま姿がみえなくなる。女だとおもって馬鹿にしているのだ。今度こそゆるさない。椁子は憤然とあるきだした。

「ちょっと尼さま、まっておくんなせえ。こんなはんぱ銭じゃ、かえすわけにはいかねえ」駕籠かきが従卒のいないのをたしかめて、ゆすってきた。

「いつもそれで足りております。法外なこともうすと、ただではおきませんぞ」

椁子はきっとみがまえる。

「こりゃいきのいい尼さんだ。おもしれえ、だけどゆすりたかりといわれちゃ、おれらもかたなしよ。銭がなけりゃ着ているものでもいただこうか」

「なにをもうす。女だからといってあなどると、ようしゃいたしませんか。

「ほう、やるんですかい。尼さんだからって、ほんとうは男がほしくてたまらないんじゃありゃせんか。ほれほれ赤くなった」

「さっ、つべこべいわずと銭をだしやがれ。手間をかけさせやがって」

上半身裸の男達が両側から椁子の腕をつかんだ。その強い体臭に目まいと吐き気がした。

「あれっ、なにをする。わらわは越前松平家……」

「ほう、こりゃ上玉かもしれねえ。わらわは、えちぜんまつだいらけと、きたで。こりゃ身ぐるみはがれた尼さまのあられもない姿を屋敷にはこべば、なにとぞおんびんにと金一封ありつけるかもしれねえ」

椁子は凍りついた。悲鳴をあげようにも泥だらけの手で口をふさがれてしまった。

椁子は声にならない叫びをあげ、手足をばたばたさせた。それでも男たちの頑強な腕にしめつけられ、びくとも身動きすらできない。もうだめだ。椁子がおもったとき、両手をつかんでいた男たちが、突然悲鳴をあげて、もんどり転がった。

かわって目の前に侍がたちふさがっている。今度こそおしまいだ。うずくまる椁子に、

「だいじょうぶですか？」

のぞきこんだのは馬琴の家に出入りする渡辺登である。椁子はほっとするやら気恥ずかしいやら、男の腕をはらいのけて立ちあがろうとする。

「わらわは、だいじない」

「おう、この元気ならだいじょうぶだ。たしか……萩尼さまでしたね。先生の家までおおくりします」

切れ長の眼に笑いをにじませ、かるがると抱きあげる。

「おろしてください。ひとりでまいれます」椁子は手足をばたばたさせる。自分ではきっぱり言ったつもりが喉にひっかかって声にならない。

「なるほど気の強い尼さんだ。しずかにしないと本当にほうりだしますよ」

登は濃い眉をあげにやりと笑うと、はやくも歩きだしている。

椁子はかあっと頭に血がのぼった。生まれてはじめて男に横だきにされて、あられもない姿を白昼堂々と人前にさらしている。恥ずかしさのあまり胸の動悸が高くなる。すると今しがたの恐怖がこみあげて、椁子は安堵のあまり気をうしなった。

遠くで男たちの下卑た笑い声がする。椁子は必死でのがれようと身をよじる。ところが金縛りにあっ

たように足がすくんで動かない。声をあげようにも舌がもつれて言葉にならない。……誰か！　だれか……楞子は自分の叫び声に、目をさました。

「萩尼さま、ああ、よかった」

おさきの声がする。するとかたわらで茶をのんでいた登が枕もとにひざをすすめて、

「おう、気がつかれた。危なかったが、もう安心です。ご用がすんだら今日は私がお送りします」

「それにはおよびませぬ。もちろんお助けいただいたこと、ありがたく存じております」

楞子は登の視線をさけて、唇をかむ。そのとき奥の座敷から馬琴の声がした。

「萩尼どの、ここは登のいうようにしなさい。尼で、若くはないとはいえ、女であることにはかわりはない。用心にこしたことはない」

「まあ、おとうさま……」

「ほんとうに、もう大丈夫ですわ」

上体をおこしかけてはっとする。下襦袢だけのあられもない姿にされている。

楞子は悲鳴をあげて、うわがけを首まですっぽりかぶる。

「あの、泥だらけでしたので、かってなことをして……」

おさきは肩をすくませ、あわてて座敷から僧衣をもってくる。

「ご安心ください。脱がせたのは私ではありません」茶をすすりながら登がいう。

「しりませぬ」

楞子はうわがけをかぶったまま、顔をあからめた。このまま男の視線にさらされるくらいなら死ん

だほうがましだ。栲子は唇をかんだまま、ぼろぼろ涙をながした。

数寄屋町の家で父が死んだ年、二十一歳だった栲子は田安家の奥奉公にあがった。仕えていた定姫の輿入れで越前松平家にいき、そのまま中老までつとめて、主人である定姫の死で髪をおろした。男と知りあう機会もなかったし、世間の女のように嫁ぐこともなかった。

それにひきかえ姉は、長女としてひたすら父のため、「工藤」の家のため、女の手本として生きようと、二度まで嫁いだ。最初の結婚は、口にするのもおぞましい惨めなものだった。さいわい二度目の只野伊賀との結婚は、それなりに満ち足りていたようだったが、夫の死後も江戸に戻るにもどれず、まるで「かい鳥」のようだと、手紙でも嘆いている。その不自由さをおもうと、栲子は結婚に夢をもてないのだ。

それに仲のいい尼ともだちや和歌を詠みあう女たちとの交流もあって、これまで寂しいと感じることもなかった。

馬琴との用事もしどろもどろで、栲子は早々に帰り支度をはじめた。

すると登が駕籠をよんできた。なんとなく断わりかねて、乗るはめになった。

登は当然のように駕籠のわきを走っている。駕籠からのぞくと長刀が重そうだ。

日本橋の通りにでたとき、栲子はおもいきって駕籠をおりた。

いくら若い登でもこのまま霊岸島まで走らせるのは酷だ。息があがっている。

「甘酒でもいかがですか？」

「甘酒？」

「いえ、ちょっと喉がかわいたので」

「それなら茶のほうがありがたい」

「そうですか。……ではお蕎麦など……」

「ほんとですか。じつは朝から茶ばかりで、腹の虫が泣いておりました」

「まあ」

みごとな食べっぷりである。よほど腹がすいていたのか、登はみるみる十杯の蕎麦をたいらげて、それから懐中をごそごそまさぐりだした。

「いいのです。助けていただいた、ほんのお礼です」

「いや、尼さんに馳走していただくなど、男としてめんぼくもない。なにこんなことなら毎日でもお助けします。いっそ用心棒などお命じください」

登は蕎麦湯をすすりあげると、満腹の腹をさすりながら眼をほそめた。

そういえばおさきが言っていた。

登の家は田原藩の上士層に属し家禄も百石であったが、養子であった登の父の代には藩の困窮もあり、減俸されて実質十二石足らずになっていた。

しかも父定通は二十年来の大病をわずらい、医薬のために、畳、建具のほかはすべて質に入れるというありさまで、母の手ひとつで、老母、病父、登たち八人兄弟、その日ぐらしを余儀なくされているという。それでも貧窮ははなはだしく、弟、妹たちは幼少のころ寺に預けられたり奉公にだされている。その大半はろくに食べ物もあたえられず、丸裸にされ、逃げだすも引きもどされ、ついにはことごとく貧死同様の死にかたをしている。

おまけに貧乏人の子沢山らしく、末弟はまだ産まれて二歳の幼さだという。

上士といっても大変なのだ。それはなにも田原藩にかぎったことではない。幕府全体の屋台骨がゆらいで大商人に借財のない藩など皆無なのだ。早い話、幕府を支えているのは一部の特権商人らで、越前松平家でも扶持米は年々少なくなっている。

「萩どの、これはお礼です」登は画帳をだすと、椅子に見せた。

「まあ……これは寺小屋ですの。子どもらの表情が生き生きと描かれて、それを見つめる先生のまなざしが優しいですわ」

おとなしく机にむかって手習いする子らの傍らでは三人の子が取っ組み合いのけんかをしている。それに背をむけて硯の墨をする子、退屈そうにほおづえをついてけんかを見ている子……。椅子は頁をめくる。大名行列や武芸の稽古、さらには棒手《ぼて》振り、人足、露店の小商人、雪駄直しなど、あらゆる階層の人びとの生態が描かれている。

椅子は感心してなおも熱心に画帳をめくる。

「あら、これは?」

「そうです。これはおさきさんです」

「まあ、よくかけていますわ。おさきさんの眼、かがやいていますもの」

「あのひとは心根がまっすぐで、純です」

椅子は胸に痛みをおぼえた。おさきの純情が登の心にとどいているのだろうか？

梼子は急にひとりになりたくなった。四十にもなって若いおさきに嫉妬するなんて、自分の心があさましく、みじめにおもわれる。そのままぱらぱらめくっていくと、

「萩さま、あなたです」

「まあ、いつのまに？　でも嫌ですわ。こんなみっともない顔など、絵にもなりませんわ」

「そんなことはない。うつくしいです」

「うつくしい？」

「ええ、浮世絵の女性は虚構、いわば男の欲望のうらがえしにすぎない。そういう意味で、あなたの姿には媚びがない、つまり真があるのです」

登は切れ長な眼でじっと梼子を見ると、真顔でいった。

「岩佐又兵衛以来の伝統をもつ浮世絵は、風俗を写し、これを後世につたえた点では功績があります。だが同時にそれは世に媚び、悦を容れ、もって容姿の新艶を極める一画態となってしまった。風俗画はもっと純化されるべきです」

浮世絵ではない。だから老醜をさらしても絵になるという。

梼子は自分を描いたという絵とおさきのをみくらべて、あらためてがっかりした。

おさきのくっきりした大きな眼には恥じらいと、溢れんばかりの若さがみなぎっている。

それにひきかえ自分の細い眼は精気もうすれて、薄い唇のはしには無残にも小じわがよっている。

これがどうして美しいのか。それに媚びがないということは女としては魅力がないということだし。

やっぱり蕎麦を十杯も食った、その後ろめたさでお世辞を言ったにちがいない。そうおもって自分を

描いたという絵をみると、別人のように寒々しくみえた。

「でもお武家さままで絵を描かれる。これが文人画というのでしょうか」

いっときでも若い男に気にいられたと有頂天になった自分が惨めだった。栲子は自嘲気味にいう。

ところが登は得意の画論とあって、ぐいと身をのりだしてしゃべりだした。

「文人画というのはあくまで知識人の余技で、私の目標とするのとはちがいます。たしか私の師匠である谷文晁先生、さらに池大雅、蕪村など、一日画を作らなければ、一日の窮を増すのみという状況で画を描いておられる。ですが彼らはそれらの体験を直視しない。いやむしろかかる自覚こそ、文人画の高踏性に反するものとして拒否される。わたくしとは根本においてことなる。わかりますかな。

おやじ、蕎麦湯、蕎麦湯、おかわり」

蕎麦湯をすすりながら登は眼をきらりと光らせる。

「男のかたはむずかしいですわ。わたくしにはどっちも同じにしか思えませんけど」

「風俗画とは、元来後世善を見て以って悪を戒むるに足るのみにあらず、悪を見て以って賢を思わしむるに足る。つまり完全に趣味的ではなく、社会に有用であるべき、もっといえば道徳的目的に奉仕すべきなのです」

「道徳的目的?……なんだか滝沢先生の勧善懲悪主義しかおもいつきませんわ」

「萩どの、さすがです。あなたは世の中を、人物をまっすぐ見る眼をもっておられる。そうなのです。わたくしがおやじ殿に触発されるのは、根底に同様の思想があるからです。社会のあらゆる階層の人々の姿をありのまま写すのは、結局は社会正義のため、その究極の目的のためにあるのです。一種の詩趣というべき風雅とか風韻を介して対象を処理してしまう文人画や、もっぱら官能美のみ追求する浮世絵では、社会を変革する原動力にはなりえない。ありのまま、あるがままをあまさず写してこそ、人間、社会の本質をえぐりだすことができる。ここに絵画の社会にたいする有用性が認められるのです」

やれやれ男というのはこむずかしい理論が好きらしい。栲子は仙台にいる姉をふとおもった。姉と登を議論させたら、かみあうだろうか？　もしかしたら馬琴より登のほうが姉の意見をおもしろいと思うかもしれない。こんど機会があったら姉の草稿の写しを見せてみようか。そんなことを考えていたら、急におかしさがこみあげてきた。

「なにかおかしなこと言いましたか？」

「いえ、べつに。そろそろ戻らないといけませんわ」栲子は店の主人をよんだ。

表へでると夏の陽ざしがまっすぐおりていた。汗がどっとふきだしてくるようだ。歩きだした後から登がおいかけてくる。

「萩どの、大変馳走になりました」

「これくらいなら、いつでも」

「ほんとですか？　それなら先生の家にいくときはお知らせください。従卒のかわりに送り迎えいたします」

やれやれ武士も地に落ちた。用心棒になっても蕎麦にありつきたいなんて、姉のいうとおりだ。いまは武家が貧乏になって、はぶりのいいのは町人のほうだ。姉は『独考』のなかで、なげいている。

「ではこれにて失礼いたします」

「それではいかん。食い逃げになる」

やっぱり蕎麦のせいで美しいなど腹にもないことをいう。これだから男は信用できない。

梼子は腹をたてた。登にというより自分にたいして。するとまたもや姉の『独考』の男と女のちがいの一節が頭にうかんだ。梼子はたちどまると登を見あげて、

「送っていただかなくとも結構ですわ。たしかにあなたは男で強い。だからといって女がいつも負けるなど思わないでください」

「いや私はなにもあなたを見くだしてなんかおりません。むしろこんなに話しやすい女性ははじめてで……それがあなたには不快なのでしょうか？」

たくましい鼻に汗をうかべて登はこまったように背をかがめている。

梼子は背伸びして笑いだした。

「男には成りあまるところひとところあり、女には、成り足らぬところひとところある」

おもわずつぶやいて梼子は顔をあからめた。なんてことを口走ってしまったのだろう。

「これは……さすが萩どの、本居宣長の古事記ですな。そう、国生みに際して、男神イザナギと女神イザナミ、たがいの体をみくらべて違うところをのべあう。成り余りしところひとところあるのは男神、足らぬは女神……まったく事実ですな」

「だからといって、男女の関係ではいつも男が勝つとはかぎりませんわ。たとえば気のない女に心底惚れてしまった男の場合、かよわい女にほんろうされる……」

「面白い尼さまだ。たしかに好きな女をまえにしたら、男はなにも言えぬかもしれない」

栲子は泣きたくなった。うかうかと思いのたけをはきだすなんて。こうなったら言いたいだけしゃべって、さよならしよう。生まれてはじめて胸がときめいたのに。

「男と女、体のちがいはそれぞれの心の感じかたにもつうじます。たとえば修行のための禅僧の陰茎切りと女の陰部に蛇が侵入したはなし、禅僧の陰茎切りに、女は潔いと思うけど、男は心に響きてたまらないとおもうでしょう。でも女の陰部に蛇が侵入したと聞けば、女なら誰でも身の毛がよだっていやだけど、男はなんとも思わない。これも体が異なるせいで、男と女は心からつうじることはありませんわ」

「これは……尼さまとはおもえぬ大胆なたとえですな。あなたのご意見ですか？」

「まさか……姉ですわ」

「仙台藩の大身に嫁がれたという真葛どのですか？」

「ええ、ごぞんじですの？」

「おさきさんから聞いています」

「まあ」またしてもおさきだ。登とはよほど気があうのだろうか。

「それにしても姉上は愉快なお方だ。とても大身の奥方とは思えぬ奇抜な喩《たとえ》をされる」

「あら、そうですの？」

こんなことは序の口だ。でも奥奉公からいきなり尼になった栲子には姉の考えが分からないこともある。ふと茶目っ気がおきた。

「ねえ登さま、人の心とは何によって決まるのでしょうか？」

「儒学では、心は人の五臓の主人であるとされています。それがなにか？」

「いえ、では姉のいうことはおかしいのでしょうか」

「ほう、姉上はなんといっておられるのですか」

「いえ……結構ですわ」

「それはずるい。途中でやめるのは潔くない。何を聞かされても驚きませんから、正直におっしゃい」

登は切れ長な眼に好奇心をあらわして、愉快そうに椅子の顔をのぞきこむ。

椅子は息をのんだ。彼の若さがまぶしい。

「身体のつくりが異なる男と女では、ものごとのとらえかたも、そこからうまれる心の態様も違ってくる、と」

「そのとおりです」

「……ではやはり、姉のいうことは正しい？……それゆえ、心は、その相違のもとである『陰所』から『はえわたるもの』だと……」

「……」

「そうして男女の『あい逢うわざ』（性交）は、『心の本をすりあわせて勝ち負けを争う』ということになる……」

「……これも、姉上が？」

「ええ、でも私には正直よくわかりませんの。好きな殿方と身体をすりあわせて、どうして勝ち負けを争わなくてはならないのでしょうか？」

椁子は今度こそ、飛びあがるほどおどろいた。自分の口走ったことが信じられない。だが事実、姉の信奉者であるにもかかわらず、男と女のことは正直わからないことばかりなのだ。なにしろ大名家の奥奉公からいきなり尼になった。男に言い寄られたことも、恋文をもらったことも、ましてや自分から男を好きになったことなどない。奥奉公では源氏物語がとりわけ人気がたかい。それというのも、だれもが一生のうち、一度でいいから光源氏のような男に口説かれ、いいよられたら、死んでも本望と、心底願ってもいるのだから。

椁子のあわてぶりを黙ってみていた登が、

「姉上は、告子《こくし》が『食欲と色欲は生まれつきのものなり』と言ったのを、聞きあやまったのではなかろうか。かりに姉上の言われることが正しいとして、もし人の心が陰所を根とするものならば、男女十三、四歳まで色情の起こらぬ間は、心がないとでもいうのだろうか。それに、人の心とは、天地が在るのとどうように、静かなものなのです。孟子も、『仁は人の心なり』といっている。情愛は、欲のために動くのです。いましめねば、おやじ殿ではないが、とんだ災難にあいます」

若いころ放蕩のあげく、いかがわしい病気をうつされた。

馬琴は口をつぐんでいるが、知る人ぞしる、江戸では有名なはなしだ。山東京伝の死後、弟の京山がながした噂だともいわれるが、そんなことは馬琴の読本をよめばわかる。

馬琴の読本の中の女は、船虫にしろ誰だって、かなり穢く、こっちの顔が赤らむほど卑猥にかかれている。登はにやりとした。すると椁子は馬鹿にされたとかんちがいした。

栲子には、若い登が老いた尼の自分が色ごとなんぞに口をだして、はしたないと思っている。おまけに奥奉公から尼になったので、いまさら男を知らないなんて、まさか見ぬかれてはいまいか。そう思うと、あまりの惨めさに頭がくらくらしてきた。

「萩どの、どうかされましたか？」

登が立ちどまって、いたわるような眼差しでみつめている。

栲子には登の若さが、真面目さが、まばゆく、老いた自分が一層憎らしくおもえた。

こうなったら姉の考えをとことん述べておどろかせてやろう。栲子はひらきなおった。

「姉はこればかりではありませんのよ。『およそこの地上の生きものは、すべて闘争しあうものである』と。しかもこの『勝負を争う』のは、男だけじゃなくて、女もおなじ、どうも人間の本性らしゅうございますわ」

「勝負を争そう？……男と女が、ですか？」

「ええ、およそ天地の間に生まれる物の心ゆくかたちは、勝ち負けを争うなりとぞ思わるる。鳥けもの虫にいたるまでもかちまけをあらそわぬものなし、ですわ」

栲子は、きっぱりと言いきった。まるで自分の意見のように、おごそかに。

さすがの登もあきれたように栲子の丸い鼻にこじわがよるのをながめていたが、

「やれやれ、これは手ごわい姉上だ」と、ふきだした。

登が学んだ儒教、とくに朱子学では、自然界はもともと調和的で静的なものとされている。だから身分制度や男女の性的差別は、むしろ社会秩序のために当然必要とされるのだ。これはとうていおやじ殿には納得できまい。馬琴は何事も儒教の「善悪」の論理によって決めつける。勝負心など欲から出るもので、乱のはじめなりと、こっぴどく否定するだろう。

「まあっ、なにがおかしいのですか？」

「いや、これはすまぬ。だが聞けばきくほど姉上の考えは独創的だ。しかし惚れた男女の仲のもめごとなんぞ、どっちが勝っても負けても、肌よせあううちに自然と勝負などついて……、いやこれは尼どのに申すことではござらんかった。それにわたしは、じつはおやじ殿とちがって、いささか奥手で、まだ女の手をにぎったこともない。だから、よう分からんのです」と、浅黒い顔を赤らめ、手ぬぐいで顔をぬぐっている。

「ぞんじませぬ。さようなこと」

栲子はうつむいて、もじもじした。それがまるで若い娘のようなそぶりで、ますます自分に嫌気がさした。栲子は登にむきなおると、背伸びして、とうとつにいった。

「登さま、これ以上は姉の著作『独考《ひとりかんがえ》』をお読みくださいまし。まもなく出版されますの。だって先生は、お約束してくださいましたから」

「おやじ殿が？　出版の約束を、ですか？」

「ええ、ですから早くてこの冬には、書肆にならんでおりますわ」

「それはたのしみだ。だが女性ながら著作で世にでようとは、たいしたものです」

登は心底感じ入ったようにいう。栲子は姉の共感者をえて、ついもらした。

「姉は、ひそかに考えていることがありますの。『独考』が世間で認められたら、大名家や高家の奥から、かならず出仕のさそいがある。そうしたら、いま一度江戸にもどり、自分の知識で世にでたい、と」

「なるほど、そうなれば婚家から出る名目ができる」

さすが鋭い男だ。

「ええ、仙台藩の中では着座二番千二百石の大身の家柄、夫が死んでも妻にはなんの自由もありませんの。飼い殺しですわ」

「そうでしょうな。武家には家がなにより大事。個々の人間など埋没しかねない」

「そうですわ。姉は食うにこまることはないけど、自分のこと『かい鳥』となげいていますもの」

「なるほど、『かい鳥』ですか。わかる気がします。じつは私も長崎への出奔を諦めた」

「脱藩？」

「まあ、そんなところです。それも発端は今年の正月元旦のこと」

そうまえおいて、登は田原藩の藩政刷新運動に同志をあつめて立ちあがったことを話した。なにしろ田原藩では家臣の俸禄全額借り上げで、家中騒然としていた時期でもある。

「見よや春大地も亨す地虫さえ……このときの決意の句です」

「まあ」お世辞にも上手だとはいえない。ところが登は大まじめで、椿子はふきだしたいのをかろうじてこらえた。

「結局、藩政改革は藩当局の旧例墨守的な方針にはばまれて、失敗してしまった」

「それで長崎へ？」

「ええ、ところが親父の知るところとなった。心痛のあまり、私の師事先に足をはこんで翻意するよう、たのんだらしい。それも私には一言の反対もなく。そのころ帰宅の遅かった私を、親父は病をおして、そっと途中でうかがっている。私が無事家の門をくぐると、いち早く座敷にもどり、しらぬ顔で挨拶におうじる。それを知って、私は胸もふさがれ、ひそかに両袖をぬらして……この一時で、またもや志もくだけはてた」

登は黒々と光る眼を宙にむけ、しきりに濃い顎鬚をなでている。

それにしても、なんという情にもろい男だろう。それにすっかり気を許している。自分への好意だろうか、それとも尼が相手と安心しているのか。あれこれ考えながらも悪い気はしなかった。いつしか霊岸島の中屋敷の門前に立っていた。

「やあ萩どの、今日はたのしかった。いずれ姉上の著作が世にでたら、祝杯をあげましょう。姉上が世に認められれば、これまでのご苦労も無駄にはなりますまい」

「ほんとうに……そうなったら、どんなにいいことか、夢のようですわ」

栲子は登の手を握らんばかりに、にじりよった。そうしてはっと気づくと顔をあからめて、そそくさと門をくぐった。部屋にはいると姉に手紙をしたため、蚊帳にはいった。

庭の蛍をながめていると、不意に登のたくましい腕に抱きすくめられた、気がした。

(馬鹿だわ、あたし……)あられもない妄想に、栲子は生まれて初めて体の芯にうずきをおぼえて、薄い肩をすくませた。

十

「奥方さま、いくらなんでも塩竈《しおがま》神社に詣でるのはご無理というものにございます」

老女中の冨美がしきりととめる。それも真葛が言い出したらきかない気性を知って、しぶしぶと支度をしながら、「おひざの痛みにあの石段は、たいそう悪うございます」

「脇参道をいくから案ずるにはおよばぬ。旦那さまも亡くなるまで、いたくお気にかけておられた藤塚式部どのの神社じゃ。それに、詣でるのもこれが最後になるかもしれぬ」

「まあ、さようなお気のよわいことを。奥方さまにはこれからも只野の家をお守りしていただかねばなりませぬ」

冨美がいうのは七年前、伊賀が急死した後、嫡男の図書由章《ずしよなおゆき》が家督をついだが、翌年には只野家は、加美郡代官とのあいだで鳴滝側漁業権をめぐる争いにまきこまれている。

一年ばかり続いた訴訟は、只野家の言い分が認められた形で「ご自由」にと決定された。それでも只野家の財政をゆるがす訴訟は、家督をついだばかりの由章には荷が重かったようで、心労もはなはだしかったようだ。

嫁いだとき十四の少年だった由章は、真葛の江戸での話や阿蘭陀の品々に眼を輝かせていたものだ。その彼が当主になって真葛には孝養をつくすが、訴訟のことも只野家のことも、なにひとつ相談することはない。真葛は広い屋敷でますます居場所をなくしていた。

それでも冨美にとっては、真葛はいぜん只野家の家刀自《いえとじ》であるらしい。

真葛は、冨美のかわらぬ忠節をうれしく思ったが、内心の決意はかたまっていた。

数日前には梼子から便りをうけとっていた。あれ以来馬琴は、じつにていねいに真葛に返事をくれる。そうして真葛が和歌をおくると梼子が唱和し、馬琴もこたえてくれる。

それは梼子が確信をもっていうように真葛の『独考』の出版の準備のようにおもわれる。

それでも執筆に忙しい馬琴をわずらわせていないか、真葛には気がかりでならない。


……ご生業のために文章をかかれておられるのに、わたくしが度々文などさしあげて、ご迷惑をおかけしていないか、気がつかぬ者などとお思いになられていないか、たいそう案じております……

ある時真葛が手紙にかきそえると馬琴からはおりかえし文があって、

……我宿の花さくころもみちのくの　風の便りはいとわざりけり……


どんなに執筆に忙しかろうと、みちのくのあなたさまの便りを、どうして煩わしいとおもうでしょうか、そんな和歌までおくられてきた。

真葛は馬琴の好意に涙ぐんだ。おもえば、儒学も漢文の素養もない女が、たったひとりで考えぬい

たことを書いたものである。それが世間に通用するか、それでも、

……身を八つに裂くほどつらくとも、工藤平助という一家の名ばかりは、残さねばならないものを……そう激しくおもいつめて、ひたすら考えをおしすすめてきた……

それがどうやら馬琴の理解を得られたようだ。

そうして数日後、真葛は早朝屋敷をでた。塩竈神社に着いたのは辰の半ばばかり（午前八時すぎ）、かつて来たことのある東門の鳥居を懐かしく見あげて左におれる。

黒く艶やかな脇参道の石段もあの時のままである。真葛は膝をいたわりながら、一歩一歩ふみしめる。ようやく上までたどりついた。蝉が木立の間をぬって、高く澄んだ声でないている。江戸では「みんみん」という蝉が、ここでは「大蝉」「ちからぜみ」とよばれている。はじめて仙台屋敷の周囲の山でその鳴き声を聞いたとき、真葛はその力強さにおどろいて、なるほど「ちからぜみ」とは言い得ていると、感心したものである。

人家のない神社にはいると、左側に石塔が建っている。その近くの大きな木陰に、白い石垣にかこまれた式部の家があった。すべては二十一年前のまま、まるで時間がとまったように、たたずんでいる。

「藤塚式部どのの家をみまってくれまいか」

江戸にいる伊賀から手紙があったのは、嫁いだ翌年の寛政十年のことである。

伊賀はよほど式部のことが心配なのだろう。それに式部と親しかった父平助からも、彼の身柄を案じる便りがとどいていた。

眼をとじると、まるで昨日のことのように、遠い昔この地を訪れたことが思いだされた。

寛政十年の神無月の一日、真葛は塩竃神社の神官である藤塚式部の家に向かっていた。出前の宵より降りだした雨の音に一晩中はらはらしていると、明け方ちかくに雨音が遠ざかった。出かけるころには晴れて、やれも嬉しと、まだうす暗いなか、供の者に松明をもたせて出立したが、途中からはすさまじい嵐にみまわれた。

まだ明けきらぬ宮城野の、むらむら立てる岡辺の尾花が、吹ききたる風の強さに、おきふしているさまは、今思い出しても妖しげであった。ようやく風がやむと、道は松の並木がつづいて、とおくに朱の鳥居一つが目にとまった。何の御社かと歩いていくと、紅葉が蔦の松にかかって鳥居のようにみえたのだ。供の一人が立ちどまり、指さす方をみると、覆堂があった。古代の鎮守府、多賀城の跡から掘り起こされたいしぶみで、坪のいしぶみ、壺とも書くという。伊賀はこの拓本を真葛にもみせてくれた。

「見事であろう。まるで古の人々が地中から叫んでいるようであろう。彼らの面ざしすら見えてくる」

伊賀は表装した拓本を床の間に飾って、仙台に戻るたび飽かず眺めていた。

多賀城　京ヲ去ルコト一千五百里　蝦夷《えぞ》國界ヲ去ルコト一百廿里
常陸《ひたち》國界ヲ去ルコト四百十二里　下野《しもつけ》國界ヲ去ルコト二百七十四里

靺鞨《まつかつ》國界ヲ去ルコト三千里

これは旅人を迷わせないためにと、多賀城の門に刻みこまれたいしぶみということか。あの小さな堂宇の中に、古代人の雄叫びがつまっている。真葛が生まれるより一千年も前に、はるばる奈良の都から陸奥の鎮守府に派遣された古代の将軍たちが刻んだものだ。

彼らは都を遠く離れて涙することもなく、大海原で星の方角をはかり位置を確認するように、京から、蝦夷からの距離をはかり、此の地にこそ我はいる、と、大声で叫んでいる。それも日本のみならず、海をへだてた靺鞨族の渤海《ぼっかい》国をも、にらんで。

みちのくに嫁いだばかりの真葛には、古代人の雄大さがまぶしかった。

ようやく神社につくと事前に参詣を知らせてあったので、すぐに社殿にとおされる。

さすがに古代からこの国の一の宮としてあがめられていた神社だけに、社殿の豪華さは想像していたよりはるかにまさり、神さびた古風な荘厳さをかんじさせた。

式部は塩竈神社の神官だが、独学で和漢古今の書を読んで、深く広い学識をえた著名な学者だった。さらに珍奇なものを蒐集することに熱心で、塩亭といわれた彼の家は珍しい蒐集品であふれ、なかでも千六百部、およそ三千冊以上の蔵書は見事なものだった。

彼の書庫は名山蔵とよばれて、仙台藩の知識人のみならず、松島など名勝地をおとずれる文人たちが数多くたちよっている。さらに彼の名を著名にしたのは、多賀城碑の考証である。伊賀は生前よく言っていた。

「なにしろ若いころから式部殿の家には若い藩士たちが泊りこんで、坪碑の拓本をとったり、松島にある碑の拓本をとるのに熱中したものよ」

あるとき伊賀が坪碑の拓本十五枚も手に入れようと頼んだところ、式部からは、

「……十五枚などお受け合いなさったことは、いかがなものかと心痛しております」

と、若い伊賀の軽はずみをたしなめるような手紙が届いたという。

そうして伊賀とは二十も年の離れた式部は、

「食事をとってお通いになられたら、費用もあまりかからずと……」若い伊賀らの懐具合まで心配して、寝とまりさせたり食事を用意したり、親身に世話をやいてくれたという。

そうして式部の博識に誘われるように、仙台藩やわが国の将来など、夜を徹して語り合う。彼の蔵書は、和書、漢書、神道書、仏典、和漢蘭方医書など、じつに多方面にまたがっていたのだ。

「式部殿の家にはいつもおおぜいの藩士が集まって、おびただしい蔵書をうばいあって読みあったものよ。とりわけ熱心であったのは、あの林子平殿であったが」

伊賀のはりのある声が耳もとでよみがえる。

その式部が仙台藩に訴え出たのだ。背景には数年前からこの地方を騒がせていた仏舎利《ぶつしゃり》事件という訴訟があった。塩竈神社の境内にも法蓮寺が建てられ、この僧侶たちの行いに、式部が激しく異議を唱えたのだ。式部は深い神典研究の蓄積をもとに、神社のなかに仏塔を建てることの不自然さを批判した。藩庁では裁断を下すのに六年かかった。式部の整然とした理論は認められたが、秩序を乱したという理由で、訴訟にかかわった神職たちは罰せられた。

理論的支柱であった式部は、仙舎利事件の首謀者とみなされ、寛政十年三月に長男とともに揚屋入りとなり、六月には桃生《ものう》郡に流罪とされた。

伊賀は江戸でその事態をしり、さかんに心配して真葛に様子を見るよう頼んできた。

父からも式部の身をあんじる便りがとどいた。

式部と親交のあつかった父は、彼の次男を前野良沢の養子に紹介している。

式部は、二年後に流罪先で亡くなった。その年の中秋、江戸からもどった伊賀は、

「親しかった林子平殿と、同じご最期であったなあ」言葉すくなにそうつぶやいた。

塩竈神社の境内には、林子平が考案したという石づくりの日時計が、ぽつりと置かれてあった。それをみていると、父や伊賀から聞いた子平の人となりが思いだされてきた。

子平の姉はかつて仙台藩の奥女中だった。当時の藩主宗村に見そめられ、側室の一人となり、男の子と女の子にめぐまれた。その縁で子平の叔父が仙台藩に召抱えられ、叔父が死んだ後は兄が跡目を継いだ。その子平は『海国兵談』を著し、当時いちはやく日本の国防の必要を説いたのである。彼は

『海国兵談』のなかで、

「江戸日本橋より唐、阿蘭陀まで境なしの水路なり」と、我国は海に囲まれ守られている反面、一旦列強がその意図をもてば、たやすく攻め込まれる危うさをもっている。

よって水戦のための造艦、操練、操兵を図解して、対応をのべている。

父は当時『赤蝦夷風説考』が幕府に認められたこともあり、仙台藩の後輩で志をおなじくする林子

平の『海国兵談』も、幕府要人の目にとまるよう、ていねいな序をかいている。

「その子平殿は、うらやましいほど自在なお方であった。若いころ広瀬川でつりをしていたら、江戸に朝鮮通信使がきた報せがとどいた。子平殿はつりざおをほうりなげ、ただちに江戸にかけのぼった。まこと物事にとらわれず自由に行動される。国防を説かれたがそれも蝦夷から長崎までくまなく歩いて調査してのこと。われらのような主君に仕える身では、とうていかなわぬことじゃ」

伊賀は心からうらやましそうに、ため息をはいたものだ。

だが時代は大きく変わっていた。『海国兵談』は、新たに老中になった松平定信の寛政の改革にふれるとされ、版木はことごとく没収され、子平も仙台藩に蟄居を命じられた。

翌年五十六歳で死んだが、彼は生涯兄の無禄厄介《むろくやっかい》として部屋住みをとおし、妻子をもたなかった。

そのせいか、蟄居中の彼は、

「親もなし、妻なし子なし板木なし、金もなければ死にたくもなし」

みずから六無斎と号し、悲痛ななかにも、ひょうひょうとした歌をよんでいる。

かつて江戸にきたときも、ふらりと築地の座敷にやってきて、畳に大の字になって昼寝していた。

父はさっそく弟子を日本橋にはしらせ、旬の魚をさばいて、酒をくみかわした。

のむたびに二人の弁舌も熱をおびて、真葛には男同士の友情がうらやましくおもわれた。

伊賀もまた、千二百石の大身の家門の重圧をたえず感じていただけに、子平のような自由な生きざまは憧れでもあったようだ。

こうして父を知る人々は、時代に抗いきれずに、ことごとく世を去ることになってしまった。表参道に向かう境内で、以前はなかった立派な御影石の長明燈が両側に建っているのを見て、足をとめた。

石に刻まれた文字をよむと、升屋が大坂から船で運んで奉納したとある。

升屋はいわずとしれた仙台藩の御用商人である。しかも升屋といえば番頭の山片蟠桃《やまがたばんとう》であり、彼の才覚で仙台藩は危機を脱出し、つぶれかけていた升屋をたてなおし、一気に豪商にした。当時仙台藩は、奥州飢饉で苦しめられ、その修復もかなわぬうち幕府から関東諸河川の修理を命じられ、巨額な借財ができていた。

幕府の許可をえて仙台通宝を鋳造したが、粗悪な鉄銭で、藩外にもちだされて悪用されたので、まもなく中止された。父はその鋳造にかかわって仙台領内にも頻繁に訪れていた。

あるとき真葛がそのことをいうと、伊賀はさすがにおどろいて、

「おやじさまが？……そうであったか」

「ええ、たしかその仙台藩の慢性的な財政危機を立て直したのが、升屋の番頭、山片蟠桃という町人だときいております」

「一俵につき一合のへり米のことか。たしかに『妙計』だったようだ」

仙台藩では蔵元商人に借金がかさみ、貸し倒れになったので、その代わりに大坂の升屋に依頼した。升屋は蔵元を引き受けるにあたり、藩に二つの条件を要求した。

一つは、竹の筒で作った「さし」を、米俵に突き刺して、米の品質を吟味する。その際こぼれるわずかなさし米を、一俵につき一合とし、升屋に払い下げる。

その金額は、一年に六千両ともなり、升屋は江戸廻米の多額な費用を賄うことができた。

二つ目は、買米資金を手形で発行し、売り払った代金は升屋が受け取るというもので、これにより買米の資金の確保と、仙台藩の借財の返済のメドが立った。

父は蟠桃の妙計を、

……武家は米など天から降ってくるとでも考えて、主君からもらった段階で中身を改めようなど、思ってもおらぬ。一俵に一合のさし米が、よもや六千両にもなるとは、武家には及びもつかぬことなのじゃ。

それも蟠桃が、儒学の実用学を学び、米の作柄に気象が関係するとなると天文学を学ぶ。町人といえども、その知恵あなどれぬ。そう感心していた。

真葛の話に伊賀もうなずいて、

「あの頃はお屋形さまも達者であった。あれは寛政七年、お屋形さまが臨席して、躑躅岡で旗元、足軽の騎射、鉄砲の演習が行われたのだ。そのとき大坂の米取引業者、大文字屋と升屋も招かれて、翌日は仙台城内を案内させるなど、下へもおかぬ接待ぶりであった。わしもお屋形さまのそばにおったから、ようおぼえておる。以来、升屋は仙台藩の御用金調達を一手にまかされるようになって、藩は頭が上がらなくなった」

神さびた境内に、林子平の日時計と升屋の燈籠がおさまっている。それは奇妙な光景で、まるで仙台藩を象徴するようにおもわれた。いや仙台藩にとどまらず、それこそ日本の現状のように真葛には感じられた。先見の明がありながら仙台藩に処罰された林子平と、智略をはたらかせて仙台藩御用商人にのしあがった豪商升屋。

この世はだれもが金銀をもとめてあい争う、心の乱世におちいっている。

しかも金のいくさのこの世の中では、誰が見ても独り勝ちしているのは町人どもである。

それというのも世の中の政をするべき立場の幕府や大名、武家たちが、旧泰然として無策をきめこみ、時代の推移に鈍感になっているからだ。だから利にさとい町人は野放しに利潤をおいもとめ、その結果、彼らのもとに金銀が集まるという事態をひきおこしている。

それにひきかえ金をもたない貧乏人は、ない金をはたいて、それも町人の言うがままに米や味噌を買わされるはめになる。だから貧乏人のもとには、金はよりつかない。金に羽がはえたように、金銀はこぞって裕福な商人どもの懐にころがりこむのだ。

その背景には、十歳のときの明暦の大火で、物の値段をつりあげる町人に憤った体験が焼きついている。さらに伊達家の奥奉公では、町人出の奥女中の武家に対する憎悪の激しさを、身をもって実感したこともあった。しかも弱い人々を守るべき幕府、大名、それに天皇家まで、目先の利益に目がくらんで、この国の将来を考えることを怠っている。

父平助が生きていたら、どんなに憂えるだろうか。この国の未来は、どうなっていくのだと、嘆くだろう。

真葛は、病床にあった父と、心配する伊賀に、式部の家をおとずれたことを手紙で知らせた。そのあと真葛は、そのときのもようを塩竈もうでとして、紀行文につづってみた。

病床にあった父がどんな思いで式部の死を聞いたか、その父の気持ちがすこしでも晴れるよう、つとめて淡々とつづってみた。父は病をおして、村田春海のもとに『塩竈もうで』を見せにいった。まもなく春海から、絶賛する手紙がとどいた。

真葛はそれまで自分が「文章」というものを、書けるとは思ってもいなかった。それだけに春海の賞賛は、自分に作品をつくる能力があるかもしれないという期待をいだかせた。

父が亡くなったのは、式部が死んだ五ヶ月後のことである。

真葛は仙台にきて四度目の冬をむかえ、三十八歳になっていた。

遠い昔のことが走馬灯のようによぎる。真葛は表参道を降りようとして、一瞬めまいをおぼえた。見おろした石段は、ほとんど垂直で、はるか下の鳥居まで一直線に続いている。

おもわず立ちくらみがして、真葛はよろけた。

供の者が、脇からすばやく支えにはいる。「二百二段もござりますれば……」

「あんずるにはおよびませぬ。ひとりで、まいれます」

気丈にいうも、いちどすくんだ足もとは、その一歩がこころもとない。

鬱蒼と生い茂る老木の間から「ちからぜみ」が、高く澄んだ声で鳴いている。

父も仙台にきた時は、かならず式部の家をたずねている。林子平の『海国兵談』に序をかいたのが父なら、その出版費用の不足分を用立てたのが式部である。

そうして石段を一歩一歩ふみしめながら下ると、深い繁みをかきわけて、父がこつぜんと姿をあらわし、式部をしたって石段をかけのぼる若き日の伊賀や、林子平までが、不意に目の前をかけぬけた。

たかぶった気持ちで屋敷にもどると、何やら騒がしい。いぶかしく思いながら座敷に座ると、茶をはこんできた冨美の手がぶるぶる震えている。皺だらけの顔は蒼白である。

「なにかあったのですか？」

「加乃が、加乃が行方をくらましたのです。それに……金弥も。もうしわけございませぬ。奥方さまのお留守に……すべては私の責任にござります」

冨美はそういうと、畳に頭をこすりつけた。そうして二人に万が一の場合は、お暇をとらせてほしいと、思いつめたように何度もくりかえす。

「冨美、落ちつきなさい。それより二人の行方を捜すほうがだいじです」

屋敷内は蜂の巣をつついたように大騒ぎになった。だが夜が明けても二人の消息はわからなかった。やがて、「ふたりは示しあわせて駆け落ちした」「金弥と加乃は人目をさけて、ちょくちょく小屋でおちあっていた」「二人はひどくおもいつめていた」など女中らのまことしやかな話がつたわって、それを聞いた冨美は、心労のあまり寝こんでしまった。

ところがその二日後、古いお堂から火がでた。通報した百姓の話で侍頭がかけつけると、焼け落ちたお堂の中から黒こげの焼死体がでてきた。表では、加乃が気絶していた。

「加乃の話では、金弥から呼び出されて、少しおくれてお堂につくと、火は燃えひろがってどうにも手をだせなかった。自分も煙を多量にすいこんで、そのまま気をうしなった。そうもうすのですが、しかし、焼死体が金弥のものである確証はございません。ただ母親の証言で、そばにあった長刀が、高橋家伝来のもとであると、それが決め手になりました」

数日後、真葛は只野家の当主である由章の訪問をうけた。加乃の処分をめぐって、「あの加乃には、とかくのうわさがありました。ことは極秘にせねば。加乃は一旦木幡家にもどし、詮議のうえ処分するのが相当とおもわれます」

「しかし加乃は、なにもおぼえていない、そうもうしておりますが」

「義母上は、だまされておられます。それに木幡の叔父上にも非があります。身元もろくに調査せず只野家に口入れするとは。さいわい金弥の母親の訴え書はこちらで処分したからいいようなものを。もし藩の大目付に知られたら只野家も、木幡の家も、ただではすみますまい」

由章はごくりと唾をのむと、喋りすぎたとおもったのか、湯のみにも口をつけず、そそくさと座をたった。

しばらく見ぬ間に由章は肥った。顎がたるんで肩や背中にも肉がついている。眉間には深いたてじまが刻まれ、三十七歳にしては老けた印象をうける。

玄関口で見送り、ふりむくと、冨美が背後でうずくまっていた。

「加乃は、加乃はどうなりましょう？　若さまは何と？」

「あんずるな。だが加乃は木幡家にもどします。四郎右衛門殿にあずければ、万事よくとりなしてくれよう」

「ではご処分は、ないのでしょうか？　加乃は火つけなどできる娘ではございませぬ」

冨美は真葛の足もとにひれふすと、身をもじって泣きだした。ようやく冨美をさがらせると、真葛は縁側にでた。それにしても由章はなぜあれほどうろたえていたのだろうか？　藩の大目付に知られては只野家の一大事だの、一体なにを根拠にそう不安がるのだろう。

それから数日して、金弥の母が懐剣で、喉をついて自害したとの報せがはいった。

十一

お百が小石川の菩提寺に出かけるというので、おさきが神田明神下の家にむかう。その下駄の音が遠ざかるのを聞きながら、馬琴は書きかけの「八犬伝」から眼をはなした。

お百の墓参りは馬琴と所帯をもってから毎月の行事にもなっている。いつもは宗伯が従うのだが、気分が悪いからと下男を使いによこした。お百は馬琴より三歳年上で、容色が麗しいとはお世辞にもいえぬが、結婚当初は面倒見のいい世話女房だった。

じつはお百に入り婿する以前にも、書肆蔦谷重三郎から馬琴をみこんで話があった。

相手は蔦重の実弟で吉原仲之町茶屋の主人で、すこぶる繁盛していた。そこの美人の娘を世話しようといわれた。そうすれば蔦重とは外甥となり、姻戚関係ができる。

ところが馬琴は青筋たてて、憤慨した。

自分はたしかに浮浪の一窮士であるが、吉原の茶屋の入り婿とは、あまりにも人を見くだした話ではないか。遊女そのものも蔑しむべき賤職だが、親、家族のため身を売るなど同情の余地もある。しかし廓の経営などにいたっては、人身売買をし、女に「淫」を強いる、いやしくも恥ずべき乞盗のようなものである。

そうして蔦屋の店をやめると、馬琴は下駄屋を商う伊勢屋のお百の入り婿になった。

伊勢屋は店裏に二十軒ほどの大家株をもっており、年に二十両ほどのあがりがあった。お百は以前にも婿をとったが気にいらず、離縁して寡婦になっていた。

馬琴は町人として出発する覚悟だったので、これらのこともさして気にならない。

だがさすがに下駄屋は人の足もとにひれふす商いで世間体もまずい。

そこで下駄屋の間口をちぢめて、手習塾をはじめることにした。

それに結婚のきめてとなったのは、いまひとつ、長兄興旨の近くに住めることだった。

伊勢屋のある元飯田町中坂を下まで降りきると堀留となり、その脇に旗本山口勘兵衛の屋敷があって、邸内には当時山口家の家老となっていた兄の家があったのだ。養子にいった仲兄を二十二歳で孤独死させたこともあり、兄とは俳諧という共通の遊びもあって、兄弟は頻繁に訪ねあった。漢籍や軍記、軍書など、兄の蔵書をかりて筆写したりしたのもこの頃である。そうして結婚してからの馬琴は、「昼は机にむかいて戯墨を稿し、夜は読書して暁にいたる。一年、一月、一日も、間断あることなし」という精力的な独学の日々を、みずからに課した。

戯作者といえども生業がなければいいものは書けない。遊里にあそんで筆をとる京伝が口を酸っぱく説いたのもおかしいが、それは馬琴なりの判断でもあった。

結婚を機に、おもいきって町人となり、生活の安定をはかった。そうして京伝や戯作者との距離を保ちつつも、放埒無頼であった過去を清算して、諸学、諸芸、諸道についての読書と研鑽に、日夜つとめていくことにした。

四書五経は当然ながら、唐詩選や古文真宝、史記、志怪書、三言二拍、五代奇書など白話小説類、中国文学書を多読する一方、本居宣長の『古事記伝』や平田篤胤、頼山陽の『日本外史』を熟読する。

さらには『源氏物語』や『宇津保物語』の全巻を読破するなど、おそるべき読書量にくわえて自己の戯作に没頭した。

あるとき新婚の馬琴の様子を見に、京伝がやってきた。

お百はすが目で、美人ではないが、貞婦である、と京伝がきのどくがったり、もちあげたりする。馬琴は内心、遊女を妻にしている京伝を軽蔑していたので、ふん、といったきり黙っている。温厚な京伝はそれでも表情もかえず、新婚所帯に不足なものはないかなど、茶をはこんできたお百にたずねたりして、帰っていった。

それ以来浮いたうわさの一つもない。欲望の激しさ、並はずれた精力では若い頃から人後におちぬ。だからそんな状況に陥らぬためにも、信奉する儒教の教えをまもり、みずから厳しく律してきたつもりである。


馬琴は頬づえをついて、書棚においた真葛の草稿をちらりと見た。あれ以来、尼は訪ねてこなくなった。尼になっても女にはちがいない。山賊まがいの駕籠かきの無謀に、すっかりおびえて外出も控えているのだろうか。来ないとなると気になる。あの勝気そうな眼つきも見慣れるとわるくない。和歌の筋はいいし、筆もみごとで流麗だ。おまけに女にはめずらしいさっぱりした気性はもつれなくていい。そういえば先だって宗伯が言っていた。

「父上、みょうなことがございます」

「なんだ」

「茗荷谷深光寺に、どうやら墓参りにきたものがあるのです」

深光寺は滝沢家の菩提寺である。登の顔がうかんだ。

「いえ、崋山ではありません。それも六月二十七日のこと、花や線香がたむけられ、雑草までぬかれておりました」宗伯は不思議そうに痩せた首をひねる。

その日は馬琴の母もんの命日にあたる。

その時はたいして気にもとめなかった。

ふと馬琴の脳裏に尼のいたずらっぽい笑顔がうかんだ。

そういえば草稿を包むのにわざわざ八本矢車の紋を染めたふくさを用意してきた。あの機転のきく尼なら、馬琴の菩提寺をさがして墓参することもあるだろう。

初めて家にあらわれたとき、あまりに母のもんの面ざしに似ていた。そのせいか面食らって草稿など預かる羽目になった。あとでおさきに笑われた。尼どのはまだ四十、それを馬琴が五十ばかりの老女と見まちがえたと。四十も五十も女としては盛りをすぎた老女で、馬琴にはどうでもいいことだ。それも今考えると、四十八歳で死んだ母の面ざしを、無意識に尼の顔に重ねたからかもしれない。

母もんは幼少からさんざん辛苦をなめたひとで、滝沢家に嫁いでも早くに夫と死別して、小さい子どもらをかかえて貧苦と戦った気丈な女性だった。

父の主家から兄たちを避難させ、独立させせようとはかったのも母の知恵だった。

母が病に倒れた時、十九だった馬琴はただちにかけつけた。

病苦にやつれながらも母は五人兄妹が病床にそろうと、二十両余の貯えをとりだして、これを五人でわけて正しく生きるようにと遺言し、息をひきとった。

馬琴には反抗癖をきつく戒めて、しかし正しいと信じたことはどんなことがあっても貫くよう、一旦志をたてたら目先のことより遠い将来をおもんばかって生きるようさとした。それは苦難のなかでも守りぬいた貯えを、子どもらに等しく分け与えた母の人生そのものだった。

母が死んだ時、馬琴は無頼の徒であったし、長兄は主家に従って甲府勤番にあった。母の病を知ってただちに休暇を願い出て甲府から浜町にもどった。母の病が長引いて休暇の延長を願ったが許されず、逆に解雇されてしまった。病母を置く場所にこまって、ようやく次兄が祐筆を勤める高井土佐守の九段坂の家に、引きとることができた。ところが母が亡くなる一週間前に土佐守は死んでいる。そこで次兄も、母の死んだときには失職していたのだ。こうして兄弟がすべて職を失くした状況で、母もんは病に苦しみながら、子らの前途を案じつつ、息をひきとったのである。たったひとりの母を見おくる彼らには、住む家もなくなった。母が遺してくれた二十両ばかりの金が、どれほどありがたかったか。これがなかったら滝沢の兄弟妹は、住む家もなく放浪するしかなかったのである。


その滝沢家に墓参したのはやはり萩尼だろうか？

そうまでして姉の草稿を出版させようと願う椅子の心根に、馬琴は遠い日、母の墓前に兄妹たちと手をあわせた光景をかさねあわせた。

そうして真葛が、わが身の幸せより、父のため、工藤の家のため、弟の立身のため、遠いみにのくに死ぬるおもいでくだった心情をおもうと、不覚にも涙がこぼれそうになった。

かように貞節で教養のある婦人が、遠いみちのくでひたすら埋もれまいと叫んでいる。

それも、自分に救いの手を差しもとめて……

馬琴は陶然となった。かの真葛こそ、まこと真実の魂をもった女性ではあるまいか。

しかも馬琴を驚かせたのは、真葛が十かそこいらで体験した江戸の大火で焼けだされた人々の苦しみを、老女になっても忘れずに持ち続けていること、さらに、

……我が身一人のことなら嘆くことはないのだけれど、世界中の人々が、金の争いのために苦しむ様子の情けなさは、朝に夕に心から離れず、嘆かわしく思われるのは、これが仁ということの極みであろうかと、おのずから考えられたことなのです……


そう馬琴に書き送ってきたことなど思いだすと、貧苦のなかで死んでいった気丈な母が偲ばれ、胸が苦しくなるほど感情をたかぶらせた。

女にたいしてこんな気持ちになったのは、馬琴の五十三の生涯ではじめてのことである。

若い頃から人並みはずれた体格ゆえ、もてあました精力で欲情のままに女をかった。

それも一時の快楽で、終われば冷え冷えとした虚しさしかのこらなかった。

女もわりきったもので、時間がくるとさっさと銭をうけとり、気だるげに部屋をでていく。銭をなかだちに交渉する男の女のただれた痴戯、若い頃の放埓さをおもうと、顔から火がふきでるほど恥ずかしさがこみあげるのだ。

路地を足音がする。馬琴は聞き耳をたてる。胸の動悸がおもわず高くなる。

「おやじ殿、おられますか」

馬琴は、はった肩の力をぬいた。

「おさきさん……おかしいな、お留守だろうか？」ぶつぶつ言う声がする。

そこへ女のおどろいた声で、

「まあ……先だってはわざわざお送りいただきまして、ありがとうぞんじます」

「おう、萩どの、いや近ごろお見えにならないので先生もいたくあんじておられます」

(登め、いらざることを) 馬琴は不機嫌そうに顔をしかめる。

「先生が……まことでございますの」萩尼の声が心なしはなやいでいる。

「お留守のようですが、なにじき戻られましょう。あがって帰りをまつとしましょう」

登は言いながら座敷にあがりこむ。なんという男だ。ひとの家にかってにあがりこむなど。しかも尼とはいえ、相手は女だ。

腹をたてながらも馬琴は二階から降りるきっかけをなくした。

「おさきさんも？」

「ええ、おられぬようです」

「それでは後ほどあらためてまいります」

そうだ、それでこそ貞女だ。うかうかと若い男に誘われて座敷にあがるなどもってのほかだ。

「いや、じき戻られます。萩どの、喉がかわきませんか？　茶をいれてしんぜよう」

登のやつ、やけになれなれしい。

「それはいけませんわ。私が御台所をおかりして」どうやら萩尼まであがりこんだようだ。馬琴は憮然と腕組みして、なおも聞き耳たてる。

「姉上はお元気ですか？」

「ええ、先生は文のおわりに和歌などそえていただいて。姉は、それはよろこんで、ひそかに胸などときめかせております」

「これはおやすくない。なんですか、おやじ殿が姉上に和歌を？」

「あやまたず　君につげなん帰る鴈《がん》　霞がくれに　ことつてしみふ……」

「ほう、なるほど。まちがいなくあなたのもとに手紙が届きますように……おやじ殿もすみにおけませんな」

馬琴は棒立ちになった。これだから女はいかん、つつしみがない。

人の手紙をあげへつらうなど、それも登なんぞに。しかしいまさら二階に居るともいえない。おさきのやつ、もう帰ってもいいころだ。墓参りひとつに一体何時間かかっておる。

「ところで萩尼どの、先だっての姉上の著作の話、とくに男と女のちがい、たとえも奇抜でおもしろかった。姉上のたしか……」

「独考《ひとりかんがえ》ですわ」

「そう、その独考です。話の途中で屋敷についたから、あとの話をききそびれた。なんですか、姉上の話だと、オロシヤでは結婚する男と女は、事前にあって気持ちをたしかめあう、たしかそうでしたな」

「ええ、日本のように顔も見ずに親が決めることなどないそうですわ。結婚しようとする男女は寺にいって、まず男に「この女を一生つれそう妻となすか」と問う。さらに女をよんで、前のことを問いかける。そうして同じ心がたしかめられると、はじめて夫婦になれますの。そうしておたがいに約束して夫婦になったからには、ほかのひとに心をうつすことは、男女ともに重罪になる」

「男女ともに、ですか？　そりゃきびしい」

「まあ、だから日本の殿方はいけませんわ。密通は妻だけが死罪なんて、不公平ですわ。だってふたりで誓ったのですもの」

「オロシヤの男はたいへんだ。男と女は、その体のつくりも異なる。それゆえ男には欲望があるが、女にはそれがない。だから一緒にするわけにはいかんのです」

「欲望？……女にもありますわ」

「おう、しかし、まいったな、尼さまにそう言わせるのは酷だな。しかし萩どの、わたしだって所帯をもつなら、好いた女としたい。オロシヤの男のように」

登はそういうと、さすがに照れくさくなったか、

「それにしてもおそい。あの出ぶしょうのおやじ殿がどこにいかれたのだろうか？」

などぶつぶつつぶやいている。

馬琴は腹をたてた。登のやつめ、いかに若くもない尼が相手でも、鼻の下を長く伸ばして、恥をし

れ。何がオロシヤの男だ。連中は儒学など知らん夷狄の野蛮人ではないか。

そこへかつかつと聞きなれた下駄の音がした。馬琴がほっとしていると、おさきのめんくらったような声がする。

「まあ、渡辺さま……それに萩尼さままで……すみません。お茶ならわたくしが」

「いいえ、萩さまからちょうだいしました。なかなかうまい茶でござった」

「まあ……」

「おさきさん、どちらへ？」

「母と寺まで」

「墓参りですか。宗伯どのはどうしたのです？」

「それが……」

「また病がでたのですか」

「ええ、母をおくって神田明神下にまいりますと、宗伯が薬をはいたところで、喉をかきむしって、死ぬさわぎでしたの」

(なに宗伯が薬をはいた！　あれほど薬には注意するよう言ったはずではないか。一体どこのやぶ医者が処方した薬だ)

馬琴はたまらず階段をかけおりた。

おどろいたのは登である。しどろもどろになり腰をうかしかける。椅子は登のうろたえた様子にふきだした。

「あら、先生、いらっしゃいましたの？　もしやお昼寝のところ？……あいすみませぬ。ちっとも気がつきませんで。お目がさめてしまわれたようですわ」

尼には居留守を見ぬかれていたようだ。

馬琴はふたりをじろりとみると、草履をつっかけた。

「どちらへ？」

「きまっている。神田明神下だ」

若いころ医学を学んだ馬琴はたいがいの医者をばかにしていた。それでもあちこち評判を聞いて新薬をもとめたり、はては唐土小説にある通俗療法に凝り固まったりもする。

「やっぱり家の方位が悪いのだろうか」

易者になろうと相易学に惑溺したことまで思いだして、あれこれ気に病んで、かれは足をはやめた。


玄関をあけると、妻のお百がころがりでてきた。

「おまえさま！」

「宗伯はどうだ」

「それが……さっきから胸が苦しい、頭が万力で締めつけられたようで痛くてたまらんとか、大声でわめきたてて。ようやくお医者さまの薬がきいたのか、いま眠っています」

「医者などあてにならん」

馬琴ははきすてるようにいうと、宗伯の枕もとににじりよる。

ついさっきまで悶え苦しんでいたのか、眉間には深い縦じまが刻まれ、蠟のような血の気のうせた顔に、異常に高い鼻がたれていた。

やっぱり先祖の墓をひろげるのに他人の地域をかいとったのが、暗剣法をおかして宗伯の身に祟りをなしているのだろうか。

先だっては陰陽師を招いて禁厭の法を行ってみると、一災をのぞけば一災だけ宗伯の病状に効験がみえた。

埋めた池に栗樹大歳符を行ったところ、秘結の宗伯がその宵に便通あって、禁厭が終わったその日から、気のせいか宗伯の病が平療したようだ。

宗伯の難病をみて、馬琴の迷信癖はいよいよ深まった。

凝り性の馬琴は、気になったことはとことん究めるまですまない性分で、ここ数年は方位宅相の学に夢中になっている。それも唐土の古書など買いあつめて研究するばかりか、自分でも斯道権威の大著作をのこして、人道に役立てようといさみたつありさまだ。

「これでもだいぶ落ち着いてきました」

「そうか。おまえにも苦労をかける」

馬琴はしんみりという。お百はその声にはじかれたように、小袖のはしでしきりと目じりの涙をぬぐう。

隣室にいくと、お百があとをおうように茶をはこんできた。白髪頭にそぐわぬような艶々したお歯黒の歯をみせながら、どことなくはにかんだような微笑を浮かべている。

「今夜はとまっていく」

「あい、では粥など用意させます」

お百は新婚当時のように恥じらうと、よっこらしょとかけごえあげて、腰をのばす。

しばらくみぬまに、また腰まわりに肉がついて重たげだ。横目でながめていると、襖の外から再び宗伯のうめき声がした。馬琴はあわてて襖をあける。

「くるしいか？」

「……父上、すみませぬ。なにこれしきのこと、あんじるにはおよびませぬ。それより、『八犬伝』はいかがでしょうか。校正をしなくてはなりません」

宗伯は生真面目に体を起こそうとするが、なえたように蒲団に崩れ落ちた。

「校正など心配するな。それより養生せよ」

いいながら宗伯の体をみると骨のうきでた無慚な姿がみえた。馬琴はそのつど、ある疑念に苦しめられ、義憤にかられる。

宗伯は若い頃から女色にふけらず、その性質も質素倹約にして、さしたる過ちも犯してはいない。常に人におくれて起ち、分際を守り、言行もはなはだつつしんできた。

それなのに、天はなにゆえ、咎《とが》なき宗伯をえらんで罰を加うるのか。

儒学に求めても教うるところがない。神道にたずねても得るところはなかった。

そこへお百が、盆に粥とドジョウ鍋、青菜のおひたしをはこんできた。

「いきのいいドジョウが手にはいりましたので」

めずらしいこともあるものだ。お百はドジョウが大のにがて、日ごろ薄気味悪いとさわるのも嫌がる。

「そうか……なかなか、うまい」

箸をつつきながら、白粉の匂いに馬琴が眼をみはると、お百がお歯黒の歯をにっとみせて笑っている。よくみると、薄い唇には紅がにじんでいる。お百の変化にめんくらいながら、これも別れて暮らしているせいだろうか、それともみちのくの……

そう思うと妙にはずんだ気分がこみあげた。

「お百、そろそろ宗伯にも嫁をとろうとおもう」

「ええ、あの子もじき二十三、なにより体が丈夫で芯の強い娘を探してみましょう」

馬琴はうなずいた。お百のいうとおりだ。宗伯の嫁には体格がよく、健康で、質素倹約に耐えられる芯の強い女がいい。そうすれば丈夫な男の子をあと継ぎにのぞめる。

馬琴は眼をほそめて、宗伯の嫁になる娘の顔をおもいえがいた。

会ったこともない女の顔を思い浮かべるが、気の強そうな尼の顔しかあらわれない。

……それにしても惜しいものだ。

あのみちのくの真葛は、その説くところのよしあしはさておいて、婦人にはめったにみられない、しっかりした考えもある。さらに気だてが素直で、人がらはたいそう奥ゆかしい。それに国学や蘭学は学んでいるようだし、その文章の比喩は独特のおもしろさがあり、豊かな感受性をかんじさせる。

だがそれも学問の素養が偏っているせいか、一人よがりな論理の飛躍や錯綜する文脈、言葉の概念など、書き手の息苦しさがそのまま伝わるようで、気の毒でならない。

いくら才があっても、しょせんは女か……

馬琴はいつになく優しい気持ちになり、ひさしぶりにお百の肉づいた肩を、ひきよせた。

十二

父が死んで翌年の九月、弟の源四郎が家督を継いでまもなく番医となった。明くる年の正月には近習をかねた。江戸から戻ると伊賀は、真っ先に真葛にこれらの話をしてくれる。まこと若いのにたいしたものだ。

「源四郎どのは人柄が高潔で、医学ばかりかあらゆる学問に精通しようと励んでおられる。おやじさまもよろこんでおられよう」

そういって、おもわず涙ぐむ真葛の肩をやさしくだくと、その夜はひさびさに身内をあつめて祝宴をはってくれる。よばれて伊賀の弟たちがやってきた。彼らは夜通し酒をくみかわしては、各々がもちよっためずらしい話に興じるのであった。

その夜は伊賀の次弟の木幡四郎右衛門と三弟沢口覚左衛門が、狼をしとめた手柄話に座はわいた。

「われら例の鉄砲うちかたげて、山狩りに出しが……」

覚左衛門は伊賀によく似たはりのある声をおさえて、意味ありげににやりとした。

その日はなかなか獲物にであえず、ならば狼でもしとめんと、多田川村の内、若みことという所にいったが、岡山より見おろすと、なんと河原の近くの平野に狼が集まっていた。その数なんと十四、五匹、赤色、白毛、白黒のぶちまでいる。

覚左衛門がまず一発、命中した。四郎右衛門の玉も、一匹にあたり、なお雌狼にあたった。とめ矢を放って二匹をうちとめようとしたが、逃げられた。仕方なく、覚左衛門がしとめた狼を探して先ほどの場所に行くが、どこにも見当たらない。

覚左衛門はそういうと、いつもの癖で、息をひそめて一同の顔をみる。

「覚左衛門、そうじらすでない。先をつづけよ」

伊賀が笑いながらさいそくするのもいつものこと、真葛はそれがおかしくて、つい噴きだしてしまう。

「そのあたり、おびただしき狼の足跡ありて、あとをつけると、狼の群れが肉を喰らっておった。ああ、なげかわしや、いままで友でもあった狼が、しかばねとなりしが、くらい尽くしける。さらには四方山沢にて、狼のほゆる声、百はあらんかと心底怯《おび》えしよ」

あとを引きとった四郎右衛門は、すまして、

「なに、あれは山犬じゃ。狼には雑種のものなど、おらん。だが、まったく悪しき山犬めら、打ちとめし獲物を喰らいしうえに、まだ仇なさば、一打ぞと、すごんできたが」

「かくゆう兄上も、足が震えてござった」

覚左衛門がまことしやかにいうと、一同顔を見合わせ、やがて爆笑の渦がひろがった。

じつはこの二人、そろって鉄砲うちが好きで、よく連れだって山に入っている。

だが狼（山犬）に出会うのは、はじめてだという。

真葛には狼も山犬も区別がつかぬが、それにしても山犬百匹ものほゆる声とは、身の毛もよだつほど、おそろしかったであろうと、思わず身震いしていた。

「覚左衛門は、お義父上の沢口忠太夫殿ほどの大力、気丈さはもちあわせてはおらぬ」

四郎右衛門が、おいうちをかけるように覚左衛門をからかう。

覚左衛門はぷっとふくれるが、じつは養父が自慢でもある。真葛が嫁いでまもなく、養父沢口忠太夫の猫にまつわる怪奇譚を、真っ先に聞かせてくれたのは覚左衛門である。

その忠太夫の話とは、彼が十八歳のころ、仙台城下の細横町で、ある力自慢の男が化物に化かされたと聞いて、自分の力を試してみたくなった。

冬の夜話の帰り道、三人の男とかんじきをはき横町にさしかかった。

「今夜は横町の化物を見るいい機会だ。しつれいながら、そなたちは早々に帰られよ」

忠太夫はそういうと、すたすたと歩きだした。二人は遠くから様子を見ていた。

すると月影にひらりと刀の光がみえたので、ふたりは忠太夫のもとにかけよって、

「いかがなされた」あわをふかんばかりに焦って、聞いた。

すると忠太夫はおちついたもので、

「さても今宵のごとくけちな目にあったことはない。今朝おろしたばかりのかんじきの緒が、両方一度に切れてしまった。つくろおうとすると、肩にのしかかって押すものがある。やっとのことで引き外してなげ切りしたが、その土橋の下に入ったようだ。見てくれ」

そこで皆でかけつけると、子犬ほどの大猫が腹より喉まで切られて血まみれになってのたうっていた。まだ息はある。忠太夫は大猫の頭をとりおさえ、つれの侍にさけんだ。

「誰ぞ、とどめをさしてくれ」

つれの人はうなずいたが、みるも異様な大猫にすっかりうろたえて、刀を持つ手をぶるぶるふるわ

せて、あろうことか忠太夫の手をしたたかに刺してしまった。

忠太夫、すぐさま刀をとりかえして、大猫のとどめを刺した。

この時斬られた傷跡は、一生残ってしまった。忠太夫は養子の覚左衛門に傷をみせて、

「猫には怪我をさせられなかったが、人に殺められてしまった」

と、しきりに苦笑していたということだ。

真葛はその話をおもしろく思い書きとめている。それにしても、かんじきの緒が切られたのは、まさしく大猫のしわざだろうが、どのように切ったのか、不思議な話である。


たのしい時も春の訪れとともに伊賀が江戸に出立すると、屋敷は火が消えたように寂しくなる。そんなとき、真葛はよく侍長屋まで足をのばす。男手のなくなった長屋では、早くも冬にそなえて白菜や大根、青菜を樽につけたり、女たちがかいがいしく立ち働いている。下女部屋をとおると機織りの音が、いつもながら規則正しくひびいてくる。なにもしていないのは、自分ばかりか。

やましさに責められながらも、渡り鳥のように飛びたった伊賀をおもって西の空をあおぐ。

指折り数えて、仙台にきて八年がたっていた。

庭先の女郎花をながめながら、真葛は小さくため息をつく。

住めば都と人はいうけど、自分にはその言葉はあてはまらない。

伊賀がいる間はそれでも気はまぎれるが、こうしてひとり屋敷にとじこめられていると、自分だけが世の中の動きに取り残されるような不安にかられてならないのだ。それに、仙台藩着座二番の大身

の只野家に、主人の留守に訪れる無作法な人はいない。たまに訪れる人とて、真葛の和歌の弟子で、それも仙台藩では上級武士の家柄の妻女ときまっている。

侍長屋から座敷にもどると、その日も真葛は文机の前に座った。

伊賀は真葛の顔を見ると、「書きためよ、書きためよ」と、はげましてくれる。

だから真葛は、ひとりの時間はひたすら書くことで気をまぎらしている。

伊賀の弟たちの怪奇話も、女中から聞いた近隣のうわさ話も、たんねんに書きとめて、伊賀がもどったら真っ先に読んでもらおう、そんな期待に胸をふくらませながら。

それでもこうして日がな机にむかって過ごすと江戸からの便りが待ち遠しくてならない。

そんなとき冨美の声がして、

「江戸からのお便りにございます」

真葛はぱっと眼を輝かせる。

弟の源四郎からの手紙を胸におしいだいて、真葛は縁側でひらいた。

几帳面な源四郎は真葛が知りたがっているだろうと、自分が知り得た情報を伝えてきた。

というのは、昨年九月、オロシヤ使節ニコライ・レザノフが、交易を求めて長崎に来航した。レザノフは、十二年前大黒屋光太夫らを伴って来航したアダム・ラスクマンが持ち帰った、長崎入港許可の信牌《しんぱい》を持参して、約束どおり幕府に交易をせまった。

しかもレザノフは、このとき仙台藩の漂流民を伴ってきていた。

この漂流民とは、今から十年前の寛政六年、仙台藩の江戸廻米をつみこんで出帆し、嵐にあい、漂流し、オロシヤに流れ着いた、若宮丸の津太夫ら四人の乗組員のことである。

しかし幕府は、レザノフを長崎に体のいい軟禁状態にし、半年ばかりも拘束したあげく、彼の要求をことごとく拒否したのだ。憤ったレザノフは、翌年武力を背景に通商を迫ることを告げ、配下の仕官に命令して帰国した。レザノフが帰国したあと、幕府はようやく仙台藩に、若宮丸の乗組員の引き取りに役人を長崎に派遣するよう命じた。

まもなく江戸の伊賀からも、それらの経過が手紙で知らされてきた。

「お父上のいうとおりになった」

伊賀は、真葛の心情をおもいやるように、言葉すくなく書き添えてきた。

平助はオロシヤの情報を分析し、はやくからこれらの事態を予測していた。

それがとうとう現実になってしまった。

その後、幕府の無策から、文化露寇と呼ばれるオロシヤ船の蝦夷地への襲撃事件が頻発することになったのだが。


その夜真葛は父の夢を見た。

袴姿で五十歳のころの姿をした平助と、若き日のあや子がのどかに話をしている。

「おとうさま……」あや子が声をかけると、父の姿は消えていた。

目がさめて、真葛はあまりのことに声をふるわせ、さめざめと泣きくずれた。

五十といえば、平助が『赤蝦夷風説考』を著した絶頂期にあたる。

レザノフの来航と仙台藩の若宮丸の乗組員の帰国は、オロシヤの南下を指摘し、『赤蝦夷風説考』によりオロシヤとの正式な交易を主張した父を、あらためて思いださせた。

若宮丸の乗組員たちが江戸藩邸に到着したのは、その年の十二月のことである。彼らは十歳の藩主松千代の前で、その体験を質問された。彼らの見聞や経験をさらに詳しく聞き取り調査、まとめあげた中心人物は、大槻玄沢である。

かつて平助は玄沢が世に出るのを援助した。仙台藩に推挙したのも父であった。

その玄沢はいま華々しく活躍の舞台をあたえられている。それなのに、こうした事態を予測した平助の先見性や業績を知る者はすでになく、真葛にはそれが口惜しくてならない。

さらに嘘のつけない源四郎は、姉に問われるまま工藤家の窮乏を正直につたえてきた。

父の患者が激減し、その父の長患いもあって、借金のかさがふくらんでしまった。

そのため老朽化した家の手入れにも、ことかいている、と。

しかも誠実で人柄もいい源四郎は、いまだ世に出るきっかけもつかめないでいる。

それらの様子を、真葛はとおく離れた仙台で、ただ見守るしかない。

死んでも工藤家の不遇を、このままでは終わらせてはならない。

「身はいたずらになり果つるとも、かくては止まじ」

そう思いつめるまでに、真葛は焦慮の念をふかめていった。

だが現実には、家長としての源四郎に工藤家再興を託し、自身は遠い仙台で見つめているしかない。

しかも「女の本」をあくまで志す真葛は、その思いを正当化することもできず、ひたすら押し殺すしかなかったのだ。父の言葉にしたがって仙台におもむいたのも、工藤家をもりたてるためであったのに、なにひとつ思うにまかせぬことばかりで、それを憐れんだ父が夢にあらわれて慰めてくれたのだろうか。

……やがて世に息吹き出でん時の間の心なぐさめをめぐませよ君

真葛は、父の霊に、ひたすら救いと慰めをもとめた。

こうして焦慮と葛藤をひとり胸にかかえこんで、ひたすら「心をせめ」、日夜苦しんでいると、まるで耐えられる限界にいたった心が、解放をもとめるように、不意に抜け上ってきた。それは父の夢をみたあとの、寝られぬ秋の夜すがらのことであった。

真葛は、自身の心が、「ふと抜け上りて地を離れ」る、不思議な感覚にとらわれた。

それは、まるで子どものころ見た見世物小屋の妖怪「ろくろ首」の、長くて自由に伸縮する首が、上から自在に物事を見ることで「物のきわまり」がわかるように、物事を絶対不動のものとして、常人が横に見る見方から解放されることでもあった。

こうして上より望む視点を獲得すれば、物事の行く末が定かに知られるのではあるまいか。真葛はこの「心の抜け上り」の不思議な体験に、しばらくは陶然としていた。

そうして平助が夢にあらわれた直後だけに、真葛は父の救いかと、この「抜け上り」の体験の意味を考えつづけた。

真葛は幼い頃、父とともに暮らした築地の家での様々な出来事を思い浮かべてみた。

そのなかには、父の友人だという歌舞伎役者や博徒などが頻繁に出入りしていた。

そのひとり歌舞伎役者の市川団十郎があるとき父に語っていた。彼は成田山に七日こもって「身をせめ」たため、心が抜け上って、一挙に芸道のさとりを得たという。さらに一瞬の勝負に賭けるばくち打ちが、勝つために「心をせめる」、その拍子に、心が浮きあがる、それも善悪にちがいがあるだけで、「心の抜け上り」とはいえまいか。

そうして真葛がたどりついたことは、

……世界には、「時」がそうであるように、人力のおよばない一種の拍子があり、世はそれに従って流れていくものかもしれない……

平助の盛衰も、彼の先見性が報われず、その後の工藤家がなかなか浮び上がれないのも、そのことが係わっているのではあるまいか。

そう考えると、思うに任せぬ状況を何とかせねばと思いつめ、もがいていた重い切迫感から解き放たれ、それ以後は、独り考えることもたのしく、心の進退も自在にはたらくような心境になれた。

真葛は江戸の源四郎にこのことを書き送った。

すると源四郎からは、

「それこそ、仏法でいう、さとりのたぐいでありましょう」折り返し返事がとどいた。
十三、四歳のころ、母方の祖母桑原やよ子が悟りをえたときいて、少女のあや子もそれをうらやましくおもって、いつか自分も悟りの境地にたっしたいと願ってきた。

それが源四郎の言葉で、自分の体験を、ある種の「さとり」ととらえられるようになった真葛は、飛びあがるほど、狂喜した。

そんな真葛に源四郎からうれしい便りがとどいた。

それは平助が夢にあらわれたその年の暮れのことである。

源四郎が、ようやく建て直した新しい家に移り住むことができた。

それも彼の人柄を愛してくれる人々がさまざまに援助してくれた結果のことである。

国学者村田春海からも、源四郎が新居に移ったと、祝福の便りがあった。

春海によると、父の家督をついだ弟の源四郎は、父の名を辱めないよう、たえず学問にうちこみ、さらに懸命に医療につとめている。その清廉な人柄は、周囲のだれかれに好まれ、将来を嘱望されているという。

真葛はほっと胸をなでおろした。

彼の後ろ盾になることで、源四郎が仙台藩にあって、かつて父がそうであったように優れた才能を発揮して、やがて盤石な地位を築いていける、その見通しがやっとたってきた。

そう思うと、真葛はあらためて自分が仙台に嫁いだことも報われる気がした。

ところがそれからしばらくして、伊賀から江戸が大火にあったと知らせてきた。

文化三年三月四日から翌日にかけての有名な大火である。

愛宕下の仙台藩邸にあった伊賀の住まいも焼けてしまった。

源四郎の家はどうなっただろう？　真葛が案じていると、伊賀からさらに手紙がとどいた。新築したばかりの源四郎の家が類焼した。さらに母の弟桑原家も全焼した。奥奉公中の栲子からも同様の手紙がきた。

火事の被害は江戸中におよんで、人気戯作者山東京伝の家も土蔵をのこして焼けたという。江戸では罹災者であふれかえって、米や味噌が値上がりしていると嘆いてきた。

さらに火事の最中、源四郎は、父の代から伝わる家財道具や、父の蔵書類を死に物狂いで運びだしたとあった。

真葛には源四郎の気持ちがいたいほどわかる。とりわけ父の蔵書は工藤家にとってかけがえのない宝であったから。誰も命に別条がない、そう思ってほっとしたものの、火災で家を焼くという不幸は、重くのしかかってきた。

平助が没落したきっかけも、築地の家が火災にあったことが発端となった。

仙台にきて唯一ほっとしたのは、火災のすくないことである。

江戸は、とにかく火災がおおい。それも源四郎の将来にやっと光がみえたと思った矢先の不幸は、真葛の不安をかきたてた。

こうして年をむかえて、伊賀から手紙がとどいた。

火事の後始末もすまぬのに、このところ江戸では悪質な風邪が大流行しているという。

栲子からも、伊達家の後見役堀田正敦殿の息女が、風邪で重体に陥った、と伝えてきた。

そういえば源四郎は、堀田家出入りの医師である。誠実で生真面目な源四郎の気性を知っているだけに、真葛は不安にかられた。やきもきするが仙台には江戸の情報がなかなか伝わらない。おまけに源四郎からは便りも途絶えている。

そうこうするうち、ようやく源四郎の家の者から手紙がきた。

源四郎は、伊達家の堀田正敦の息女の看病を命ぜられた。彼自身も風邪気味だったが、片時もそばをはなれず、ひたすら看護にあけくれた。ところがその甲斐もなく、姫君は亡くなられてしまった。源四郎には、当時すでに公私にわたって多くの患者がついていた。

それが一度にあちこちで病が発生して、源四郎は家にも帰らず、患者から患者の家へと、泊まり歩いて、懸命に治療してあるいた。その間自身の風邪が悪化して、高熱を発していたにもかかわらず、汗でぬれた下着をかえることもできず、病人の間を往来して、ひたすら献身的に治療をほどこしていたという。志し清く、儒教の教えをかたく守っていた彼は、自身の健康より病で苦しむ患者のためにつくそうとした。

その克己的行為が仇になったか、一休みしようと家に帰ったきり、そのまま起きあがれなくなってしまった。周囲は、まだ三十四歳と若いのだし、休めばすぐ直るとおもっていたが、それからまもない師走の六日、源四郎はあっけなく息をひきとってしまったという。

真葛は呆然とした。あの源四郎が、まだ三十四歳の若さなのに、……それが、死んだ！

まもなく江戸の伊賀からも同様の報せがとどいた。

うそだ、源四郎が死ぬなど、あってはならない。なにかのまちがいではなかろうか？

真葛は、伊賀の手紙を、何度も何度もよんだ。

源四郎の死を、とうてい現実とは受け止められない。

そうして周囲のだれかれの慰めの言葉にさえ、心をかきむしられ、あまつさえ、源四郎を偲ぶ言葉にさえ、耐えきれなくなってしまった。

源四郎は弟という肉親であるばかりでなく、奥奉公以来周囲との異質性を痛感し、つねに孤独を意識せざるをえなかった真葛の内面を理解して、安心して心をうちあけられる数少ない存在でもあったのだ。

只野家の中に相応の地位を占めるようになっていた真葛だが、源四郎の死は、

かくのみに　ありけるものをはるばるに　別れて来にし　我し恨めし

工藤の家のために、三十五を一期ぞと、覚悟してやってきた、自分のしたことは何だったのだろうか。真葛は広い座敷に独りうずくまる。

なんのために、自分はここにいる？　自分とは、何なのだろうか？

十三

宗伯が夜中に発作をおこした。お百の使いで下男がやってきた。息をきらして明神下の家の門をくぐると、宗伯の金きり声が飛びこんできた。

「医者は？」

「こんな夜中では、だれも来てはくれません」お百がよわりきったようにつぶやく。

「患者が苦しんでいるんだ。来れないではすまん。つかいをだせ」

医者がいたらいたで不満たらたら、つまらん難癖をつけて、結局追い返してしまう。それもいないと不安になる。すったもんだのあげく、寝ぼけまなこの医者をつれてきた。

そのころには宗伯の発作もやんでいた。

「まったく役立たずのへぼ医者め」

聞えよがしにいう馬琴の背をおして、お百が夫婦の寝室にさそいこむ。

いらいらと、ろくに眠れぬまま夜明けをむかえた。お百がひきとめるのを邪険にことわって、馬琴は家をでた。

秋の空が一面にひろがって、雲のきれめから陽ざしがうっすらとでていた。

馬琴は顔をしかめた。寝不足の眼がちかちかする。それにさっきから、しきりに頭痛がする。ふと最近よんだ性命学の一節がうかんだ。

……父早く死ざれば、その子早く死ぬ……

いやなたとえだ。父が長生きすると、子は短命だという。

それを読んだとき、こり性の彼は不安もあって、具体的に平野鳩渓、建部綾足、本居宣長など、二十数名の友人知人の子孫関係を調査した。

ところが統計的に、みなその子女に縁がうすいことをつきとめた。

やはり、世に高名なる人は、多く嗣子に縁がない。それも高名ゆえに、鬼神の憎しみをかい、或いは天機を漏らすということか。

そうだ、なまじ自分が虚名をあげたせいで、その祟りのせいか、宗伯が命を縮めるように苦しんでいる。それも一時の虚名に惑わされて、倹約の本分をわすれて、家屋や園池の修造などに財貨を費やしたのを咎めて、天は宗伯の性命を禍しているのだろうか。

宗伯の命のためにも身をつつしまねばならない。たとえば子どもを溺愛するあまり、甘い食を多くあたえれば、その子は病者になってしまうように、自分が欲望のままに財用を費やせば、宗伯のためにはかえって害となる。馬琴は宗伯の多病の一切の責任を自分の罪科のようにうけとめ、おのれを深く戒めようとしていた。

世間ではそんな馬琴の吝嗇《りんしょく》を本性のように賎しんで口汚なくののしるが、馬琴の心は、ただ一子宗伯のうえにあったのだ。馬琴はため息をついた。

早朝のせいか人の姿もまばらで、樹木の間から風がさわやかにふきぬける。

馬琴はようやく家にもどると、おさきをよんだ。

「おさき、茶をもってきてくれ」

だがおさきの姿が見えない。馬琴はしかたなくカメから柄杓で水をのむと、二階にあがった。昨夜来の疲れがでて、うとうとした。


半鐘がしきりになっている。

おりしもの風で江戸中が大火にのみこまれていた。

京伝の家が焼けている。ある人が走って知らせにきた。

馬琴があわててかけつけると、京伝の一家は土蔵を残して全焼していた。

そんな後始末もすまぬある日、めずらしくおもいつめた顔で京伝がやってきた。

「自分には子がない。だが弟京山には子が数人いる。だから血脈が絶えることはない。だが私に何かあった場合、妻の百合が困窮すれば世人はかならず、あれは京伝の妻だと噂するだろう。私の恥にもなるし、妻のこれまでの苦心も無駄になる。だから妻のために簪頭《かみゆい》の家扶《かぶ》（株）を百五十両だして、買おうとおもう。これだと利子が月ごとに三歩はいるし、きみ、どう思う？」

馬琴は黙っている。だが京伝はしつこく聞きたがる。馬琴はしぶしぶこう答えた。

「孔子の語ですが、『其ノ人存スレバ其ノ政存ス、其ノ人亡スレバ即チ其ノ政モ亡す』とか。なまじ財産があるため、その人の死んだあと、親類縁者がみにくい争いをくりひろげる、世間には実際そうした例が多いのです。ですから賢兄が、もし本気で御令室の老後を案じるのであれば、賢兄自身が保養を万全にして、長寿なさるべきです。賢兄が年をとられたら、御令室もまた老婆になられている。その間に、親族の中から篤実な子を選んで養子にされれば、あとあと憂うこともありますまい」

さらに馬琴は、

「『死生命あり』と言います。『老弱不足』とも言います。御令室が万一賢兄より先に亡くなられたら、御令室のために遺された財産は他人の物になります。私には三人の子がありますが、とても財産を残してやる余力はありません。まして妻の死後のことまで……」

京伝はあきれて帰っていってしまった。

女の声がする。だれだろう？　いや夢をみているだけだ。

だが女の声はしだいにはっきり、耳もとで聞こえている。

「先生、滝沢先生……あの、お留守でしょうか」

「萩どの？」馬琴ははねおきた。

階下にころがるように降りると、玄関口に立っていたのは、あのおしのという女だった。

「ああ、よかった。お留守かとおもって、がっかりしておりましたの」

がっかりしたのは、こっちのほうだ。馬琴は眼をこすりながら、渋面をかくさない。

「なにか、ご用かな」

「先生、おひとりですの？　あがってもよろしいでしょうか」

「それは……こまる。わしは、いそがしい」

おさきのやつ、いったいどこに行ったのだ。

「常盤屋のおまんじゅう、もってまいりました。先生好物でしょう？　なんならお茶を」

ことわるまもなく、おしのは草履をぬいでいた。喉がかわいていたせいか、茶はうまかった。それに馬琴は大のあまとうで、まんじゅうに目がない。

やれやれさっきの夢といい、この女といい、どうも嫌な気がする。まんじゅうはうまいが、気づまりだ。そのとき、おしのが急にわっと泣きふした。

「先生、たすけてください。後生でございます」

馬琴は茶をふいた。

「いきなり、なんです？」

馬琴は女子供に泣かれると、平静でいられなくなる。愁嘆場にあうと、途端にうろたえる。そのため冷静な判断ができなくなるほどだ。

「このままでは死ぬしかありません。先生、筆耕がだめなら洗濯でも炊事でも、身のまわりのお世話でも、なんでもいたします。わたくしをここにおいてくださいまし」

「なにをいきなり、とにかく、おちつきなさい。いったい何があったのです？」

しまった、つい余計なことを。後悔したがおそかった。

おしのは顔をあげると、ぱっと眼を輝かせた。

「主人が死んで子がいないので、親戚にたのんで養子をとる話になっておりました。ところが先だって、突然主人の叔父だという男があらわれて、御家人株はじつは売り渡した。だからこの家をすぐ出るよう、そういうのです」

「そりゃひどい」

「先生も、そう思われますでしょう。でも叔父は私が八百屋の娘だということで、御家人の家を継ぐ資格にかけると……脅迫まがいに言いたてて、とうとう一家でのりこんできたのです。私には、もうかえる家もございません。このままでは、首をつるか、野垂れ死にするしかありません。先生におすがりするしか、もう生きてもまいれません」

おしのはふたたび畳にうつぶせて、きゃしゃな肩をわなわなふるわせた。

悪夢だ。しかもあのときの、百合の境遇にそっくりだ。

おもえばあの温厚な京伝と、つきあいを断ったのも、京伝が百合と所帯をもったせいかもしれない。

あれは文化七年正月、馬琴の家に京伝と弟京山が年始のあいさつにきたときのことだ。

そのとき馬琴の書いた『夢想兵衛胡蝶物語』に話題がおよぶと、温厚な京伝がめずらしく馬琴にくってかかった。

「遊女にも賢くて、才たけた女はいる。人の妻になれば親に孝養をつくし、夫にも貞淑につかえる女も少なからずいる。だいいち遊女が廓に身売りするのは、なにも好きこのんでのことではない。親のため、あるいは兄弟のため、およそせっぱつまって泣く泣く身売りする。そうした意味では孝女であり、悌女だとさえいえる。そういう女が、心ならずも多くの男の性の慰みものにされる。それを憐れとおもうのは、そんなにわるいことなのか」

そういって馬琴が戯作のなかで主人公夢想兵衛が「忠臣蔵」の「おかる」にむかって、中国小説の故事をひき、どんな事情で身を沈めたにせよ、傾城となった女を妻にすることはできないと拒否し、説教したくだりを言いたてた。さらには色白の顔を真っ赤にして、

「わたしはたしかに儒学にはうとい。ところで君は、常日ごろ聖人の言葉をふりまわして何かというと引き合いにだすが、ちょうどいい、その聖人とやらをここによんで、その是非を問うてくれ。聖人がなんというか。ひとつ聖人になりかわって、君、答えてもらおうじゃないか」

京伝は馬琴の戯作で、自分や妻の顔に泥をぬられた。そんな悔しさが顔に滲みでていた。

馬琴も今さらながら、京伝が「売色」あがりを妻にしていることに気づいて平あやまりにあやまった。それですませば何ということもなかったが彼の性分で、一言つけくわえた。

「たしかに漢土の遊女は、いまの『売色』とはちがいます。それでもなお詩には、これ（遊女）を歌うことを禁じています。それに遊女に賢才があろうと、貞実であろうと、聖人がわざわざその是非など論じるものですか。貴兄もわたしの本を、くりかえし深く読んでくだされば、お怒りもとけましょう」

おとなしい京伝が血相変え立ちあがった。弟の京山があわてててなかに割ってはいらなかったら、あわや殴り合いの大喧嘩になっていたところだ。だが馬琴は六尺ゆたかな大男だし、細身で初老の京伝では相手にもならない。それ以来京伝との関係は気まずくなった。

だが馬琴はいまでもあれは京伝の深よみだとおもっている。

『夢想兵衛胡蝶物語』の「忠臣蔵」の一件は、お軽のみならず、定九郎はもとより、勘平も、与市兵衛も笑いと批判の対象になって、「忠臣蔵偏痴奇論《へんちきろん》」の一つとして風刺しただけなのだ。逆に京伝は内心ではお菊や百合の前身を気に病んでいたのだろうか、そんなふうに勘ぐってみたりした。

その京伝が、五十六歳で突然死した。もともと心の臓が悪かったとは知っていたが、亡くなった年の夏から秋にかけては脚気を患っていた。

それが文化十三年九月七日、暁八つ（午前二時ごろ）、胸が痛いといってそのまま死んでしまった。

百合の話では、その六時間前までは精力的に執筆していたというのだが。

京伝らしい最期だ。だが百合は三十九歳、京伝はさぞ心残りだったろう。

百合はその後も、けなげなまでに家業に精をだして働いた。馬琴はほっとしたが、まもなく京伝の莫大な遺産をめぐって、弟の京山とどうやらうまくいっていない。そんな噂が聞こえてきた。なにしろ京伝の死は突然だったし、百合のために万事整えてやるひまもなかったようだ。それにしまりやの京伝の遺産は、なにしろ莫大だったから。

どうやら京伝の遺産は京山をうるおし、百合を不幸にしたようだ。

馬琴はその後百合の様子を二度ばかり見舞っている。

京伝は生前百合に、自分にもしものときは馬琴に相談するよう言っていた。

最後に百合をみまったとき、彼女は意味不明のことを口ばしっていた。

若い頃の美貌がのこっているだけに、うつろな眼でみょうなことを口ばしる百合の姿は憐れというより凄惨な印象をあたえた。

京伝は、なにしろ百合にとって完璧すぎる庇護者であったのだろう。不幸な百合の幼い弟妹を養子にしたり、目の不自由な叔母をひきとって面倒みたり、弟も妹も結局短命だったのだが。そうした京伝の優しさにこたえるように百合もまた京伝への愛ひと筋に生きていた。

だから百合は、京伝の突然の死を、どう受けとめていいのか、わからなかったのだろう。

そんな錯乱状態のさなか、あろうことか京山とのあいだで遺産あらそいがおこった。

百合には信じられないことだった。それでも京伝の家をまもろうと、けんめいに商いに精をだしていた。だが百合は、もともと病弱だったのか、廓の女たちが短命だったせいか、まもなく病みついてしまった。

馬琴がなにか困っていることはないか？　そうたずねても、百合は童女のように、首をふっていやいやをするばかり。そこへ京山の女房が顔をだすと、おびえて後ずさりして、布団の中に頭だけもぐりこんでしまった。

「義姉さんは、このところおかしくて。このままじゃせっかく義兄さんが遺してくれた店も財産も、あっというまに人手にわたっちゃう。そこであたしたち夫婦が、しかたなく引っ越したってわけ」

「それでこんな物置にとじこめておくのか？」

「あら、それがなにか？」

「やせてもかれても百合どのは、亡くなられた京伝どののお内儀、それをこんな場所におい やるとは、身内として恥ずかしくはないのですか」

「ちょっと、だまって聞いていれば横柄な。なんですか、主人のやることに文句をつけるんですか」

「そんなことは言ってはおらぬ。ただこれでは百合どのがあまりにかわいそうで」

「へっ、美人はとくですね。どうやら石灰にて固めたようなあんたも、義姉さんの色香にまよった？　そうでなくちゃ、義兄の葬儀にも顔を出さなかった先生が、わざわざ後家になった義姉さんをたずねてくるなんて、あやしいじゃないですか」

「そんなことより京山殿は？　きけば京伝殿の遺産をめぐって争いがあるとのことだが。百合どのの病もそれが原因では？」

「おやおや、いいがかりもはなはだしい。いくら『八犬伝』が評判でも、もとは義兄さんの弟子だったじゃないか。他人の家のことまで首を突っこむほど、えらくなったのかい」

馬琴はぶぜんと引きあげた。以来百合を見舞うこともなかった。

それから一年ばかりして百合の死が知らされた。病になり、日夜怨みの言葉をのべ、ついに息をひきとったという。百合は四十一歳、京伝の死から二年しか経っていなかった。

馬琴は心底こまりはてた。おしのをみていると、薄倖《はっこう》のうちに死んでいった百合がかさなって、なんとも気がめいる。かといって、自分がどうする義理もない。だいいち、おしのの話が真実なのか、それすら確かめようもないのだ。

つまり筆耕者として、雇うかどうかなどではすまなされない問題なのだ。

「わるいが、力にはなれない。おひきとりください」

「そんな……先生、たったいま、どうかしてくださる、おれにまかせとけ、たしかそうおっしゃったじゃありませんか。ええ、聖人君子の先生が二枚舌とあっては、『八犬伝』が泣きますよ」

目をつりあげて、ゆすってきた。馬琴は蒼くなった。

そこへ玄関があいて、おさきが顔をだした。

「おさき……」馬琴がほっと声をあげたそのとき、

「おまえさま！……まあ、なんて恥知らずな、おさきの留守に若い女をひっぱりこんで、いやらしい。それに……」

お百が戸口で怒りのあまり眼をつりあげていた。おしのがはっと顔をあげると、お百はぎょっと後ずさりして、

「……あんた、まさか、百合さんかい？……化けてでたんかい？」

あわをふいて、その場に卒倒してしまった。

その夜ひと悶着あった。馬琴がわけを話すが、お百は、百合にそっくりな女と馬琴の仲をうたがって、夜通しうらみごとをならべ、手当たり次第にものをなげつける。

それも何とかおさまると、今度はよよと泣きくずれて、このまま井戸に身を投げて、化けて出てやる……猫のように目をつりあげ、庭にとびだそうとする。

明け方ようやく静かになった。そのうちごうごうと鼾が聞こえてきた。

やれやれ、女子と小人とは養いがたきは、聖人すらしかりである。いわんや凡夫においておや、じつにはずかしい。日記に書いても、馬琴は眼がさえて、容易には眠れなかった。

十四

「ええ、たしかにお父上の蔵書でござりした」

「まさか……」

「いえ、国分町十九軒《こくぶんまちじゅうきゅうけん》静雲堂伊勢屋さんで、工藤球卿殿の蔵書印がおされてある書物が売りに出されているのを見たものがいるのです。その人は、『ああ、はかない世の中だ。かつて赤蝦夷風説考で一世を風靡した高名な人が持っていた書物が、息子の死後ほんの短い間に売り出されてしまうとは。どんな人があとを継いたのだろう』と嘆いておりました」

伊賀の弟である木幡四郎右衛門がやってきて、声をひそめて真葛につたえた。

では栲子が手紙でいってきた話は、事実だったのだろうか？

「それからもうひとつ、父上の著書たしか『救瘟袖暦《きゅうおんそでごよみ》』とかいったかな。大槻玄沢殿の序ででています」

「父の本ですわ」

「傷寒論《しょうかんろん》をふまえたなかなかの医学書で、仙台の医者たちも患者をみる際には大いに役立っていると重宝しているようです」

真葛は唇をかんだ。

「しかし刊行は文化十三年となっていた。たしか桑原なにがしと工藤周庵静卿殿が上梓《じょうし》されている。工藤周庵静卿殿というのは、工藤家のあと継ぎなのですか？」

「形の上では。ですが静卿は工藤の家のものではなりません。母の弟桑原純の孫にあたります」

「なるほど、そういう事情でしたか。いやこれはつまらんせんさくをしました。ゆるしてください」

「いいえ、ようこそたずねてくださいました。それで、工藤家は消滅いたしましたの。それもすべては叔父の乳母〆《しめ》のたたりですわ」

「たたり?」

「母は子どものころから弟の乳母にいじめられて育ったのです。それに当時は父の全盛期で、それにひきかえおなじ仙台藩医の桑原家は貧しくて、工藤家をねたんであらぬうわさをながしたり、それで父は本気で母を離縁しようとしたくらいですの」

「なるほど。乳母殿のたたりとは……」

「源四郎はあとつぎを残さず死んでしまいました。残されたのは越前松平家の奥奉公をしていた栲子と、末の妹照子です。源四郎に子がなかったので、当然二人のうちのいずれかに婿養子をとり、工藤家のあとつぎにするつもりでした」

「まあ、順当ですな」

「でも桑原の叔父は大槻玄沢さまをお味方に、ご自分の嫡男如則《ゆきのり》の次男、まだ三歳にもならぬ幼児を工藤家の養子にしたのです。私どもにひと言の相談もなく……」

「たしかに、兄の伊賀も、こたびのことは不自然だと。仙台藩の相続では、第一に養子をとるさいは、同姓の従弟、又従兄弟など、父方の系譜が優先される。異姓の場合は一番最後になり、しかも成文では従弟になっている。しつれいながら静卿どのは母方の従弟の子にあたり、異姓の従弟の条件もみたしておりませんな」

「ええ、伊賀からもそう聞かされております。それに実子が家を継ぐ場合でも、十七歳以下の幼少の当主の場合は、職務にあたることができないため、『幼少役』といって職務を果たすようになるまで、禄高に応じた金額を納めねばなりません。ただでさえ貧しさから抜け出せないでいた工藤家には負担が多すぎます。さらには医師で仕える家の場合、『家業不器用』つまり医師の職務を全うできない場合、廃嫡にもなるのです。三歳にもならない幼児に医師になる素質があるかどうかなど、とうていわからないことなのです」

「義姉上が憤慨されるのも無理はない。もっとも身内の相続はむずかしい。ひとすじなわではいかぬものです」

「そればかりではありません。いとこの桑原如則は、源四郎がやっと建てた家が火事で燃えた時、必死で運びだした家財道具など漬けものまで、見倒し屋をよんで売払い、五十両の金に換えてしまったのです。そして、父の蔵書まで処分してしまった。……栲子から知らされても、じつは半信半疑でした」

「おきのどくです。さぞご無念でございましょう」

「ええ、父の蔵書は、父の精神そのものでございます。それをふみにじるなんて、父を、いえ工藤家を、冒涜《ぼうとく》する行為としか思えません」

悔し涙をにじませた真葛に、

「お気をつよくなされまし。兄がもどればまた何らかの策もありましょう」

四郎右衛門ははげますようにいうと、帰っていった。

真葛は座敷にもどった。

文机をあけると、源四郎の三回忌に村田春海がおくってくれた和歌がかかれている。

右手がきりきり痛みだして、春海の文もぼんやりしか見えない。


心知る人や誰なる白玉の光つつみて有りし君はも

幼いころから源四郎の人柄を知っている春海ならではの歌であった。

それも読んだ当時は、春海の心に慰められながらも、

……いとくやしく、身もうつろなるここちして、ものぐるわしきおもい……と、源四郎が常に「任重く道遠し」という『論語』泰伯篇の言葉を固く守っていたことを思いだし、士たる者の責任は重く、一生続くことを説いた聖人の教えを、恨めしく思ったりした。

父が「唐文」を読むことを禁じた意味が、いまでは少しばかり分かる気がする。

春海の手紙は、源四郎の死後一年もたたずにおこった工藤家の後継者のこと、さらに父の蔵書が売り払われた悔しさを、あらためて思いださせた。


……何せむに　別れてや来し……

自分がみちのくにきたのも源四郎のためだったのに。その源四郎をうしなって、真葛は自分の行為そのものが無意味であったことを、痛烈に感じることになった。

それでも伊賀が江戸からもどると、真葛はいそいそと身づくろいをして出迎える。

源四郎の死の翌年、伊賀は真葛の傷心をおもいやって、恒例の祝宴をやめるとまで言ってくれた。伊賀の心づかいが胸にしみて真葛はあやうく涙をのみこむが、首を横にふる。

「みな楽しみにしております」

「そうか、すまぬ」そうして解いた荷物の中から、

「江戸のみやげだ」と本居宣長の『古事記伝』を手渡してくれた。

「まっ、ありがとうぞんじます」真葛は眼を輝かすと、胸にだきしめた。

どうしても読みたい本だったが仙台では手に入らない。伊賀はそれを知って、ひそかに江戸で買い求めたようだ。

その日から真葛は暇さえあれば『古事記伝』に没頭した。興奮して読みすすむうち、彼女は自分の心の痛みや混乱状態から距離をおいて、自分の人生の意味を整理する、新しい視点をもつことができるような気がしてきた。とくに、女はなぜひとに従わねばならないのかという自身の長年の問いかけに、

『古事記伝』、特にイザナギ、イザナミの国生みの段の記述は、なるほどと思わせた。

「なり余りし」男と、「なり足らず」女では、男女が争ったとき、「余れり」という心の余裕をもつ男

に、「足らず」という不全感をもつ女が、勝てるはずがない。

真葛は「女は人にしたがうもの」という女の従属性の根拠をここに見出し、納得した。

それで一旦は「女の手本」になる道は実現したようにおもわれたのだが。

こうして少しずつ混乱から立ち直りつつあった真葛のもとに、あるとき栲子から便りがとどいた。母の弟である叔父の桑原純が、亡くなった、という。

真葛は複雑な思いにとらわれた。

彼女が育った田沼時代は、築地の家で象徴されるように父平助にとっても全盛期だった。それにくらべて桑原の家は経済的にも苦しかったせいで、叔父純は平助を中傷したり、よからぬ工作をしたりした。父はそれを知って激怒して、母を離縁するとまでいいだしたのだが。それが田沼意次の失脚で、父が失意のどん底にあえぐようになると、皮肉にも叔父純が仙台藩でも医師としての有能ぶりを発揮し、認められるようになっていった。

そうして源四郎が死んで、工藤家の相続は桑原純の息子如則の次男が継ぐことになった。しかも如則は、源四郎の死の二年後には、かつて平助の治療で一命をとりとめた世子斉宗の侍医となり、五年後にはその斉宗が藩主となっている。

源四郎が生きていれば、父の縁もあって斉宗の侍医になったかもしれないのに。

真葛は、従弟如則が次男に継がせた工藤家でわがもの顔にふるまい、しかも父平助の功績さえ踏み台に出世していくかのようにみえる彼の生きざまに、憎しみをつのらせた。

そうして志きよく、すくよかな源四郎との人生を比較して、道徳的な善悪とは無関係に動いている社会のあり方を凝視せざるを得なかった。

儒教の教えに懐疑するようになったのも、源四郎の死後わずかな時を経て次々と工藤家をおそった不幸のみなもとを、自分なりに考えて、その解明をもとめたい、そうすることで工藤家のために選択した自分の人生を無意味にしたくない、そう思いつめたからだ。

真葛にとって工藤家とは父平助の家であり、その「工藤家が絶え果てた」背後に、終生分かりあうことのなかった叔父の影を見ていた。

真葛の衝撃の深さを、伊賀は純粋に叔父への惜別とおもったようだ。

「悲しみにうちかつには、書くこと、書きとめよ、そなたの家の物語りを、そなたが思うことを……」

真葛はうなずいた。

そういえば梼子と照子は、つねづね母の人柄さえよくは覚えていないと嘆いていた。築地の家の闊達なことや母のことを、妹たちに語れるのは自分しかいない。

こうして真葛は叔父の死をきっかけに、江戸で奥奉公している梼子あてに『むかしばなし』を書きはじめることにした。

物語の中心は父平助である。それは彼女が育った田沼時代の江戸の活気あふれる様子を生き生きと書くことでもあった。そうして父を書くということは、彼のかたわらにあった幸福な時間を再び生きなおすことでもあり、そこに登場するあや子は、本来持っている、さっぱりとした明るくのびやかな気質をとりもどしていた。

題材も次々とうかび、書くことで、彼女の中では源四郎の死の痛みをのりこえようとする情熱が、再びわいてきた。

でも築地の家に象徴される全盛期の工藤家を書くことは、対照的に貧しかった母の実家を語ることになり、長年にわたる両家の確執をあきらかにすることにもなった。

それでもさすがに工藤家が絶え果てたる原因に、叔父の名をあげるのは、はばかられる。

そういえば母はいつも嘆いていた。幼いころから弟純の乳母〆に陰険な苦しみをうけていたと。それは母をおもう真葛の記憶になまなましいまでに刻みこまれていた。

工藤家を断絶させたのは、叔父の乳母〆の悪念のせいかもしれない。

そう思いこむことで、真葛は悔しさを合理化しようとした。

こうして妹を詠み手と限定して、肩の力をぬいて書きはじめると、どうしても雅文体では書きたい事柄や人物像が生き生きと表現できないもどかしさにぶちあたった。

そこで真葛はおもいきって、俗文体をつかい、口語を多用してみた。

当時教養のある女性はほとんどが雅文体の文章をつかう。だが文体を変えてみると、従来ものを書くときにあった自己規制から解放された気がして、筆は闊達にうごきだした。

そうして書いた『むかしばなし』の一部を、真葛は国もとに帰ったばかりの伊賀に見せた。

「かたりぐちのせいか、実在の人々が、生きて語りあって、動いているのがよい」

「ええ、楽に書けますの。雅文体ではどうしても、抑制されたり捨象されたりする事柄や感情も、語り口調に変えただけで、こんな豊かに、生き生きと表現できるなんて、おもってもいませんでしたわ」

真葛は伊賀が夢中で読むかたわらで、嬉しそうにつぶやいた。そうして伊賀の大らかな人柄につつまれて暮らすうち、真葛もしだいに活気をとりもどしていった。

だがそれも渡り鳥の雁のように伊賀が江戸に発つと、屋敷は急にひっそりとなる。

江戸ではもう山吹の花が咲きはじめるころだろう。それをはやくごらんになればいいとおもうけど、なにか落ちつかず、立ったり座ったりしながら、早くもお帰りの日はいつだろうか、指おり数えてまちわびる。

そうしてあまりの長さに呆然として、しばらくは文机の前に座るのも息苦しくなる。

それでも昼の日中はまだ忙しさにまぎれる。うす闇がせまって下女たちの煮炊きのけむりがあがると、一人の膳をかこむわびしさに涙がこみあげてくる。じき暗く長い夜がやってくる。女中が部屋にひきあげた後は、雨戸をうつ風の音ばかりが猛々しい。伊賀のぬくもりのある夜具にくるまると、ひとり身の孤独の寂しさに、ひたすら江戸が恋しく、もどりたいと、声をおしころして、うめいている。

そうして眠れないまま、考えつづける。

『むかしばなし』を書きながら、幼いころからの自分の疑問はどうなったのだろう、と。

そうおもうと、いてもたってもいられない。

何かが、もっと書きたいものが他にもある。それは自分自身の最も内奥にひそむ関心や疑問のたぐいが、何一つ解決されていない、もどかしさでもあった。

そんな真葛のもとに照子から手紙がとどいた。

源四郎の死後、真葛は末の妹照子を仙台の医師中目家に嫁がせていた。幼いころから母にかわって我が子のように育ててきた照子が身近にいることは、なによりの慰めとなった。

真葛は嫁ぐ照子のために、母の形見の着物をもたせてやった。

照子は、息子の藤平の誕生祝いに、泊りがけで来てほしいといってきた。

真葛はいそいそと外出のしたくをする。照子は母に似たのか幼いころから食がほそく、病気がちだった。それが子を産んで母となったのだ。

誕生月を前に歩きだした藤平のために、中目家では一升もちを用意させていた。

「まあ、この子にこんなもちを？　だいじょうぶかしら」

「姉上さま、これはしきたりですの」

「さよう。男の子はこれくらい担がねば、世をわたってはいけませぬ」

照子の夫がいいながら、いやがる藤平の背にひょいとせおわせた。ところが藤平は尻もちをついて、火がついたように泣きだした。

悔しそうな夫の表情に、照子はこまったように真葛を見る。

照子がひきとめるので、真葛は中目家に二泊した。照子は新妻らしく、かいがいしく夫や子の世話をしている。でもよく見ると、その動きまわる姿が、ひどく痩せて、やつれてみえる。しかも時おり激しく咳きこんで、しばらくはうずくまったままでいる。

「どこぞ悪いのでは？」

みかねた真葛がたずねると、照子は母によく似た細い眼をむけて、

「藤平が、お乳をたっぷり吸うので、そのせいですわ」

そういって藤平のまるまる太った体をだいて、もちのようにふくらんだ頬に顔をうずめ、籐平がきゃあきゃあと声をあげると、鳩のようにクックッと笑って、

「それに姉上さま、わたしどもの家は医者でございますの。なんの心配もいりませんわ」

「そうでしたね。これはとんだ、とりこし苦労でした」

真葛はほっとして、照子と藤平をかわるがわる見る。

すると藤平は母の手をふりはらって、傍らに置いてあった、かたかた音がでる乳母車にすがりついた。そうして顔を真っ赤にすると、よちよち歩きだした。

「おう藤平が、歩いた！　歩いた……ほれ、こんなにじょうずに、あんよはじょうず……」

真葛はいいながら、とめどもなく涙をながした。父が、母が、源四郎が、工藤家の血筋をひく藤平のこの姿をみたら、どんなによろこんだだろう。

真葛は幸せな気持ちで屋敷にもどった。

陽がおちて座敷はうす暗くなっていた。そこへ江戸からの急な知らせがとどいた。

伊賀からの手紙だろうか、真葛は胸をはずませながら便りをあける。

巻紙を一気にすべらせると、意外な文字がとびこんできた。真葛は一瞬眼をうたがった。

伊賀が急死した！　そんな馬鹿な、仙台を発ったときは、あんなに元気だったのに。

「もしや何かの間違いではあるまいか？」

真葛は急きこんで、江戸の使者を問いつめる。

伊賀は前年の文化八年秋、急きょ江戸に出立していた。それもかつて五ヶ月ばかり守り役をつとめた藩主周宗の重病の報せをうけて、あわただしく国もとを発ったのだ。

伊賀は、かつての幼君の成長を、遠くからまるで父のように見守っていた。十五歳で九代藩主周宗を名のると、初のお国入りには、伊賀も番頭として美々しい行列の指揮をとり、晴れの帰国をはたしたいとおもっていたのだろう。それが突然重病におちいった。年が明けても周宗の病はよくならない。ついに幕府に隠居を申しでて、認められると二月には、側室の産んだ弟の斉村に十代藩主の地位を譲ったのだ。

伊賀の落胆は、はなはだしかった。だが十七歳の周宗の病は藩主を辞しても一向に回復しない。それどころか、生死のあいだをさまよいつづけていた。

伊賀は、同じ江戸藩邸にいながらお側に仕えることもできず、別室でひたすら神仏に祈願していた。その間家来たちがどんなにすすめても、裃をぬぐこともせず、休もうともしなかった。

そうして伊賀は、主君の黄泉路の旅を守るかのように、周宗の死の三日前の四月二十一日早朝、突然たおれた。そのまま意識がもどらぬまま、昼過ぎには息をひきとったという。

「今日が、すでに初七日にあたりますか……」

真葛は使者の話に気丈にうなずくと、ただちに喪服に着がえた。水をやり、花をたむけたものの、どうにも信じられず、自分が一体なにをしているかさえ、わからなかった。

あんなに元気で江戸に出立した伊賀が、倒れてその数時間後には息をひきとってしまったなど……

伊賀はもともと丈夫で、風邪で寝こんだこともなかったのに。

伊賀が死んでしばらくして、中目家から照子が死んだと使いがきた。

伊賀と、照子までがあいついで亡くして、しばらくは伊賀がすすめてくれた『むかしばなし』を書くことさえ、できないでいた。ときおり南山禅師や和歌の弟子たちが、心配して様子を見にたずねてくれる。そうした周囲のはげましや、伊賀がくちぐせのように、

「書き留めよ、書き留めよ」と言ってくれたことをおもいだし、ようやく気力をふるいたたせて、『むかしばなし』を完成させると、椅子に送った。

その後は『女子文章訓』など、女の心得のための文章、衣服、節句など、女の手本となることを書いた。書いていないと気が狂いそうで、恐ろしくてたまらないのだ。

こうして書くということでかろうじて自分を支えていたものの、真葛はそれ自体では満足できなくなっていた。

おもえば十歳のとき、明和の大火で苦しむ人々をみて、その苦しみを助けたい、そう思いたった経世済民の志を、胸中ふかく持ち続けていながら、それでは具体的にどうしたらいいのか、これまでわからないできた。

……なんのために生まれ出ずらん。女一人の心として、世界の人の苦しみを助けたくおもうことは、なしがたきの一番たるべし。これをうたてしくおもう故に、昼夜やすき心なく、苦しむぞ無益なり……

そうして苦しみのあまり、

……息のかよわん限りはこの嘆きやむことあたわじ、長く生きてくるしまんよりは、息をとどむるぞ、苦をやすむるのすみやかなるべしとおもひて、ひたすら死なんことを願い侍りし……とうとう死を願うところにまで、追いつめられていた。

ついに病になり心身ともに衰弱した。右手の痛みもはげしくなり、細かな文字もみることができなくなって、真葛は老いを感じるようになっていた。

そうしたある明け方のこと、夢の中で、

「秋のよのながきためしと引葛の」上の句を詠んだ歌が聞こえてきた。

もしや観音菩薩の啓示ではなかろうか。

長年信じてきたことが報われて、彼女の苦しみからぬけでる道を啓示してくれる。

真葛はひたすら下の句を考えつづけて、

……秋の夜のながきためしと引葛の　たえぬかづらは世々に栄ん

という一首をつくった。

その観音菩薩のおかげのせいか、真葛はふたたび書く気力をとりもどしていた。

それでも真葛にはなにかもどかしさがあって、自分が真に表現したいものを見つけられずにいた。

真葛が胸に秘めてきた思いを表現する、その最後の一歩を、どうにも踏み出せずにいたのだ。

そんなある日、伊賀の弟木幡四郎右衛門がやってきた。

「義姉上、岩不動に詣でましょう」

もうそんな時期になったのだろうか。仙台屋敷のちかくの岩不動では毎年五月二十八日になると神輿がでる。四郎右衛門は背丈も顔立ちも、そのはりのある美声も、優しい心根まで、兄弟の中では伊賀に一番似ていた。

彼は亡き兄にかわって、真葛を表につれだそうと誘ってくれたようだ。

真葛はその心情がうれしくて、久々に屋敷をでた。

岩不動に近づくにつれ、はじめて岩不動に詣でたときの緊張した日のことが思いだされて、胸がしめつけられるような懐かしさがこみあげた。

それは真葛が嫁いだ翌年のこと、伊賀を国もとに迎えてのことだった。

伊賀の三男で八歳の由作《ゆうさく》が、はじめて神輿をかつぐというので、真葛は伊賀や長男由治、次男の由豫と見物に出かけた。

岩不動には、早くも子どもたちが赤い旗をたくさんたてて集まっていた。

真葛が赤い旗をもって岩不動の境内にいくと、神輿の近くにいた由昨がすばやくみつけて、「お母さま、こちらへ」と叫ぶなり、手をひいて神輿のそばに連れていってくれた。

そうして神輿をかつぐだんになると、顔を真っ赤にして、頰をしきりにふくらませる。

そうしてかん高い声をひときわ大きくはりあげ、ほこらしげに真葛の目の前をとおりすぎる。その小さな肩に神輿がくいこんで、真葛は両手をにぎりしめ、はらはらしながら、しきりに声援を送った。

その夜由作は、興奮のあまり寝小便をした。朝になっても布団をかぶったまま、なかなか起きてこない由作に声をかけると、泣きだしそうな顔でうなだれている。

その由作が、あるとき座敷の外で、

「お母さま、お母さま」しきりに呼んでいる。

真葛が障子をあけると、由作が裸足のまま竹やぶからかけてきた。両手になにか大事そうにかかえて、息をきらしている。みると小さなひな鳥である。

「まあ、どうしたの」

「藪の中にうぐいすの巣があって、ほかの二羽は母鳥について飛びたったのに、この鳥だけ巣の中にとどまっていたので、取ってきた。だから飼いたい」

いいながら早くも鳥かごに入れて、軒下につるしている。

真葛は、これが鶯の巣の中に卵を産みつけて孵化させた時鳥の雛だろう、とおもい、

「ほんとうに珍しいものをみつけました。でも野の鳥はなにを食べるのかもわからないし、死んでしまったらかわいそうです。はなしておあげなさい」と、やさしくさとす。

「いやです。きっと大事に、かってみせます」由作はすねて泣きだしそうになる。

真葛はその小さな肩をだきよせて、一緒に鳥かごを見あげる。

なるほど由作がいうだけにひな鳥はかわいらしく、逃がすのは惜しい気もする。

それでも飼いとおせるものではないし、真葛はなおもていねいに由作に言ってきかす。

ようやく由作が、しぶしぶ雛を竹やぶにかえしにいく。

小さかったせいか、由作は真葛をじつの母親のように慕って、なついていた。

それが岩不動の祭りの後、由作は高熱をだし、真葛の看護のかいもなく、世を去った。

伊賀はなにもいわずに、翌年長男の由章と江戸に出立していった。


子どもらの歓声がした。見るとたくさんの子どもらが赤い旗をたてて、右に左にまわりこんで、神輿をかついでねり歩いてくる。

「お母さま！」いまでも顔を真っ赤にした由作が、大声をはりあげ、前髪をあげて、かけてくる姿がうかんでくる。照子の子の藤平も、いつか神輿をかつぐ日がくるだろう。

その姿を見ることもできず、照子はどんなに無念だっただろう。

真葛は、伊賀がいるときはそろって奉納した赤い旗をおさめると、手をあわせた。

その宵すぎて、真葛はぼんやりと籠の蛍が飛びかうさまをながめていた。すると昼間の興奮のせいか、急に眠気がおそってきた。

そのとき耳もとで、ささやくような声がした。上体をおこしてあわてて耳をすますと、

……光りある身こそくるしきおもひなれ……

たしかに聞えた。真葛ははっと飛びおきた。これぞ不動尊のお告げ？　そうとしかおもわれぬ。不思議なことよ……真葛は、しばらくは陶然としていた。やがて夜具からぬけだすと文机の前にすわった。墨をすっていると、末下の句が口をついてでた。

光りある身こそくるしきおもひなれ　世にあらわれん時を待つ間は

その夜、真葛は岩不動の不思議な啓示を考えつづけた。昨年の観音菩薩といい、いまの不動尊といい、ただの偶然だとは思えない。

御仏が我が背をおして、みずからの思いを語れと、告げているのではあるまいか。

そういえば村田春海もいっていた。すべての事柄は文章に載せて、あらためて後世につたえることができる、のだと。そして、すぐれた和文とは、ことの言いようが卑しくなく、書き手の文意がよく達して、正確できちんとしているのこそ、よい文章というのである。

そういって真葛の書いた文章をほめてくれた。

彼女は長い間、心にひっかかっていた様々な問題を、みずから読んだ書物や父から学んだ阿蘭陀の知識、さらには自分がこれまで生きてきた体験をとおして、何ものにもとらわれず独自の考えを文章にあらわすことで、世に問いかけたいとおもいたった。

そうしてこれまで抑えに抑えてきた胸中のおもいを、その日から書きだした。

それは三巻の書にまとめられた。

末尾に、「文化十四年十二月一日、五十五歳にして記す　あや子こと真葛」と署名した。

真葛はこうして『独考《ひとりかんがえ》』の著者真葛として、世にでる覚悟をきめたのである。

それは女であるゆえに、父の工藤家を継げなかった真葛の無念でもあった。

父平助は常々真葛に言っていた。

世のためになることを、一つでも二つでも見つけたら、一生かけて成し遂げなさい。

それが人として生きるということなのだと。


あれから二年、いよいよその時がきた。夕闇のせまった庭に、萩の小さな花がゆらいでいる。雁が遠く空にわたっていく。

しばらく縁側でながめていた。それから馬琴にあてて、文をしたためた。

春のころ送りし草稿の安否を、秋の雁のおとずれにたくして、真葛は自分の草稿の出版を、あらためて催促した。

彼女は馬琴の好意を、露ほども疑ってはいなかったのである。

十五

寝不足だ。これもお百のせいだ。どうしてああも嫉妬ぶかいものか。女はこれだからいかん。おしのという女となにかあった？　なんの証拠があってとがめだてする？　なにもかも推測でしかないのに、いかにも確信ありげに責めたてる。

宗伯が下男をつかいによこしたのは昨夜のことである。またか……

このところ宗伯の病状はおちついている。するとお百が発作をおこす。かわるがわるに呼びたてられては、たまったものではない。

愚痴りながらも馬琴は明神下の家に出かける。それも独りになるおさきに、くれぐれも用心するよう言い置いて、

「いいか、嫁入り前のだいじな体だ」

そういうと六尺棒を枕元において寝るようにと、くどくどつけ加えることも忘れない。

夜どおしお百の愚痴を聞かされて、うっかりうとうとしようものなら、たちまち金切り声でむしゃぶりついてくる。みかねた宗伯が説得すると、とたんに涙声になって、

「おまえにまで心配かけて、すまなかった」と、真夜中に宗伯の好物の鯛の茶漬けなどはこんでくる。

まんじりともせず朝のくるのをまつ。ようやく解放されて表へ飛びだすと、さすがに朝陽が寝不足の眼にきりきりいたむ。

どうしたものか、このまま家にかえるのも、気がくさくさする。

馬琴はおもいたって昌平坂をのぼった。

こんもりとした森のなかを歩くと湯島の聖堂が見えてきた。大成殿とその隣には寛政の改革で幕府の学問所となった昌平坂学問所が建っている。早朝のせいか、ただでさえ広大な敷地には人影もなく閑散としている。大成殿の前で深々と息をすいこんだ。こうしていると迷いもふっきれる。気のせいか頭痛もやんだ気がする。

「聖堂はいい。孔子は偉大だ」

馬琴ははればったい眼をとじ軽く頭をさげると、昌平坂学問所にむかって歩きだした。

そのとき背後で草履の音が小走りにした。

「先生?……やっぱり先生でございましたか」

ふりむくと墨染の衣の尼僧が朝陽の中にたっている。

「萩どの……どうしてここに?」

「いえ、ちかくに住む知り合いに不幸がありまして、昨夜は通夜でしたの。朝方通りにでると先生によく似たお姿を見かけて、おおいそぎで後をおいかけましたけど。先生のお足は、とてもはやくて」

栲子は懐紙で額の汗をぬぐいながら、恨めしげな目つきで馬琴をにらむ。

「いやあ、すまん。声をかけてくだされば」

「でも、とても恐いお顔をしていらっしゃいました。きっと何かお考え事かと。でもちょうどようございました。これからお宅にうかがうところでしたの」

「ほう、なにかありましたかな」

「もちろんですわ。姉からの手紙がとどいておりますの」

小柄な椁子は背伸びしたような格好で、胸もとをぽんとたたいた。

「気になります？　よかったらそこいらの木陰で休んでまいりましょうか？」

茶目っけたっぷりに誘いかける。それから小首をかしげて、さも珍しそうにいう。

「ぞんじませんでしたわ。ここが孔子をまつった聖堂ですの？」

「さよう」

「そういえば、孔子は『女子小人は、私は知らない』と、おっしゃったそうですが、まことですの？」

萩尼はくったくなげに言う。

「そりゃまあ」

馬琴は白けた。たしかに真葛は『独考』でそんなことを得々として言っている。

「『私は知らない』など論語のどこにも見あたらぬ。正確には、女子と小人は養いがたし、これを近づければすなわち不遜なり、これを遠ざければ、すなわち怨む。姉上は聞きあやまっておられるようだ」

「まあ、そうですの。でも私にはどちらも同じに聞こえますすけど」

これだから女人はあつかいがたし、だ。

「姉は、弟の源四郎が儒教をまもって誠実に生きたにもかかわらず、不遇のまま死んでしまった。そのことから儒学、孔子の教えにも疑問をもつようになったのです」

そういえば真葛は弟の死に衝撃をうけて、儒教をこっぴどく批判してきた。まるで儒教を信奉したせいで弟が死んだといわんばかりだ。しかも自分は儒教を学んだことはないといいながら、いいたい放題ではないか。

馬琴は真葛の『独考』の一節をおもいうかべ、おもわず苦笑した。

――儒教の教えは、昔から公儀がまつりごとに用いてきたから、真の道らしく思われているが、これは全く人間が作った教えを唐国から借りてきて用いているにすぎない。

つまり表向きの飾り道具にすぎず、たとえば街道を引いていく車のようなものだ。

表向きの難しいことがあるときは、この車にのせて押さねば物事が進まない。

だから、まさかの時に用いるため、この教えをおおよそ一通り理解したうえで、門外に備えておき、家の内のことに用いては決してならない。

道具が不器用で、怪我をすることがあるからだ。

そうして儒教のあらましは、人の心を規則で縛っておけばあつかいよいので、しめ縄をかけて導くやり方で、そんな教えを鼻にもかけない無法者が横車をおせば、教を守るものは自制して退くか、避けるようになり、争わぬうちに負けることになる。

だから儒教を真に面白く思い、心酔してしまうときは、知らず知らずに我が手で我が心を縛りつけることになり、「唐国の法」＝儒教を学んだ学者がそれを日本に適用しようとしても、すばやく走るわが国の「拍子」に合わず、なにも学ばぬ愚人に負けてしまうことになる。このように「天地の間の拍子」は国によって異なるのであり、また別の箇所では時代によっても異なるものである、などなど――つまり真葛にいわせれば「天地の間の拍子」とは、「生きたる拍子」ということらしい。

馬琴はふっと胸のうちで笑った。賢いようでも女だ。

いくら弟の死に憔悴したとして、世の中の悪の根源がすべて儒教にあるなど、どうしてそんな結論になるのだ。

「幸と不幸は天命です。源四郎殿の死はいたましいが、道に背いて幸福になるより、教を守って不幸であるほうがよいのです」

自分とて聖人の教えを固く守り、正しい道を外さず暮らしている。それなのに、どうもこうも労苦ばかり多くて報われることが少ないのか。それは馬琴の実感でもある。

だからといって真葛のようにそれを一刀両断のもとに否定してしまっては、自分のよってたつ支柱がなくなる。

「殿がたの考えることはわかりませんわ。聖人の道を歩んで不幸になるくらいなら、私はちょっと道を外れても楽しく生きたいですもの」

「いいですか、萩どの。あなたも仏につかえる身であれば、仏陀の教えを学ぼうと日夜努力されるでしょう。それと同じです。孔子の教えが日本に渡って、日本人を正しく教化した。その結果、今日暮らしているすべての人々の行動は、貴人も賤しい人も、すべて儒教の教えに拠り、そのため社会の秩序がまもられている」

「それはそうでしょうけど……」

「孔子の教えは神の教えにもひとしい。この聖人の教えを家事にも用いなければ、君臣礼なく、はやいはなしが兄弟姉妹おたがいに結婚するようなハメになりかねない」

「まさか」

「姉上は、男と女のことも実はなにも分かってはおられぬ。工藤平助殿のご息女にして仙台藩の大身の奥方さまであれば、分からぬのがむしろ道理。『女人小人養いがたし』孔子がこういったのは、女子は生まれつき陰質なものである。すぐなれなれしくして、ねたむことを好む。だから女子を近づければ思いあがって失敬なことがある。遠ざければすぐうらみねたむ。この点で聖人といえども養いがたいというのです」

「先生も、わたくしのことそう思っていらっしゃるの？」

「それは……」

「姉は、体が異なり、そこから生まれる心の態様が相違する男女は、『ひとしき人』でないため、どうしてもあい争うことになる。それは人間、いえあらゆる生物の本能だとも。だからあまりに男性が横暴で女をしいたげると、たとえ『無学無法なる』女といえども、異をとなえなくてはならない」

「それは姉上の偏見です。儒教の陰陽説では、本来世の中は秩序ある世界でしかない。男と女があい争う？　それは、惚れたはれたの痴話げんか、犬も食わないなんとやら、でしょうな」

「まっ、そうでしょうか？」馬琴にかるくいなされると、栲子はふくれっ面した。

それでも姉のために、ここは簡単にひくわけにはいかない。

「ではこれはいかが？　聖人は縛られているせいか不自由で、特に学者と呼ばれている人々はたいがい力も弱く、そのぶん若い女には好かれない」

「そりゃ人によりけりだ」

「まあまって、ここからが姉の本当にいいたいことですの。……それにくらべて無学な愚人は、生きる力も強そうだし。そう、われも無学な女なり、まさか聖人が愚人に負けることなどあり得ないかもしれないけど、一勝負してみたいものだと。姉は先生とも勝負する気でいるのですよ」

「……姉上は気丈だ。おとこだましい、がある」

「そう？　では姉の考えを認めてくださる？」

「そりゃ物事によりけりだ。それに姉上の考えは失礼ながら学問の素養がかたよっているせいか、極端にはしりやすい。儒教や孔子聖を批判するあまり、この聖堂を、諸国の学識ある人々に開放して、政治を論議する場にしようなど、愚にもつかぬ提案をする。しかも姉上自身もこの場に参加しようなどもくろんでいる。それこそ幕府のご政道にふれることになり、無学な女のひとり考えではすまんのです」

寝不足がたたって再び眼の前がくらくらしてきた。

「萩どの、わるいが失礼させていただく。これから家で書肆と会う約束でしてな」

「先生……」大股で歩きだした馬琴の後を、楞子はあわてておいかける。

なんだか孔子などどうでもよくなった。

「先生、お気を悪くされました？　すみませぬ。なにしろ姉のうけうりなので……本当は姉の言いたいことの半分も分かっておりませんの」

「そういえば姉上の手紙をあずかっておられるとか」

「あら、そうでした」

萩尼は懐中から文をとりだすと、哀願するような眼でにじりよる。

「先生は世間では聖人君子のようにいわれて女人嫌いで通っておりますが、私にはとてもさようには思われませぬ。それに世の聖人とはちがって、身体も大きく力も強そうだし……姉も私も、先生だけが頼りでございます。どうかよいお返事を」

そういって馬琴の懐におしいだくように手紙をわたすと、小走りにかけさった。

その小柄な姿を見おくって、馬琴は頭痛をこらえて聖堂をあとにした。


家につくと、おさきが部屋で売薬を丸めていた。

「さっきから山青堂さんがお待ちです」

障子があいて山青堂の主人山崎宗八が肉厚な顔をぬっとつきだした。

「先生、朝帰りとは、すみにおけませんな」

脂ぎった顔をにやにやさせている。

「なにを馬鹿な」

「いやこれは失礼。そういえば顔色がよくない。また宗伯殿が……」

「それより用件は」

「いえ先生、じつはご相談がありまして」

「『八犬伝』なら言われるまでもない」

「そうじゃありません。じつは『八犬伝』人気にあやかって一つ新作を手がけてみては」

「馬鹿も休み休みいうんだな。そんなひまなど、ない」

「いやそうむきにならないで。ほんの軽いものでいいんです。たとえば式亭三馬の『浮世風呂』のような調子で」

「三馬の真似をしろというのか」

「さようなことは言っていません。ですが三馬の『浮世風呂』の中で、『本居信仰』の若い女が、男と女が情をかわすのは自然のことだと議論する、このくだりがうけて、江戸中その話でもちっきりで。そこでひとつ先生にも『浮世風呂』の向こうをはって、今風の女のよろこびそうな話をつくってくれまいかと。だって先生も本居宣長の信奉者だって聞いてますよ」

「帰ってくれ。わしは『八犬伝』の完成にかけている」

「そうかたいこと言いっこなしです。江戸っ子はあきっぽい。『八犬伝』ばかり待ってはいられない。ちょっと三馬風に軽く書いてもらえたら、商売もしやすいんで。そうでないといくら高名な先生でも、世間はすぐに忘れてしまう。なにしろ『浮世風呂』の人気はすごい。どっちも通俗小説で売っている。いまに先生にとっても強敵になるかもしれない。そうなってからじゃ遅いんで。ここらで手をうっておきやしょう」

憤慨のあまり馬琴が青筋をたてたとき、玄関があいて登ののんびりした声がした。

おさきが飛びだしていく。

「お客さまでしたか。それは失礼、ではまた後ほど」

「いや渡辺どの、上がられよ。山青堂さん、ということで客と約束がある」

山青堂はしぶしぶ腰をうかせて、ふと思い出したとばかり再び座布団に座った。

「そういえばうちの番頭は首にしましたよ。今後一切うちとは関係がありませんから」

「それはどうして？」

「じつは人妻と駆け落ちしましてな。おしのという筆耕の女ですが。とんでもない性悪女で、亭主が死んでこまっていると泣きついてきたんで、ぼちぼち仕事をまわしてやっていた。ところが何のことはない。いつのまにか番頭をたぶらかして、あげく店の金をもちにげしたんで。それも今はやりの本居宣長をふりまわして、古来日本では女は卑弥呼、天照大神など、男とおなじく尊敬されていた。だから男女の恋路も自然の情だと、へ理屈こねて、なんのことはない、番頭とかけおちした。残された妻子は裏店も追いだされて、惨めなものですよ。まっ、そんなことはどうでもいい。先生、さっきの話、考えておいてくださいよ」

山青堂は立ちあがりざまに横目で登をみると、薄ら笑いして出ていった。

「あれは山青堂？　どうやらうわさはほんとうらしい」

「なんのことだ？」

「だいぶ赤字をかかえているってことです」

馬琴は嫌な気がした。長年馬琴の読本を刊行してきた平林堂の平林庄五郎の顔がうかんだ。彼が元気だったら、こんな屈辱をあじわうことはなかった。

なにしろ平林堂は生涯かけて読本十点刊行した。そのすべては曲亭馬琴に書かせた作で、挿絵は葛飾北斎ときまっていた。文化四年正月から始まった『椿説弓張月』は、馬琴、北斎、平林堂という三者で完結し、爆発的な人気をえた。それも書物問屋、地本問屋の大店ではない、零細な貸本屋の平林堂の企画と実行力によってなされた。

しかも馬琴と北斎と組むということは、よほど気の合う人でないとできない。版下師、彫師、刷り師、表紙屋など、制作にかかわる職人たちの根性や律義さ、さらに馬琴、北斎の作への心底からの傾倒がなくては、とうてい成し遂げられることではなかったからだ。

文化八年、馬琴は新たな構想を平林堂にもちかけた。『八犬伝』である。

庄五郎は白髪頭をふるわせ、感激した。だが彼は、疲労困憊していた。

馬琴や北斎の完璧主義のため、どれほど版下師や掘り師を泣かせ、苦しめたか。彼らとの折り合いのために、庄五郎自身も心身をすりへらした。そして彼は、自分の七十余歳になった年齢を考えた。

熟慮のうえ、平林堂は長編の読本を最終まで引き受ける自信がないと、断わってきた。

当代一の人気者曲亭馬琴の新作長編読本の出版権は、大きな利権である。それをいさぎよく辞退した。かわって紹介されたのが、山青堂である。

当初は山青堂との仲もうまくいっていた。店主みずからお伊勢詣に誘ってくれて、馬琴も宗伯をつれて出かけたものだ。

それが傾くなど、なにも自分のせいではない。それだけの見返りは充分すぎるほどあったはずだ。

だいいち平林堂は仕事を番頭まかせにしたことはない。どんなささいなことも主人自ら出向いてきた。

「わるいがこれから書き物がある」

ぶあいそうにいうと、馬琴は階段をかけのぼる。下から登がのぞきこんで、

「えらいおかんむりだ。ところで最近尼どのの姿が見えんようだが……」

おさき相手に話しこんでいる。それもじき静かになった。


馬琴はさっきから惨めな気分になっていた。部屋の中をうろうろ歩きまわっては、ののしった。山青堂のおやじめ、さんざん稼がせてやったのに、なにを血迷ったことをぬかす。

馬琴は式亭三馬とは犬猿の仲だ。それを承知でいうとは、嫌がらせだ。

たしかに『八犬伝』は雅文ではない。通俗小説だ。

それを最高と思わないが、現在横行している雅文小説の文の中途半端さ、無意味な倒錯性にくらべて、自分の『八犬伝』は、文体、構成全体、首尾の総体性において、他の追従をゆるさない。

その自負はあるが、たとえ兄弟夫婦であっても、心は通じがたいものである。

世に知音《ちいん》は得がたきもの……世間ではそれなりに評判をえている『八犬伝』でさえ、その作品にこめたおのれの真意を、理解しうる人は、当代では稀でしかない。

馬琴はたえず自分をおそう孤独感をおいはらうように、気をしずめると、机にむかった。毎朝かかさずつけている日記帖をひらくと、力をいれて筆をにぎった。

吾ヲ知ル者ハ、ソレタダ八犬伝カ。
吾ヲ知ラザル者モ、ソレタダ八犬伝カ。

そうつづると、うめくようにつぶやいた。

『八犬伝』が、伝え伝え、後世まで伝わり遺るなら……

百年《ももとせ》以後《のち》ノ知音《ちいん》ヲ俟《ま》ツ……

馬琴は墨のとぎれた筆で、一気に書いた。

そうしてはっと思いだした。

真葛はなんといってきたのだろうか。

封を切るのももどかしく、良質の巻紙をさっとひろげる。

あいかわらず美しい手跡である。これほどの筆づかい、深い教養をもつ婦人から、文や和歌をもらうのは、これまでの人生でもはじめてのことである。しかも武家であった馬琴の境遇を知ると、わけあって市井に身を隠しておられるのだろう、など書き送ってくる。

戯作に天分を見出したとはいえ、社会的には低く見られている戯作者であることにこだわっている馬琴には、自尊心をくすぐられることだった。

しかも真葛は、家を継げない女の身であっても、自分の考えを著すことで家の名を残したいと切々とうったえている。それは武家、滝沢家を残そうと苦心してきた馬琴の気持ちと完全に一致するものだった。

馬琴は眼をとじて、奥ゆかしくも相手をおもいやることができる、真葛という女のことをおもった。

……世の人は、えぞ知らず、余をよく知れる……

不意に口をついで出た言葉に、馬琴は息をつめた。

百年の後、真に自分を理解する、その貴重な「知音」となる人物とは……もしや、この真葛という女か……

馬琴は激情にかられた。すぐにでもみちのくに飛んでいき、ひと目だけでもあってみたい。それは悩ましくも甘美な想念を馬琴の胸にかきたてた。

そうだ、真葛こそ自分が永遠においもとめていた理想の女かもしれない。

彼女には、おうな（女）にして、おのこだましい（男の子魂）がある。

その賞賛には、一般的には劣等な存在とされる女への共感を正当化するものとして、馬琴の男としての優位が機能していたのだが。

馬琴は、あたかも惚れた女からの恋文のように、熱いまなざしで文字をおう。

そうして一気によむと、はっとした。

なんのことはない。これは催促ではないか。

たしかに春のころ約束した。出版は難しいかもしれないが、写本にして世に伝える方法もある。そう示唆したことも思いだされた。それが秋になって、さすがにしびれをきらしたのだろうが、催促がましく言ってよこすとは……。

馬琴は頭から冷水をあびたような惨めさを感じた。

馬琴は蒼ざめた顎のあたりをなでて、寂しさをかみしめた。

みちのくの真葛のおうな（女）は、さしずめ貞淑な寡婦であろう。

自分に草稿をとどけさせたのも、文や和歌のやりとりをかわしたのも、決して浮いた心などではなく、ましてや、秘めたる気持ちであろうはずもない。

それに只野家は仙台藩の大身で、家法も厳しいときいている。寡婦である真葛には、自分とのたびたびの文通も、さぞや迷惑だと思われていたのではなかろうか。

そうして肩をおとして机にいざっていくと、不意に鳥かごのカナリアがはばたいた。

馬琴の胸に哀感がこみあげた。

そういえば真葛は、自分の境遇を、たえず「かい鳥」のように不自由だと嘆いていた。そんな真葛のはく弱音さえ、いじらしく、おのれが守ってあげねばと勇んでいたのに……。

彼は書棚に無造作にしまいこんであった「独考」をひっぱりだすと、墨をすった。

四日かかって、すべてを筆写した。

そうしてあらためて「独考」をよみかえすと、それは手直しなど不可能にちかい、おたがいの価観の対立であった。

かつて「おのこだましい」と、このましく評価した志の高さまで、女にあるまじき、高慢な思いあがりと、不愉快におもわれた。

それに、女の身で経世済民を論じることの正当化のため、真葛が自身の利益ではないことの証明に、外出時にはたえず供人数人を従えて裕福に暮らしてきた、そう述べたことまで、嫌味におもいだされた。

九歳で父に死なれて、馬琴の一家は貧乏のどん底にあえいだ。

食うや食わずの貧しさも知らず、高みの見物で経世済民を口ばしるとは、女のあさ知恵でしかない。さらに本居宣長、賀茂真淵、村田春海などについての論も、彼らとの親交をあからさまに自慢する、鼻もちならない高慢さにおもわれた。

しかも真葛は、弟源四郎のように儒教の教えを正しく実践しながら不遇のままに終わる人がいる反面、教えに背いているかにみえる人が世に重用されている現実に目をむけ、

……仏の道も聖の道も、供に人の作りたる一の法にて、おのずからなるものならず。

動かぬものは、めぐる月日と昼夜の数と、天地の中の浮きたる拍子なり……

このくだりを読むと、馬琴は憤慨のあまりおもわず筆を噛んだ。

真葛の言わんとすることは、人力の及ばない不変不動の絶対的なものは、「めぐる月日と昼夜の数」と、「天地の中の浮きたる拍子」だけである。社会的規範として重視されている、儒教、仏教は、しょせん人が作った可変のものにすぎない。

だから、儒教の教えによって心を縛らせた人間は、その分「天地の間の拍子」に遅れ、いかに引き立てようとしても、教を鼻にもかけず自由に動き回る人間には、とうてい太刀打ちできない。しかも日本人の特質は「人の気早くはしりかよう」から、唐国の法である儒教を学んだ学者がそれを日本に適用しようとしても、わが国の「拍子」に合わず、「愚人」に負けてしまうのだという。

馬琴は今や怒りをとおりこして冷やかになっていた。彼は本気で真葛を論破しにかかった。

「めぐる月日と昼夜の数」などいうが、それは儒書のなかに、天理といい、時運といい、あるいは時気、気候とあるのとおなじことで、なにも今さら新しい説とふりまわすのは、おこがましい。

しかも真葛が、

「およそ天地の間に生まるる物の心のゆくかたちは、勝まけを争うなりとぞ思わるる。鳥けもの虫にいたるまでも、かちまけをあらそわぬものなし」と、言っていることには、なんら根拠になるべきことも例示せず、単なる思いつきでいっていると非難して、

そうではない。自然界は本来調和的で静的なものである。それを妨げるのは人間の欲望である。それゆえ身を律して潔く生きることで、社会秩序は保たれていくのだ。

馬琴は自らの過去をふりかえって、あからさまに告白する。

自分は、生まれついて遊びにふけりがちで、色、食、酒、金のすべてへの欲望は、ひとなみはずれて激しかった。

それゆえ、ただ学問の力によって、物の理非をわきまえ、自制力をきたえ、無理やり堅物にしてきた男だ。

世間では偏屈と言われようが、もし自分が聖賢の教えを知らなかったら、他者をだましたり、利を奪ったり、とんでもない悪道へ進みかねない非道な人間になっただろう。だから自分は、後天的に自己を固めた石炭のようなガチガチ男に、あえてなった。

それを人間の本性を犬畜生のごときむきだしにして、本能のまま、あい争うものとして認めたら、武士階級が支配するこの秩序ある社会はどうなっていくのだ。儒教、とくに朱子学の理念は、身分社会の正当性（それは当然ながら男女の性差をもふくまれる）、永続性を保証するものなのだ。

それをいちいち武家と町人の闘争、男と女があい争うべきものなどときめつけたら、世の中は騒然として秩序なきものになる。しかも聖堂に諸国から有識者をあつめて国政を議論させる、その場に女の身で参加したいだと？

それこそ、ご政道に乱をおこす大罪ではあるまいか。

そうしてなおも読み進めると、かつて好ましく、美徳とおもわれた真葛のことごとくが、嫌味で我慢ならない高慢さに思えてきた。

馬琴は一旦筆をとると、完膚なきまでに相手を論破しないと気がすまない性質だ。

こうして馬琴は、真葛の『独考』のすべてに、容赦ない批判を加えていった。とくに真葛が、町人が利をむさぼると攻撃する段には、自身も町人の立場からさとすことになった。

つまり、武士階級には領地があるから、どのような借財があろうと破産することはない。しかし町人は、家に万金を蓄えても一つかみの土地もないため、その財がつきれば零落するしかない。武士の財が百姓、町人にせめとられることを恨むのは、はなはだしき妬みではあるまいか、と。

だが馬琴は、真葛という良き話し相手をえて、思わず誰にも明かさなかった胸のうちを、ぼろっと吐露してしまう。

真葛が、大名の財用の任にあたる役人たちを非難するくだりになると、馬琴も、つい日ごろの義憤をもらしていた。

「世に凡庸な役人たちの拙い政策は、目先のことばかりに気をとられ、遠い先のことを推測しないから、当座の資金が足りないに任せて、領内の竹や材木をむやみに伐採する。それで風除けを失い、田畑が荒れて、五穀が実らず、領民は困窮する。さらには山が崩れて入り江を埋め、魚介類がよりつかなくなり、漁民たちは土地をはなれる。こうして領民が逃亡しても、無策な役人は主君の蔵だけ豊かにしようとあくせくする。これみな凡庸な役人の仕業である……」と。

そうしてふと筆のすべりに気づいて、

「余はかつて怖れ憚《はばか》ることに触れることを言わなかった。まして文章に書いたこともない。しかし今『独考』を論ずるにおよんで、思わずこの自戒をやぶることになった。それもただ作者の求めに応えただけで、他人に見せることを許すことではない。ただ下らぬ小人たちの怒りをかうことを怖れる。だから、秘めよかし。どうか、秘密を守ってください。余はただあなたの惑いを解くことができたらと願って、これを書いているのですから」

馬琴とて、今の世の中がこれでいいと思っているわけではない。

大名たちの奢《おご》り、財用をつかさどる役人たちの私欲、武家の形式主義、百姓たちを責めしぼり、江戸大坂の金主たちを借り倒して恥じない現実、さらにはそれらに無策な幕府にさえ、内心では腹だたしく思っていた。そうして自身が日々克己心により努力しているわりに、さしたる蓄財もなく、清貧にあまんじていることに、いいようのない憤懣をかかえていたのだ。

しかしこうして丹念に真葛の『独考《ひとりかんがえ》』を読みかえしてみると、禁忌に触れることが多く、まして自分が好意で論じた『独考論《どくこうろん》』は、けっして他人に見せるべきものなどではない。

だからこの二書は、うっかり他人に貸与してはならない。宗伯にも固く戒めた。

そうして一気に筆をはしらせると、馬琴は最後にこうしめくくった。

幼きより女の本にならんとて、よろづを心がけしは第一のあやまりなり。

……「われは心抜け上りて……知らずということなし」とて、みずからゆるされしは、みなあだ事にて、ひとつも当たらず。識者には笑わるべし。されば、とし来ひとり考え得たらんより、只一日身をくだして識者に問うにますことなし。かくてそのさとしによりて、五十年の非をしらば、これ真のさとりなり。……さめ給え、さめ給え」

文章をなおす斧正《ふせい》の名のもとに、馬琴はその最後にあたって、「女の本」をこころざして生きてきた真葛の五十年の人生をも、完全に否定してみせたのである。

馬琴は二十日かかって書きあげた。

真葛の『独考』のゆうに四倍もの分量にあたる、堂々たる論旨の『独考論』である。

彼は完成した『独考論』を手にとると、自分に、しつように言いきかせた。

自分が草稿を預かったのは、あくまで好意である。それをおのれの分をわきまえず、催促してくるとは無礼であろう。

さらに馬琴は、真葛の反論を厭うように、これ以上の係わりを断ちきろうとする。

真葛の中に自分との同一性を見出していた馬琴にとって、それは後ろめたさや、あらゆる想念を断ちきる、自身との決別でもあったのだ。

……男女の仲は老年であっても誤解をまねく可能性がある。また仕事に時間をとられ、かつ思うところあって古い友とも疎遠にしている。

これらの理由をあげて、真葛との交わりは、

「これを限りとおぼしめされよ」と、ごていねいに、絶縁状まで添えたのである。

十六

十二月にはいって久々に登が馬琴の家にあらわれた。

登はいつもの快活さを全身にみなぎらせて、

「おやじ殿は？」

おさきは黙って二階を見る。馬琴は執筆のときは来客の取り次ぎさえ嫌がる。

「筆がのっておられるようだ。『八犬伝』ですか」

「いえ」

「ほう、では新作？」

「さあ、一月ほど前、萩さまと偶然湯島の聖堂であったとか、みちのくの真葛さまのお文をいただいたようです。それっきり食事の時しか降りてまいりませんの」

「ふむ……で、おやじ殿は真葛どのに手紙の返事を書いている？　それも……」

「かれこれ二十日あまり」

おさきは首をかしげながらも、薬を丸める手を休めようとはしない。

「返事にしては長い」

そのとき二階から馬琴の声がした。まもなくおさきが分厚い草稿をかかえて降りてきた。

「なんです？」

「萩さまに……」

登は好奇心にかられて、

「……これを萩どのに届けるのですか？　なら私にまかせてください」

「でも……」おさきは心配げに二階を見あげている。

「迷惑はかけません。私にまかせてください。萩どのも早く読みたいでしょう」

登はのんびりと鼻毛をひっぱると、ふうと息をふきつけた。

そのとき玄関の戸があいて、萩尼が、

「おおさむ」と飛びこんできた。

登をみると、赤くなった鼻をしわくちゃに寄せて、

「あらっ、おひさしぶり」

「ええ、先月から藩主のお供で国許に行っていました」

「田原に？」

「そう」

「あちらは暖かでいいでしょう？」

「そうでもない。風は江戸より冷たいくらいだ。それに気疲れもあって」

「まあ、そうでした。物見湯山の旅ではありませんものね」

「しかし舟にのって沖にでました。気分は爽快で、思わず叫んでいましたよ」

「なんて？」

「ああ愉しい。快かな、これより東南、西人の称するところの大西海、およびアメリカ諸州がある。わたしもいつか、きっと行くぞって」

萩尼がぷっとふきだした。まるで子どものように無邪気なひとだ。

「ええ、ええ、そのときは、わたくしもご一緒したいですわ」

「尼さん連れ？……ですか」つられて登も、やにさがった眼でにやにやしている。ふたりがよどみなく話すのをきいて、おさきがうなだれていると、

「ところで先生は？」

言われておさきは飛びあがった。みると座布団もだしていない。

「これはそそうを」

「そんなことより先生は、お二階でしょう？」

「そうそう、おさきさん、さっきおやじ殿から萩どのに渡すものがあったのでは」

おさきはあわてて馬琴の草稿を萩尼にわたす。

「先生が、かような書き物を！　まあ、なんでしょうか？　登さま、なにかごぞんじ？」

「恋文にしては、ちと長い」

「まあ、あいかわらずへらずぐち、おさきさん、見せていただいてもよろしい？」

椅子が草稿をおしいだくように手にとると、登もどれどれとのぞきこむ。

「『独考論』、なるほど、おやじ殿がこんつめて書かれていたのはこれですか。おやこれは、『独考』とある。姉上のかかれた著作ですか？」

椅子はけげんそうな顔で両方をながめている。

「どうやらおやじ殿は姉上の著作を筆写して、ご自分の考えを『独考論』として書いたようですな。さすが凝り性のおやじ殿だ。ぼうだいな分量だな。なにをかいたのだろうか？」

椅子は馬琴の『独考論』をぱらぱらとめくった。それから馬琴の添えられた手紙をひらくと、はっと顔色をかえた。

「どうしたのです？」

登がのぞきこもうと顔をつきだすと、椅子の小さな手に横っ面をはりたおされた。

「あんまりですわ。これでは姉がうかばれません。先生だけは、私ども姉妹のお味方だと信じておりましたのに……男と女の仲はたとえ白髪になっても世間の誤解をうけるから、もう文のやりとりも断わると……これは絶交状ではありませんか」

椅子は気も狂わんばかりに、登の胸にむしゃぶりつく。そうして握りしめた両手のこぶしで登の胸ぐらをたたくと、わっと泣きくずれた。

おさきは呆気にとられた。いつのまに二人はあんな仲になったのだろう？

それに登も登だ。年よりの尼などに抱きつかれて、鼻の下をのばしている。

泣きたいのは、こっちのほうだ。

しばらくして尼がすくっと立ちあがった。眉間にたてじまをよせ、唇をわなわなふるわせて、

「わたくし、これでおいとまいたします」

「ではお送りしましょう。駕籠を呼びますか？」当然のように登がいう。

「いえ、歩いてまいります」

「そりゃぶっそうだ。おみかけしたところ、従卒もおられぬようだし、とにかく駕籠を」かけだそうとする登をさえぎって、

「それにはおよびませぬ。ひとりでまいります」

「そう意地をはるものではありませんぬ。それに、雲行きがあやしい。どうやら一雨きそうだ。ことによると雪になるかな」

表にでた登が、風呂敷包みをかかえた椅子の脇に立って、のんびりという。

そういえばまだ昼前だというのに空はどんよりと厚い雲がたれこめている。

どうしょう。霊岸島まではかなりの道のりだ。途中雨や雪にたたられたら、駕籠をつかまえるのも難しいかもしれない。

「萩どの、とにかく出ましょう。風呂敷包み、かしなさい」

「なりませぬ。これは姉が命がけで著した草稿で、それとあの男の……」

「そう我をはらずと。だいじょうぶですよ、持って逃げたりしませんから」

登は椅子の小脇から包みをとると、はやくも路地を歩きだしている。あいかわらず長刀をぶらさげて、それにしては身のこなしも軽やかに坂を下っていく。

「かえしてください」

椅子は小走りにかけて、登から風呂敷包みをとると、くってかかるように言った。

「もうかまわないでください。これは私ども姉妹のことですから」

そうして堀留まで一気にくだると、コウロギ橋をわたった。あたりは小さな門構えの旗本か御家人の屋敷がならんで、急に人影もとだえている。

心細げに後ろをふりむくと、登の痩せた身体がのんびりとついてくるのが見える。

椺子はほっとして、足をはやめる。いつもは駕籠ではしりぬける道が、ことのほか遠い。いつまでたっても昌平橋はおろか、筋違御門も見えてこない。道をまちがえてしまったのか、不安におそわれだしたとき、急にわき腹に痛みがおそってきた。

「どうなされた？　どこぞ具合でも？」

「すこしわき腹がさしこんで」

さすがに気まり悪げにいう椺子に、

「そりゃいかん。これを飲みなさい。おやじ殿の調合した丸薬です」

「いいえ、いりません。あんな男の丸薬など、飲みたくもありません」

椺子は悔しそうに登の手をふりきり、立ちあがろうとする。

それもうっとうめいて、へなへなとしゃがみこむ。

「それでも何も飲まないより、少しはましです。お飲みなさい」

そうこうするうち痛みもおさまってきた。

「ほら効いたでしょう。ああみえてもおやじ殿は若いころ医学を学んでおられる。なかなかの博識です」

「いえ、丸薬なんぞのせいではありませんわ」

楞子が憤慨するのを、登は顎鬚をつるんとなでて「やれやれ」などぼやいて、それでも長刀をがちゃがちゃならして、のんきな顔で後をついてくる。

そうこうするうち、遠くに筋違御門が見えてきた。

楞子がほっとしていると、いちはやく神田川の堤の上に立った登が、船宿に浮かんでいる猪子《ちょき》船をみて、大声でいった。

「そうだ。舟にしよう。それなら霊岸島まであっというまだ。あっ、となると、蕎麦はだめか」

楞子はぷっとふきだした。とうとう本音がでた。

「蕎麦屋ぐらい、屋敷の近くでもありますわ」

「そうですか。そりゃありがたい」

登の笑顔がはじける。楞子はなんだか泣きたくなった。蕎麦十杯でこんなにも幸せそうな顔ができる、登という男は、一体どんなことを考えて生きているのだろうか。

その広い懐にすがりついて、何もかも打ち明けて助けをこうてみたい。そんな衝動にかられた。

そのとき河原で、大声でわめきたてる声がしてきた。みるといつのまにか人が大勢あつまって、なにやら騒ぎたてている。

「なにかあったのでしょうか？」不安げに楞子がいうと、

「ここで待っていてください。見てきます」

登がすばやく土手を降りる。楞子は草の葉に足をとられてようやく降りていく。

「どうやら水死体があがったようです」

「まあ、この寒いのに」

その頃には大勢の野次馬が戸板に寝かされた男女の水死体をかこんで、口々にうわさしあっていた。

「やれやれ心中だろうか。きのどくにな」

「だが若くはねえな。こんな年になっても心中なんて、よっぽどのわけがあったんだろうよ」

「いや、こいつが見ていたんだがね。最初は河原でいちゃいちゃしやがって、見ていられねえって顔をしかめていたが、そのうち女が小刀をふりまわして、それで男ともみあいになって、そのまま川べりを転落していったってことよ。だが逃げだそうとする男の足にしがみついて、川んなかにひきずりこんだのは、女のほうだってことですせ」

「ほんとか？　そりゃこわいはなしだ」

そのとき目つきの悪そうな男たちがかけつけてきた。

「どけどけ、見世物じゃねえ」

十手をふりかざして凄んでみせた。野次馬の背後からしきりと様子を見ていた梼子ははっとした。戸板の女の着物の裾模様が目についた。浅葱縮緬地に草花をあしらった模様、どこかで見たような……

「……おしのさん？」

梼子はあやうく息をのみこんだ。岡っ引きがふりむいて、じろりとにらむ。

「だれだ？　なんだ、尼さんか、手まわしがいいな」

「おしのさん！」

「知りあいか？」

「どうして、どうしてこんなことに……」

悲鳴をあげて椅子が取りすがろうとすると、岡っ引きの十手にはばまれた。

「尼さん、わるいが番屋まできてもらおう。男に見おぼえは？」

「どうも、山青堂の番頭に似ています」登がつぶやいた。

「ほう、お侍さん、この男ごぞんじで？」

「いや、たしかおやじ殿の家で見たことがある」

「おやじ殿？　そりゃ誰のことで？」

「とにかく山青堂さんに連絡してみたらどうです。それに尼どのは越前松平家ゆかりの由緒あるお方です。それを番屋になど？　そのまえに越前家にしかるべき手続きをされたらいかがかな」

登の言葉に、岡っ引きがくってかかろうとしたそのとき、背後から八丁堀の同心がにこやかに声をかけた。

「ご貴殿は？　なに田原藩のご家中、渡辺崋山殿。それは失礼もうしあげました。なにかおたずねしたいときは、こちらからお伺いさせていただきます。どうせ心中でしょう」

「おしのさんの死骸はどうなるのです？」

「心中ともなれば、お寺さんだってうけつけねえ」

「そんな、おしのさんは御家人加藤さまの奥方さまでした。少し前に亡くなられたそうですが、加藤家に問い合わせてくだされればわかります」

「しかしねえ、御家人の女房が、いくら亭主に死に別れたからって、すぐに他の男と心中ってのは、おだやかじゃねえ。お家じゃ引き取るわけもねえですぜ、ねえ、だんな」

岡っ引きが十手を頬にあて、にたにた笑いながら上目づかいに同心を見る。

「そういや山青堂の番頭って男、大店の銭をぬすんで逃げたって訴えもでている。こりゃ痴情のもつれっていうより、銭がからんでの人殺しかもしれねえ。見てくだせえ、男の首に小刀で刺されたような傷がある」

「というと、なに無理心中か。めんどうだな」

「旦那、あとのことは、あっしにまかしておくんなせえ」

同心が土手にあがると、岡っ引きがふたたび二人に近よってきた。登と椅子の正式な連絡先をかきとめると、

「おめえさんがたも何か知ってることがあったら、今のうちに白状しとくんだな。隠しごとをしたって、おれの目はふしあなじゃねえ。たといお侍さんでも尼さんでも、そんときはようしゃしねえ」ぺっとつばをはいた。

日本橋の大通りをさっきから椅子は口もきけずに歩いている。みかねて登が声をかける。

「萩どの、駕籠を拾いましょう」

「いえ、だいじょうぶですわ。それに蕎麦屋はすぐそこですもの。すこしあったまっていきましょう」

のれんをくぐると顔なじみの親爺が、

「まいど」いせいのいい声をはりあげる。

「どうぞ気のすむまで召し上がってくださいな。遠慮にはおよびません」

「それは、すまんです」

登は熱いかけそばのどんぶりを次から次へとたいらげていく。

「萩どのは食べないのですか？」

椁子は悲しそうな眼でうなづくと、ため息をついた。

「そりゃ親しくされていた方の、あんな惨い姿を見たら、なにも喉を通らないのはわかります。しかし食べなくては体がもたない。だいいち萩さまのせいで死んだのではないのですから」

「いえ……おしのさんを死においやったのは、私かもしれません。あのときなにがしかの金子を用立ててあげていたら、まさか死ぬ羽目にはならなかったかもしれない」

おしのが霊岸島の屋敷にたずねてきたのは、夏も終わりのことだった。御家人の亭主が任地の丹後から戻ってまもなく病でたおれた。あちこち医者にみせたが原因不明で、みるみる弱って明日にも息をひきとりそうなほど衰弱してしまった。あいにく夫婦には跡をつぐ子がいない。そんなある日、夫の叔父だという男がたずねてきて、おしのに離縁をせまった。今ならこの家の御家人株を、高値で裕福な町人にうりわたせる。実際にその町人との話もまとまっている。

「おまえさんは今でこそ御家人の女房だが、もとをただせば明神下の八百屋の娘じゃないか。亭主にもしものことがあれば家を継ぐ正当性にかける。それが嫌なら御家人株百三十両、耳をそろえて用意することだ。そうしたら、一族の誰かを養子にだしてやろう」

おしのの父親はすでに亡く、母親は先だって病で死んだばかりだ。ほかにこれといった身よりもない。

「たよるのは、瑞祥院さま、あなたさまだけにございます」

おしのに、よよと泣きつかれて梼子もこまりはてた。尼となると扶持米はわずか、両替商に手数料をはらって金にかえると、いくらにもならない。食べるのにやっとで、むろん貯えなどあろうはずもない。

たすけてやれるものなら……梼子がすまなそうに断わると、おしのは急に血相をかえた。美しい眼をつりあげ、青筋たてて、うってかわったようにののしりだした。

「瑞祥院さまは私ども町人のお味方と信じておりましたのに。でもやっぱり、武家のお血筋のせいでしょうか、いざとなると町人出のわたしどもを馬鹿にして。こんどのことだって、私が町人の出だというだけで武家である夫の身内にまで侮辱され、しいたげられる。そんな窮状をいくらうったえても、誰も、なんの手だてもしてくださらない。あなたさまは仏の顔をした、鬼でございます。あの世でも、きっとおうらみいたします」

梼子が声をつまらせようやく話し終えるまで、登は蕎麦に口もつけずに聞き入っていた。

「なるほど、そんな事情があったのですか。しかしそれは萩どののせいではない。百三十両ものの大金、おしのさんだって、まさか本気で用立ててしてもらおうなんて、思ってはいなかったとおもいますよ」

「おしのさんは、他にだれもたよる人がいなかったのでしょう。それで私にすがりついたのです。でも私は、見て見ぬふりをしたのです。鬼ですわ。本音は、かかわりたくなかったのですから」

「そう自分をせめるものではありません。悪いのは、なんくせつけておしのさんを追い出そうとした、その御家人の身内です。だが主人が死んで、その御家人株の売買で金をもうけようとは、まるで町人の発想だ。たしかに当節武家の暮らしは窮乏している。銭をにぎっているのは町人のほうだ。だからといって武家の誇りまで捨てるとは、なげかわしいことです」

尼になったとはいえ松平家の奥に奉公する以上、各藩のうわさがおもしろおかしく聞こえてくる。登の仕える田原藩も、財政は破たん寸前だという。そのため年ごろになっても藩主は嫁を迎えることもままならない。げんに家老の家柄なのに、登はいつも腹をすかせているではないか。

そういえば姉は面白い話をかいている。

芝にある諸大名の屋敷の前に、河内屋という薬種商があり、両替もしていた。

大名の中間、小者たちの大部屋に給金がでるやいなや、みな手に手に金をもって、河内屋で両替して、蝋燭をかう。そして夜をてっして博打をうつ。

翌朝河内屋に銭をもって金に換算するのは勝った者で、金を銭にするのは負けた者となる。そうしてまた夜通し博打をうつ。

こうしてにぎわうのは十日ばかりで、あとは静かになる。その結果、給金の半分すぎは両替の手数料、蝋燭代として河内屋にはいる。また河内屋の店の敷地は、公儀奥女中の化粧料の地なので、一ヶ月に七両二分の地代が、河内屋から大奥に届けられる。

この金は、奥女中の日用品代として町人にくだるのである。

椙子の話に登が白い歯をみせた。

「なるほど実にわかりやすい例だ」

「ええ、金のせかいをまわるさまは、滝のごとく、ただちにしもへしもへと落ち、また集まりて上に登るなり……姉はそうもうしますの」

「姉上の指摘は、てきかくだ」

「そう、武家たちの油断している隙をねらって、町人たちがその金をかどわかそうとしている。それに、姉は仙台藩や井伊家の奥奉公の体験からでしょうか、町家より奥奉公にでた美しい女は、必ずしも心が宜しくない。生まれたはじめから、仇敵と思う武家を混乱させるのが手柄と考えている、とも」

「うむ、だがそれはいささか一方的かもしれぬ」

「ええ、私も今まではそう思っていました。でも、おしのさんに言われてからは、姉のいうことにも道理がある。だって大火がおこるたびに物の値段がつりあがる。それも、この時とばかりに他人の不幸もかえりみず、自分の得になることばかり考えている、商人の損得勘定のせいですわ」

「だがすべての原因を町人のせいにするのは、どうかな。それより利をむさぼる商人に頭をかかえこまれている武家たちの責任のほうが大きい」

「それはそうですけど……たしか姉も、そんなふうなこと書いていましたわ。登さまと話していると、いつも不思議と姉を思いだします。姉はまちがえたかもしれません。姉の著作をまこと分かってくださるのは、登さま、あなたかもしれない……」

「いやおやじ殿はああみえても門戸はひろい。本居宣長に共感し、源氏物語の、とりわけ文章のすばらしさを堂々とのべて、儒者などからこっぴどく批判されている。しかもその博識は当代の学者にも匹敵するほどです。おやじ殿が姉上の著作にどんな論評をされたか、それは読んでみないとわからない。だが二十日もかけて姉上と対峙《たいじ》された。生半可のことではできないことです。まずは姉上に送られて、その判断をあおぐべきです」

登はそういうと蕎麦湯をうまそうにのみほして、手ぬぐいで顔をぬぐうと、

「萩どののおかげで、どうやら馬力がもどった。どうです。疲れているようなら、ひとつ背中にのりなさい。なに萩どの一人ぐらい、霊岸島まで背負ってもまいりましょう」

「まっ、あきれた。さっきまで腹の虫がぐうぐうなっていたのは、どこの、どなた」

笑いながら表にでると雪になっていた。恨めしげに空を見あげる椅子に登が傘をさした。

「蕎麦屋のオヤジが特別にと、かしてくれました」

いつのまに登は、そんなに仲が良くなったのか。

「絵ですよ。あの店に飾ってあった絵、あれは私のです。オヤジさん、ひどく喜んでくれて……すまんです。ときどき一人でも蕎麦にありついていた」

登は照れくさそうにいうと、傘をかたむける。

「尼さんと相合傘もおつなものですな」

「まっ、尼さんだけ、よぶんですわ」

それとも、おさきさんだったら、もっとよかった？　いいかけて、さすがに言葉をにごす。

それでも椅子の心はうるおっていた。このまま雪のなかを、どこまでも歩いていきたい。

大名屋敷の長い築地塀が見えてきた。そしていつもは何気なくくぐる屋敷の門が、居丈高にそびて

いた。栲子は登がさしかけてくれる傘のなかで、体をふるわせた。

「なんだか、背中がぞくぞくして……」

「えっ、そりゃいかん。気がきかずに、風邪をひかせてしまったかな」

あわてて傘を、ぐいとかたむける。

「ええ、ええ、風邪をひいたら化けてでますわ」

「そりゃかんべんしてもらわんと、おやじ殿は妖怪やら化け物は大好きだが、私はいささか不得手で……」

「これで、お別れですわ」

そのとき不意に屋敷の松の枝から鳥が飛びたった。鋭い鳴き声に登は、

「えっ、なんですか？」

「なにも……」

「百舌鳥ですな」登はそういうと、鳥が飛びたった空を見あげて、栲子に笑いかける。

「ではいずれまた。姉上によろしく」

登の姿が築地塀をまがるまで、栲子はぼんやりながめていた。不意に涙がこみあげた。

「かい鳥……」

百舌鳥の鳴き声は、栲子に姉を思いださせた。どうじに馬琴への怒りがこみあげてきた。

十七

文政六年（一八二三）十二月二十五日明け方ちかく、真葛は半鐘の音で眼がさめた。

廊下にでると女中たちが右往左往している。

「いかがいたした？」真葛は廊下に冨美の気配を感じて、いぶかしげに問う。

「大名小路、片平丁あたりから真っ赤な火柱がふいておるようでございます」

片平丁といえば大身の武家屋敷が建っている。木幡家は近くの柳町に屋敷を構えていた。

「いま家の者たちが様子を見にいっております」

真葛はすばやく身づくろいを整える。

庭にでると雪はやんで、空気は乾燥していた。しかも北東の風が強くふいている。

そこへ様子を見にいった郎党たちが次々戻ってきた。

「火は六軒町、七軒町、田町方面にむかっております」

「いや、すでに染師町角から荒町、谷地小路角にまで燃え広がっております」

「木幡さまのお屋敷はいかがじゃ？」冨美がきっとした声をあげる。

「それが……火の勢いがものすごく、近づくのも危険でござりして……」

「なんと……ほかならぬ木幡家は亡き殿の弟君の養子先、分からぬではすまされぬ」

「はっ、もうしわけございませぬ。ただちに確かめてまいりまする」

郎党どもが蜘蛛の子を散らすように出かけていくのを眼でおって、冨美は真葛をはげますようにいう。

「奥方さま、おそらく火は木幡家にはおよびませぬ。お城下の火事のことは、この冨美が知りつくしておりまする」

冨美は力をこめて言うと台所にかけていった。たしかに仙台にきて、真葛は火事の少ないのにほっとした。江戸ではしょっちゅう火事騒ぎで生きた心地もなかったのに、仙台城下では昨年の出火が、真葛が嫁いで初めてのことであった。そう思いながら冨美について台所にいそぐと、竈にふいごで火をおくるもの、炊きあがった米をすばやく握るもの、そのかたわらでは下男たちが甕になみなみと水をはこんで、大八車にくくりつけている。冨美の声がひときわ高く聞こえてくる。

「さあ、準備はととのいましたか。まずは木幡さまのお屋敷にとどけるのじゃ」

そのとき様子を見にいった郎党たちが、あたふたとかえってきた。冨美は彼らから話をきくと真葛に伝えた。

「奥方さま、ごあんしんください。どうやら火は柳町をとおりぬけたかもしれませぬ」

「では駕籠の用意を」

「いま、なんと?」

「駕籠じゃ、木幡さまへ見舞いにまいる」

「なにを申されます。風の向きが変われば危のうござります。しばらくお待ちください」

冨美は毅然と真葛をおしとどめると、ふたたび家来たちと火事の動向を確かめにいった。

そのなれた様子を心強く思いながらも、真葛の気持ちは次第に落ち着きをなくしていた。南の空を焦がす真っ赤な炎を見ているると、なにやら不吉なことの前触れにおもえてならない。柳町の木幡家に類焼でもしたら、それに四郎右衛門のご家族に災難がふりかかったら……そうおもうと、いてもたってもいられない。だいいち死んだ伊賀にたいして何ともうしひらきできようか。只野家の家刀自《いえとじ》として面目もない。

真葛は座敷にとってかえすと、内掛けを脱ぎすてた。それから雪靴をはくと、だれにも見られぬよう裏木戸をくぐりぬけた。

まもなく人でごった返す大橋をわたる。胸の動悸が高鳴って息苦しくてたまらない。供もつけずにたった一人で屋敷を出るなど、これまで一度としてなかったから。

ようやく大町通りにでた。通りは人の洪水でごったがえしていた。野次馬にまじって荷物を背負った町人や大八車に家財道具をのせた罹災者らが国分町や立町、肴町へとむかっていた。

真葛は片平丁に向かった。なれぬ雪靴のせいか、思うように動けない。肩をおされたり、背後から小突かれたり、その都度真葛はとほうにくれたように道端にたちすくんだ。

やがて大きくくねった広瀬川の河原が見えてきた。焼けだされた人々があちこちで震えながら呆然としている。中には煤だらけの顔をむけて河原にしゃがみこむ武家風の若い娘の姿も見られた。可哀そうに、でもとにかく今は木幡家の無事を確かめずにはいられない。柳町にいこうと夢中で広瀬川の河原の雪道を歩いていく。ところが人の群れはおそろしいほど膨れあがって、やがて身動きもとれなくなってしまった。

左手にある火元の片平丁の大身の武家屋敷をみると、なおも火の勢いはやまず、すでに焼けて崩れ落ちた屋敷も見える。風向きがわずかに西に移ったせいか火の粉が飛んでくる。

真葛は一瞬荒々しい怒声に立ちすくんだ。

「なにをぼけっとしてやがる。どいた、どいた」

ふりむくと背後に大八車が迫っていた。あわててよけようとして雪のふきだまりに足をとられた。

真葛は恐怖にひきつった眼で男たちの一群を見た。目の前を男たちが懸命に荷車をひいていく。そのわきには泣き叫ぶ赤ん坊を背負った女たちが、よろよろと雪道をふみしめる。

真葛はこづかれ、とうとう雪の積もった河原のぬかるみにうずくまってしまった。

そうして雪や泥にまみれた顔をあげ、行きかう人々の殺気だった姿をながめていると、いいようのない無力感におそわれた。

そうだ、馬琴が指摘したとおりかもしれない。

この人々を救おうなど、たとえいつわりのない心で願ったとして、なんら具体的な行為もともなわない以上、ただの思いあがりといわれても仕方がない。

馬琴から一四〇枚にもおよぶ『独考論』を送られ、真葛ははやる心をおさえかねて、ただちに文机にむかうと、よみはじめた。

だが冒頭の一行から、あまりの衝撃に頭のなかが真っ白になった。苦痛をこらえて先をよむが、馬琴の理路線然とした批判のまえに、行きつ戻りつ、焦慮しつつ、はては針のむしろに座らされ、全身の皮膚がつき破られるような激痛におそわれた。

冨美が食膳をはこんできても、

「すまぬが食がすすまぬ。あとにしておくれ」

そういうと、煙管に火をつけて、いらいらと煙草を吸いたてる。

「お身体にさわります」

冨美がぶつぶついうが、真葛は無視した。人一倍他人には気をくばる真葛の気性を知っているだけに、冨美もただならぬ気配を感じて、おとなしくひきあげた。

やがて行燈の油がきれた。闇がひろがった。真葛は息をつめて、闇の中で自分の眼の光だけを感じていた。そうして馬琴のいう批判の意味を、もう何度もおなじことを、くりかえし考えつづけた。そうして身体をぶるっと震わせた。

何ということだろう。自分はあまりに無知だったのか！

長い間思いつめてきたことが、何の役にもたたない、ただ自身の高慢だと決めつけられた。幼い頃からあれほど熱心に持ち続けた、世の中のためになることを一つでも二つでもしたい。その思いは年をとって薄れるどころか、ますますはっきりと自覚されているのに、それすら独りよがりの思いあがりといわれては……

豊かな知識に裏付けられた馬琴の批判のまえで、真葛は激しく混乱していた。

すると、ふたたび恐ろしい懐疑にとらわれた。

自分はなんのために、これまで生きてきたのだろうか？

自分とは一体何者で、どうしてここにいるのだろうか？

それを知らずにこのまま生きることは、とうてい不可能だとおもわれた。

こうして自分の生命の目的も理由も正体もわからぬまま生きていることに、真葛は激しく葛藤し、ついには耐えられなくなり、気も狂わんばかりに憔悴していった。それでもはっと気づくと、ふたたび気力を振り絞って、そこから脱出しようともがいていた。

『独考』をあらわして、一旦は生きる方向を見出した。

そのよろこびも、馬琴の不断の努力に培われた学識、一貫した論理で、木っ端みじんに打ち砕かれてしまった。しかも真葛が体験した「さとり」は、仏法でいう「さとり」とは根本から違う、ただの思いあがりであると、一蹴《いっしゅう》されたのだ。

たしかに自分は父からいわれて漢文も儒学、仏教も正式には学べなかった。

それは新しく知識を吸収し、思考を組み立てるのにずいぶんと不自由でもあった。

そのことは『独考』を書きながら、骨の髄まで身にしみて感じたことでもあったから、馬琴の批判にも一理あると納得できるのだ。

それに自分の周囲にいる、自分が信頼し愛した人々は、儒教を信奉してひたすら善の心で生きていた。自分の命までなげだして患者を救おうとした源四郎、それにわずか五ヶ月しか守役をしなかった主君を、守るかのように死んでいった伊賀の忠節……

彼らの死が儒教に殉じた結果だと、それも自分が考え出した天地の間の拍子にあわないせいからだと、切って捨ててしまったのは、やはり自分の思いこみが強すぎるせいかもしれない。考えようによっては日本人が古来もっている正直の心とは、彼らのような無私の行為のなかにこそあるのだから。

そう思うと馬琴の怒りもわかる。彼自身みずからの欲望の激しさに苦しみぬき、そのため学問を修養することで自ら律してきた。彼の戯作が、多くの大衆を魅きつけ、少なからぬ影響をあたえているのは、彼の不断の努力への共感かもしれない。

それにくらべて自分はどうだろう？　なにひとつ有為なこともせず、のうのうとただ生きてきただけだ。源四郎の行為を批判する資格など、どこにもなかったのに。

真葛はおりからの風にあおられるように、河原の葦に足をとられた。あやうく尻もちをつきそうになり、逃れようと広瀬川の浅瀬に手をついた。

川の水は凍てつくように、痛い。

そうだ、このまま生きていても何の役にもたたないのなら、いっそ死ぬしかない。

ふらふらと歩きかけた真葛の背後で、女の悲鳴がした。みると、家財道具をつんだ荷車が不意にかたむいて、三歳くらいの男の子が車輪の下に投げだされていた。

母親が金切り声をあげて車輪に突進した。子どもは怯えて泣き声もでない。

荷台をひいていた男たちがようやく気づいた。彼らは車をおしあげようと怒鳴りちらす。ところが車輪がぬかるみにはまって、びくともしない。

「だれか、たすけて！　このまんまじゃ、この子、死んじゃうよ」

「早くしねえと、足がくだけちゃうぜ」

母親は泣き叫んで車輪の下にもぐろうとする。それを男たちが後ろからはがいじめにする。子どもは青くなって、ぐったりしたままだ。

「枕木をあてて車輪をぬかるみから出すんだ」誰かがわめいた。

「そうだ。材木だ、板っきれをさがしてこい！」

ようやく木の枝をもって男たちが車輪の下にもぐりこむ。

枕木をいれて男たちが必死で声をかけあう。すると近くで見ていた男たちが一斉に車をもちあげる。かけごえとともに車輪がすこしずつあがった。

「よし、そのまま持ちあげろ！　そうだ、その調子、そうっと、そうっと、だぞ！」

わずかに隙ができた。母親が狂ったように車輪の下にはいつくばる。

泥だらけの男の子におおいかぶさると、胸にだいて、悲鳴をあげた。

「この子、いき、してない！」

「医者だ。はやく医者のところへ」

「おっかさん、俺の背にのっけろ。おれたちが医者のやろうまで運んでやるぜ」

彼らの一群が疾風のようにかけさると、河原の人々の輪から最初は遠慮がちにぱらぱらと、やがてどっと歓声があがった。

それも一瞬で、彼らは勢いをまして染師町から荒町までひろがる猛火をみると、ぞっとしたように首をすくめて、あわただしくかけだしていく。河原はふたたび混乱して、ごったがえした。

「やい、どきゃあがれ！」

「なんだい、あんた、いいとこの奥方だろう？　わざわざ火事場まで、他人の不幸を見に来たってわけかい？」

「ちょっと、この奥方のお召し、藍染だよ」

「ほんとだ。こりゃ本物もホンモノ、七宝模様の手描染めだ」

真葛は町人たちの好奇な視線にさらされ、身をすくませた。そのとき背後から思いっきり腰をつきとばされ、真葛は河原につきたおされた。

「ざまあみやがれ」

罵声とともに、どこからともなくこぶし大の石が、真葛めがけて投げつけられた。

とっさのことに真葛は身体をこわばらせたまま、呆然とすくんでいた。

そのとき黒い塊のようなものが真葛の身体に突進してきた。

ぎゃあっ！　するどい悲鳴がした。みると若い女が顔をおさえて、うずくまっていた。

「誰か！　だれかおらぬか」真葛は女のわきにしゃがみこむと、金きり声をはりあげた。

ところが群衆は取り囲んでみているだけで、誰一人として近寄ろうともしない。

真葛は女を抱きかかえる。額からふきだした血が目から頬に……不意に右目の下の黒子がみえた。

「おまえは？……おお、額が裂けて顔中血だらけじゃ。誰か！　だれかおらぬか！　医者を、医者をよんできておくれ」

遠巻きにしていた群衆の中から動揺がおきた。彼らは蜘蛛の子を散らすように逃げだしかかった。

そのとき遠くから、侍たちが声高に叫びながら、大勢の群衆をけちらしてきた。

「義姉上！　ご無事でしたか！」

みると木幡四郎右衛門が、背後には屋敷の郎党たちをひきつれて、駆けつけてきた。

「義姉上、なんという無茶をなされます。屋敷から使いがあり、あちこちお探しもうしておりました」

「四郎右衛門殿、お屋敷は？」

「さようなことを。ご心配おかけいたしましたが、屋敷は類焼をまぬがれ無事です」

「それはよかった。おお、それよりこの娘を、はやく医師のもとに」

「これは？」

「わたくしを、わたくしをかばって」

「これはいかん！　額から出血がひどい」

四郎右衛門は娘をだきかかえると、眼をむいた。

「加乃？　加乃ではないか！　しっかりするのだ、とにかく医者に」

だきかかえて立ちあがろうとすると、加乃が四郎右衛門の袖にしがみついた。

それから天をあおぐと、血まみれの眼もとに微笑を浮かべて、右手の親指、人差し指、中指の三つの先を、物をつかむようにあわせ、まず額にあて次に腹にあて、それから左右の肩にあてる奇妙な仕草をすると、満足したように、がくっと首をおった。それをみた四郎右衛門の顔に、驚愕の色がはしった。

「加乃！　死んではならぬ！」四郎右衛門の声に、真葛は意識をうしなった。

全身が炎に焼かれたように、熱い。熱くて熱くて気が遠くなるようだ。それにしても自分を助けたのが加乃だったとは……でもあの娘が、どうしてここに……火事場になど、いたのだろうか？　それでも真葛は朦朧《もうろう》とする意識のなかで、しきりにさけんでいた。

「加乃！　おお、加乃、無事でいておくれ……」

頭の中は火のように熱いのに、全身を流れる汗は凍りついたように冷たい。むりやり駕籠にのせられ屋敷に到着したが、半ば昏睡状態で、意識ももうろうとしていた。

ただちに医師がよばれた。ここ数日がヤマだと告げられると、四郎右衛門は蒼ざめた。

「義姉上は、わたしどもを案じてみずから火事場においでになられた。それでこのようなことになられたのです」

「そうでしょうが、ともかくここは富美にまかせて、お屋敷にお戻りくださいまし」

「そうか、すまぬ」

四郎右衛門は屋敷にもどった。案の定、妻のヨ子《よね》は方々からやってきた火事見舞いの客の応対で、きりきりまいしていた。

五日ほどして真葛の熱がさがったと富美が知らせてきた。四郎右衛門は真葛のもとにかけつけた。

座敷にはいると蒲団はもぬけのからで、みると真葛は縁側にうずくまっていた。

「義姉上、おかげんはいかがですか」

四郎右衛門は背後から声をかけようとして、ぎょっとした。真葛がぶつぶつつぶやいている。

「なつかしいのう。はじめてこのお屋敷に嫁いだ年、糸車をならった……かれこれ三十年も昔のことになりましたなあ……」

四郎右衛門がちかづくと、真葛は細い糸をよりあわせて、ひたすら糸車の枠に巻いていた。冨美が

そっと近よってきて、

「奥方さまは加乃の死の衝撃に、すっかりうちのめされて、ああして一日中糸車をまわして……」いたましそうにつぶやいた。

「おう、ようやくこれだけできました。それにしても、はじめて触れた時は、繭を煮てとりだした繊維のあまりの細さに手こずったものです。ようやく数条撚りあわせて細い糸にしてほっとしていると、糸はきれてしまう。それをていねいに重ねすぎると、こんどは節だらけになってしまうのですもの……」

「義姉上……」

真葛はふりむいた。四郎右衛門の視線にはにかむように首をかしげると、微笑んだ。

四郎右衛門は眼をむいた。なんということだろう。豊かな真葛の黒髪が、灰をかぶったようになっている。

「あいすみませぬ。かようなご心配をおかけして。木幡家が無事であったのは、義姉上のやさしいお心づかいとしかおもえません」

「なんの……わたくしは、なにも、ほんとうに、なにも、……できませんでしたから」

真葛はおくれ毛を気にして、指でなでつけながら、さみしげに四郎右衛門を見た。

彼は真葛のあまりの変わりようにおどろいた。

彼が知っている義姉は、お世辞にも美しいとはいえないが、快活で、生気にあふれていた。それにどんな話をしても、すべて耳を傾けて熱心に聞いて、意見を言ってくれるので、それ自体が特別な意味をおびるように感じられたものだ。

だから自分たち兄弟は、兄によばれるのを内心では楽しみにしていた。そうしておのおのが、自分の知っている話を得々として語ることで、義姉の気を無意識に惹こうとしていたような気がする。義姉は、どんなたわいな話にも熱心に聞きいって、うなずいたり、唇をかんで考えこんだり、納得いかないときは口をとがらせたり、最後の結末では不思議そうに首をひねったりした。江戸では有名な工藤家の出だというので自分たちは緊張もし、馬鹿にされまいと気負っていたが、すべて意味のないことだった。

江戸の開明的な工藤家の様子や、訪れる人々の層のひろさ、さらには阿蘭陀通詞や江戸の蘭学者たちとの豊かな交流など、義姉の率直な語りぶりで聞かされると、まるで自分がそうした人々と一緒にいるような親しみさえおぼえたものだ。

それも時おり、顔をしかめて、きゅうに厳しい表情になる。兄がいうのに、江戸の父君やきょうだいたちのことを案じるあまり、くやしくなるのだという。

義姉には生まれ育った家の開明的な影響からか、深い知性と教養があった。それにもまして気どったところがなく、おどろくほど率直だった。しかも、その物の見方は独特で、たとえのおもしろさには、みな腹をかかえて笑ったものだった。屋敷内でも女中や侍、下男たちまでに気さくに声をかけ、彼らと談笑していたと兄から聞かされると、それも当然だとおもえた。いまおもうと、兄伊賀もふくめて自分たち兄弟は、不思議なほど彼女に魅了されていたようだ。そのやや抑えたような話しぶりや、好奇心にかられると熱をおびてきらきら光りだす眼でみつめられると、内心ではうれしさのあまり心がふるえ、そう思う自分をゆるせないでいた。……それが、なんという変わりようだろう？

背をまるめて糸車をまわす姿は、白髪のせいか、ひとまわり縮んだ老婆でしかない。そうして気ぜわしく口もとを震わせて、ぶつぶつひとり言をいう。

これがあの賢いと、ひそかに憧れた義姉だろうか？

四郎右衛門は肩をおとして座敷を出ようとする。すると真葛の声がした。

「四郎右衛門どの、なにかわたくしに話があってまいったのでは……」

十八

四郎右衛門は観念したように真葛の前に座りなおした。それから加乃の生い立ちを、ぽつりぽつりとしゃべりだした。

加乃の父親米沢作左衛門は、木幡家が所領とする孫沢地区を管理する村役人だった。養子にはいって五年目の秋、四郎右衛門ははじめて家来の案内で孫沢の山の中にはいった。ところが熊にでくわした。あわてた家来は足をふみはずして崖下に転落、四郎右衛門は恐怖のあまり立ちすくんでしまった。もうだめだ、かんねんしたとき、鉄砲の音がした。四郎右衛門は九死に一生をえた。それが加乃の祖父だった。

「その子の作左衛門と私はともに十五歳、孫沢にいくたび二、三日は泊るようになり一家とは親しくなった。まもなく太郎という長男も生まれた。数年して訪ねると女の子がいた」

作左衛門の女房が女の子をほしがっていたので、よかったな、声をかけると、

「なに、加乃は山ん中から拾ってきた」そっけない返事がかえってきた。

その加乃が十二になったとき、納屋から火がでた。あっというまに母屋に燃えうつり、家は全焼した。焼け跡から作左衛門と妻、それに太郎の遺骸がみつかった。

加乃は、家の表で気をうしなっていた。

似ている、金弥のときと、あまりに似ている。真葛のけげんそうな表情に気づいて、

「いや当然ながら、火事の原因は調べました。ただ近所に家もなく、目撃者もいない。生き残った加乃の証言だけが決め手でござりした」

四郎右衛門はそういうと、襖の外をうかがうように声をひそめた。

「太郎が加乃を好いている。それはわたくしにも分かっていた。というより太郎は自分の気持ちを隠そうともしなかった。太郎は当時十九、嫁にするなら加乃ときめていた。ところが……」

父親は猛反対したという。癇症もちの太郎は激怒し、家の中でも暴れるようになった。火事の前夜、加乃は太郎からうちあけられていた。屋敷に火をつけるから、そのどさくさにまぎれて出奔しよう、と。

「作左衛門の父親に命を助けてもらった恩があります。それに加乃には身よりもなかったので、一旦は木幡の屋敷に引きとったのですが、女中らの中には加乃との仲をあれこれ取りざたするものもいて、やむなく義姉上のもとに預かっていただいた、ということです」

それだけいうと四郎右衛門はほっとしたように茶をすすった。

「でもなぜ、作左衛門殿は二人の結婚に反対したのでしょう？　それといまわの際に加乃がした奇妙なしぐさとは、なにか関係があるのでしょうか？」

四郎右衛門は、湯のみをおとした。

「以前、これと似たようなことを読んだことがあって、なかなか思いだせずにいましたが、気づいたのです。あれは、オロシヤの庶民がキリシタンの神をあがめる動作と、そっくりなのです」

そういうと真葛はたちあがり、書棚の中から大槻玄沢の『環海異聞』『北辺探事』という書物をもってきた。

「これは玄沢殿が、かつて仙台の漂流民若宮丸号の乗組員から聞きとり調査して仙台藩に提出したものです。伊賀殿が、江戸からもってきてくれたのです」

「兄上が、かような書物を？」

四郎右衛門は疑わしげにのぞきこんで、真葛の真剣な眼とあうと、眼をそらした。

「これによると、『ロシア総州崇拝の宗旨は一向の切支丹宗門』であり、『寺々にある本尊ともいうべきもの』の像は、『長崎にて踏み絵ということおおせつけられしものに全く同じ』である。さらに彼らの一人が入信していた新吉から聞いた『ケレシトウ（キリスト）やその教義、布教などから、カトリックの総本山ローマはオロシヤ宗旨の祖国なるにや』と推定される、とも書いてありました」

真葛は四郎右衛門の眼をひたと見すえると、玄沢の情報をかいつまんで話した。

つまり、オロシヤの国王は一向宗の祖のようであり、オロシヤの国民の大部分はキリシタン宗門である。人の亡きがらを納める寺めくものはかれ是あるが、一宗ゆえに争うことはない。そうしてオロシヤの庶民がキリシタンの神をあがめるさまをよみあげると、四郎右衛門はぶるっと顔をふるわせ、畳に肘をついた。

「もうしわけございませぬ。加乃のことを黙っておりましたのは、作左衛門のたっての願いで。……加乃は、孫沢の山の中に捨てられていた、もちろん両親が何ものか、一族がだれなのか、わからない。おまけに五歳の幼児は自分の名も知らず、しばらくは誰とも口をきかなかった。たぶん強い刺激をうけて、これまでの記憶をなくしていたのかもしれません。ただ……」

「ただ？」

「加乃が七歳になったとき、作左衛門の女房が加乃の着物をほどいて洗い張りをしようとしたら、襟の中に古びた布きれが縫いこまれていたのです」

四郎右衛門は冷や汗をぬぐうと、懐中をまさぐり、布のきれはしをとりだした。

「これは？」

「さあ、ところどころ墨の文字もかすれて、なにやら呪文のようでござりしが」


——憐みのおん母、……この涙の谷にて呻き泣きて御身に願いをかけ奉る。……またこの流浪の後は、御胎内の貴き実にておはしますゼウスを我等に見せたまへ。深き御柔軟《にゅうなん》、深き御哀憐《あいれん》、すぐれて甘くおはします童身マリヤかな。


「作左衛門の女房がとぎれとぎれ読むと、加乃は、突然ひざまづいた。それからあの奇妙なしぐさをした、そうして囲炉裏の火を見ると、火がついたように泣きだした……なにか、記憶がよみがえったのか、それからは夜になると、寝床でこの呪文をとなえていたそうです」

四郎右衛門の顔は、いまや蒼白だった。

「あいすみませぬ。加乃を処分せず、屋敷にかくまっておりましたのは、私の一存にござりした。それも一命を助けられた作左衛門の父への恩義でござりしが、私自身、加乃が不憫で、助けられるものならかくまってやりたい、その思いもござりした。かくなるうえは只野家のご当主にも事情をうちあけ、潔く身を処する覚悟にござります」

「四郎右衛門殿、はやまってはなりませぬ。加乃のことは、誰にも口外いたしません。それに加乃がなにを信じて生きてきたのか、そのこと自体で罪を問われるほうがおかしい。ですが、……正直、意外でした」

「それは、私も」

「いいえ、私が言いたいのは、みちのくの昔話には儒教、仏教の影響があまりみられない。それは、近畿では人口二百に一寺あるのに、みちのくでは二千にて一寺あり、という稀な土地柄のせいか、そのぶん宗教色も薄いのだろうと思っておりましたから」

「たしかに。しかし古来みちのくは追放の地でござりした。幕府がキリシタン禁制を強化すると、西国たちの信者が多くみちのくに逃れてきたと聞いております」

四郎右衛門はごくりと生唾をのむと、観念したようにしゃべりだした。

「そうした信者の中に、備中からきた製鉄師の千松兄弟というのがいた、というよりみちのくでは伝説になっております。彼らは戦国で荒れた田畑やあいつぐ凶作で飢えに苦しむ人々を見て、何とか救済したいと考えた。そこで兄弟は、この地が海岸といわず丘にも山にも砂鉄が豊富に埋蔵されていることに目をつけ、砂鉄の生産をおもいたった。つまり、みずから烔屋《とうや》をつくり、その中でキリストの教えを語りきかせた。鉱夫らは、あるまじないを唱えると鉄がよく溶けると、本気で信じたようなのです」

「宣教師ではなく、ふつうの製鉄師が布教を？」

「はい、広瀬川で殉教したソテロの何十年も前のことでござりした。鉱山はみるみる広がって、登米、本吉、東磐井、西磐井の一帯で働く人は、千人をくだらなかったともいわれております。それに鉱山の中は役人の目もとどかず、信仰を守るには都合がよかったようで。さらに津軽藩、南部藩は禁制もゆるく、追放者には寛容だったのです」

「さようなことが、このみちのくで……、すこしも知りませんでした。わたくしはただ仙台藩の藩祖伊達正宗公がキリシタンには理解があった。それゆえ支倉常長《はせくらつねなが》殿をイスパニア、ローマに派遣されたとは聞いておりましたが。ただ正宗公の場合も、純粋な信仰というより、南蛮貿易の利益をねらってのことでしょうが」

「義姉上のもうされるとおりにござりした。とくに、その正宗公にも一目おかれたキリシタン武士の後藤寿庵殿が胆沢郡を治めてからは、宣教師の指導のもと、湿地帯が多く水はけが悪かった見分地区に堰を築いたりして、みるみる豊かな水田に変わっていったものですから。さらには人格的にもすぐれていた寿庵殿を慕って、見分では多くの人々が信者になったようです」

「それで寿庵殿は？」

「はい、幕府の切支丹禁制で、寿庵殿のご一族は南部に追放されたと聞きますが、誰もその最期は知りません。その後仙台藩は、胆沢郡一帯の信者衆およそ百二十人余を捕え、みせしめに残虐な処刑をし、彼らは全員壮烈な殉教をしたようです」

「なんとむごいことを。でも今になって、なぜ仙台藩はそんな大規模な弾圧をしたのでしょうか？」

島原の乱が鎮圧され百年近くも経っている。誰もが忘れたこの時期に、遠いみちのくで、一途に切支丹の信仰を守る人々がいたという。さらには彼らに加えられた弾圧の惨たらしさ、そして加乃の信仰のことをおもうと、真葛も考えが定まらなかった。

「加乃の一族も、おそらく殉教したのでしょうか？」

「それは？　ただ孫沢には古くから信者が多くおりました。木幡家の初代筑前夫人もキリシタンであったと。しかしこれは正宗公の時代で幕府もご禁制にはしておりませんでした」

「そうですか。それにしてもキリシタンとは、生まれてまもない赤子でも信者にするのでしょうか？オロシヤのように一国すべて一向宗であればうなずけますが、日本ではご禁制のキリシタンですのに……それがまことの親の愛というものなのでしょうか。しかも西国のキリシタンが大名や権力者の庇護のもとに布教してきたのとは違って、このみちのくでは、製鉄師が貧しき人々にまず利をみせて、下々の人々の心をとらえて、信者にしてきた……。わたくしには今一つ納得がいかぬ。たしかにみちのくは貧しい。それにこの地に語りつがれた話には、儒教や仏教の影響がおどろくほど少ない。それもこの奥深い自然では、人間も獣も自然とともにしか生きられない。つまり神々は、あらゆる場所に誰のところにも在った……こんな宗教的には無垢な土地柄に、強烈なキリシタンの教義が石清水のように滲みこんだとは、にわかには信じられないのです」

真葛は自問するように論をおしすすめていく。

「たしかに」

四郎右衛門は力なく返事した。彼は妻のヨ子《よね》にきつく言い含められてやってきた。

孫沢地区を所領する木幡家にとって、加乃のことで痛くもない腹を探られるのは迷惑だと、はっきり言われてきたのだ。四郎右衛門にも負い目があった。金弥の死で加乃の処分をいわれた。にもかかわらず彼は加乃を屋敷から追い出すことができなかった。作左衛門から頼まれたこともあるが、内心では加乃が憐れで、ためらっていたのだ。それが今回の火事さわぎで、妻に知られてしまった。

あの晩、一斉に火の手があがった。火事は意外に近く、夜空は真紅に燃えさかっていた。四郎右衛門は急に気になって加乃の姿をさがした。下女部屋にも台所にもどこにもいない。「加乃はどうした!」四郎右衛門の剣幕に、台所の隅にかくれていた下女が、彼女は火をみると、突然泣きわめいて表へ飛びだした、と、おそるおそるいった。

四郎右衛門は夢中であとを追った。そうして河原で、倒れている彼女を見つけたのだ。

妻のヨ子は、彼が加乃をかくまったことで疑惑にかられたようだ。妻の直感に四郎右衛門はぞっとした。

四郎右衛門は、ひとりになった十二歳の加乃の手をひいて、木幡の屋敷にきた日のことを思いだしていた。湿って暖かな少女の指がからみつく、そうして自分の袴をきつく握りしめていた。ところが女中部屋に入れようとした途端、いきなり四郎右衛門の片脚にしがみついて、顔をまっすぐあげると、目もとに謎のような微笑をうかべた。四郎右衛門は思わずどきっとして、体をひいた。

その加乃も死んだ。だが藩から拝領した孫沢地区のキリシタンは百年も前に掃討されたはずである。それが加乃のことで、あらためて問題とされたら、事は切腹ではすまぬ。

頭がずきずき痛んできた。四郎右衛門はしわくちゃの懐紙を額にあて、こすりだした。

「これは、あいすみませぬ。ながながとお引きとめいたしました」

真葛は四郎右衛門の困惑ぶりに気づいて、やさしく微笑んだ。

「いや、義姉上、私にも加乃がどんな邪宗を信仰していたかは分かりません。ただ一つはっきりしているのは、あの日の行動です。おそらく無意識に両親の殉教の光景の記憶があってか、火を見るとおびえて表へとびだした。ですが女中が、奥方さまが木幡家の無事を確かめに屋敷をでられた、そう告げたのを耳にして、加乃の心に義姉上への御恩がよみがえった。河原で投げられた石に、みずから体当たりしたのも、すべて義姉上をお守りする一心で、それはキリシタンの信仰というより、かつて女中としてお仕えした、その忠誠心にほかなりませぬ」

真葛はそれにはこたえず、立ちあがった。あの日、まるで何かにせかされたようにまとっていた内掛けをぬぐと、表に出た。どんなお召しをまとっていたのか、気にもとめていなかったのだが。どうやらそれは七夕の日のために加乃が冨美のために縫ったものだった。加乃の事件があってから、冨美はその着物を身につけるのがつらいと、真葛の衣桁にかけていた。袖をとおすと着心地がいい。それで普段内掛けの下に身につけていたのだ。

加乃は、それを着た真葛が広瀬川にむかうのを、おそらく偶然見かけたのだろうか。加乃は冨美の後を、夢中でおいかけた……そう、加乃が救おうとしたのは、冨美なのだ。

「四郎右衛門殿、お心づかい痛み入ります。私は一度気になると、とことん考えずにはいられない性分のようです。でも、ヨ子さまには、どうぞご安心くださいと。加乃や、ましてやご禁制のキリシタンのことを、これ以上詮索するつもりはございませんから」

やれやれ、義姉上にはなにもかも見透かされておる。四郎右衛門は真葛の勘の鋭さに感嘆し、もう少し長居したかったが、妻の機嫌をそこねてはと、退散することにした。

十九

ひとりになると真葛はぽつねんと机の前に座った。

加乃の命を奪った、あの日の河原のいまわしい光景が、脳裏に浮かびあがった。

あのときの子どもはどうなったのだろうか？　うんよく命をとりとめてくれただろうか？

母親は髪をふりみだして、気がふれたように車輪の下の子どもの足を引っぱっていた。

たとえ息をしていなくとも、母親は子どもの死など、とうてい信じられないのだ。

あの瞬間、真葛は照子の子、藤平のことを思いだしていた。手をきつく握りしめ、ただ、無我夢中で、祈っていた。

その直前までは、たしかに広瀬川に身を投げようと、死を覚悟していたというのに。

これ以上生きていても何の役割もはたせない。だとしたら、自分にのこされた唯一の自由は、この世をさることでしかない。それが生きもせず死にもせず、無為な日々をおくる自分が選択しうる最後の希望、いや絶望かもしれない、そう頭の中では思っていた。

そうして上等で暖かな着物を自らぬぎすてて、裸同然の状況で、極寒の広瀬川にさらされていたのだ。わかっていることは、自分が、ただ確実に、苦しみつつ死んでいくということだけだった。それはみずからの無知に苦しむあまり、永遠の時間のなか、無限につづく物質のなか、無限の空間のなかに、泡のように存在する自分を埋もれさせてしまおう、そうした試みでもあった。それがどんなに身勝手でひとりよがりの卑怯な行為か、残酷な悪なのか、頭の中でははっきりと、屈すべきではない、そう警告しているのに、それから逃れようとすると、またもやある一つの行為しか思いつかなかった。

これらのいまわしい悪の連鎖から逃れるたった一つの手段は、命をたつことでしかない。

それが、あのときの半狂乱で子供を救おうとする母親を見て、自分の心に理性ではとらえられない知恵を、はっきり知ったのだ。そうして、無意識に、ただ祈っていた。

祈っているあいだは、信じてさえいた。人の心を善にみちびく法則を、全身に感じていた。この貧しい人々をささえている生活のすべてに共感して、彼らと一体となった気がしていた。

それが突然の悪夢のような出来事で、あのときの自分の気持ちは果たして真実であったのか、疑問にとらわれた。加乃の命をうばった無法に、あの瞬間真葛は怒りをとおりこして激しい憎悪さえおぼえたのだ。つい今しがたまで信じられると思っていた人間の善意の心が、一瞬のうちに崩壊するのを呆然と感じていた。それは自分の高慢さにたいする、いいようのない腹だたしさでもあった。

自分は何一つ分かっていなかった。彼らの行動も、その心情さえも。

そうしてあれほど身近にいながら四郎右衛門から聞くまで、加乃のかくされた生い立ちやキリシタンの信仰のことも、気づいてさえいなかった。金弥の事件があったとき、不自然さは感じつつ、結局彼女の口からは何も聞けなかったし、力になってやることもできなかった。そうしてついには自分の身代りに、加乃を死なせてしまった。

こうしてみると、自分はたしかに馬琴が批判したとおり、鼻もちならない高慢な女なのかもしれない。世界中に苦しむ人々の力になりたいなどいって、たった一人の娘を救うこともできなかったのだ。

そう思うと馬琴があれほど徹底して自分の『独考』を批判した真意は、やはり自分の眼を覚ますことにあった、そう信じられるのだ。

真葛は身をすくませた。顔が火のように火照ってきた。なんということだ。そんな馬琴の師としての深い思いやりにも気づかず、自分は『独考』が出版されないことに、ただ自尊心をうちくだかれ、屈辱ばかり感じて、自分を認めようとしない馬琴を、世間を、ただ怨んでいたのだ。

そう思うと、いてもたってもいられない。自分はこの先死ぬまでに、なんとしてでも師としての馬琴の厚情にこたえねば、そうしなければ人としての価値もないようにおもわれる。そう激しくおもいつめると、真葛は文机の前ににじりよった。そうして馬琴の批判をうけてから、みるのも苦痛でしかなかった『独考』を、ふたたび広げてみた。

すると半年あまりもの間に馬琴からもらった様々な文や和歌がでてきた。それらを見ると真葛の眼から涙があふれた。そこから垣間みる馬琴は、梼子が憤ったような偏屈な老人なのではなく、本居宣長や紫式部を理解する柔軟で包容力あふれた、なかなか魅力的な人物におもわれた。仙台の書肆からとどけられる馬琴の読本は、それこそ息もつかせぬ奇想天外の連続で、その面白さは群をぬいていた。それも本来の豊かな才能のたまものだろうが、また彼自身が言うように、日々刻苦を重ねて研鑽した学識の深さにあると知って、真葛の尊敬の念はいやがうえにも増した。そうして自分はこれほどの師にめぐりあえた、弟子は一人もとらないと公言してはばからないあの馬琴が、自分にみせてくれた数々の好意が、真葛の胸に潮が満ちるように熱くこみあげた。

そうして『独考』が世にでたら、真っ先に江戸の馬琴のもとをたずねる気持ちでいたことまで苦い後悔とともに思いだされてきた。

日々執筆におわれる馬琴の立場にたてば、分かるはずだったのに。それなのに、自分はしびれをきらして、『独考』の出版を催促した。書肆に早く書くようにとおいたてられている馬琴には、それがどれほど腹だたしいことだったか、わざわざ絶交状まで添えるくらいだから、いかに馬琴の怒りが激しかったことか……。

ああ、今さら後悔しても、すべては遅すぎる、いえ、……まだ間に合うかもしれない。

真葛は馬琴の『独考論』をひも解いた。そうして虚心で読みかえすと、以前は辛すぎた批判も胸にしみてきた。

とくに真葛が、貨幣経済の浸透で、世の中が「金銀争ういくさ心の急」なる現状を憂いたことに対して、馬琴自身も、理想的古代以降は、正直者が少ないのが世の常だと言っている。ただ真葛が国学とくに本居宣長の影響を受けたことを指摘し、宣長の功績は認めても、真葛が安易に儒仏を排斥したことを批判して、
人の知が進んで、いにしえのように神をまつるだけでは正直な心にならず、世が治まらなくなった。そこで日本では、「から国の文字を借り、からくになる聖人の教えにもとうけて、善道におしえ導き、又すえずえなる愚民には、仏のおしえをも借りて諭す」ようになったのであり、それを認めないのは「心せまきわざ」だという。

そうして真葛が、自分たち兄弟が「聖の道」を守ったため皆苦しんだとして、儒教批判の根拠の一つにしたことに対して、

「孔子は現世では志しを得なかったが、彼の説いた道は今も世の人の師であり手本である」と述べ、「幸と不幸は天命なり、道にそむいて幸いあらんより、道を守りて不幸ならんことこそよけれ」と、諭してくれた。

こうして今あらためて考えると、馬琴の思いやりがやるせないほど伝わってくる。馬琴は、ただ自分の「心せまきわざ」「おもいあがり」を、正しく導こうとしてくれている。

真葛の胸に馬琴との悩ましいやりとりがおもいだされた。それは女の直感のようなもので、真葛を一瞬ふるいたたせた。

それに弟の源四郎の死後にいだいた儒教への懐疑も、日本人の正直さ、善良さとみれば、西洋にはない「徳」「道」であり、それはとりもなおさず馬琴のいう日本人が古来より仏教、儒教を信奉することで持つにいたった美徳、正直人である善の心ともおもわれた。

そういえば栲子から面白い話を聞いた。栲子が仕えていた定姫は田安家の出で、松平定信の妹であった。ある日定姫のもとに定信がやってきた。彼は寛政の改革の立役者で世間では蘭学嫌いで通っていたが、なかなかの阿蘭陀通で、その日もエンゲルベルト・ケンペルの『日本志』という書の蘭訳本を見せた。ケンペルは元禄の初めごろオランダ商館付医員として二年間日本に滞在し、そのとき触れた日本の国情の醇風美俗を賛美している。定信は、「まことにわが国ぶりの素直なことは、異国の国ぶりが比肩することもできないほどであろう」と、ヨーロッパ人の目から見た日本人観を得意げにひろうしたという。

そんなことも思いだされた。たしかに自分は『独考』で、「唐文は……見もしらず、仏の文は一ひらも聞もしらず」と、儒教批判をした。だがそれは儒教を信奉して下々の暮らしぶりに目をむけない、いわゆる為政者の無策を批判したので、古来日本の神々はもちろん、仏教、儒教が人々を善導してきたこと、それが正直日本人の本来あるべき美徳につながってきたことをも否定するものではなかった。源四郎や伊賀の行為のなかにある滅私奉公の精神は、「女の道」をきわめようと懸命に生きてきた真葛自身の、人生を貫く生き方そのものでもあったのだから。

真葛は自身も気づかぬうちに、馬琴の影響をうけつつあった。それにあれほどの好意をしめしてくれた馬琴だもの、本心では自分のことを気にかけてくれているにちがいない。そうして今いちど、どうかして馬琴のめがねにかなう論文がかけたら……彼は、きっとおもいなおして、『独考』を世間にひろめてくれるかもしれない、そんな期待にもかられた。

真葛には馬琴の手の平を返したような辛辣さ、その底にある屈折した心理はとうてい理解できないものだった。父平助のもとでの好奇心にあふれた闊達な日々、それから伊賀との穏やかな夫婦の暮らしぶり、それは相手の心を慮《おもんぱか》ることもなく、若木がそのまま年輪を重ねたように、何の節もなく、すくすく伸びたようなものである。

彼女は素直に馬琴の心を知ろうとした。それは他ならぬ馬琴が自分のために精魂かたむけて著してくれた『独考論』を、一層深く読みこむことであり、馬琴の意見に謙虚に耳をかたむけることだった。真葛は毎日の日課のように馬琴と、彼の心とむきあった。

そうして気がついた。自分は『独考』で、意見を保留した箇所がある。オロシヤに吹き流された仙台の若宮丸号の乗組員の事件にたいして、自分は放置した国の意図を見極めるべきだとは言ったが、結論は保留していたのだ。

あのとき自分には、どうにも考えがまとまらず、思い悩んでいた。だがそれこそ今自分がぶちあたっているキリシタンとキリシタン国に対する問題なのだ。

たしかに自分はオロシヤの自由な結婚制度や社会のありかたを、うらやましいと思っていた。オロシヤの王は、外出も四、五名の供をつれただけで自由に市中を歩けるという。

なんと合理的なことよ。それにくらべて日本では将軍家はむろん、各藩の大名行列など、贅をつくして仰々しい。真葛のような身分の婦人でさえ供は四、五人もつくのだから、これほどの無駄はない。

これらの費用を削減しただけで、庶民はもっと楽に生きられるのではあるまいか。

だが、その反面、万事に合理的で信仰心に厚いと思われるオロシヤが、抑留した他国民の食を干すように、キリシタン国に捨て置いたという事実は、どう考えたらいいのだろう?

真葛はあらためて『独考論』の中から馬琴の見解をよみかえした。

彼は、真葛の危惧を一笑にふして、すこぶる明快にこう断定している。

――なにも取り立てて論ずるにはおよばない。なぜなら、紅毛人《おらんだびと》は狡滑だから、日本人が帰国するようなことがあると、いったんは日本に送り返すと約束しながらそれを実行しなかったことが露見して、交易に不利をきたす。

そこで日本を憎むことははなはだしいキリシタン国に捨てておけば、直接手を下さぬとも死にいたるだろうから、知られずにすむと判断したのだろうと。

そうして馬琴は、

……紅毛人は「智術」にたけてはいるが、「道」が行われていない「えみしの国」（野蛮な異民族）だから、約束を守らないのは当然だとして、「キリシタン国」の日本への敵意や悪意を当然のこととしている。

真葛は微かに困惑した。たしかに若宮丸号の一件は仙台藩でも秘事とされており、一般には知らされてはいない。だから馬琴がそれらの知識がないのは無理もないのだ。馬琴ほどの人物でも、オロシヤの宗教を、「回々教」（イスラム教）と推測しているくらいだから。

だからだろうか、馬琴にあっては、オロシヤもオランダ人も、すべていっしょくたに紅毛人「えみしの国」として夷狄《いてき》視《し》している。

真葛はそれに気づくとぶるっと顔を震わせた。

師である馬琴にも情報のない「キリシタン国」オロシヤの問題を、自分なら独自に考えることができるかもしれない。それは本来日本人が徳としてもっている正直な心が、貨幣経済の浸透で金銀を争う心の乱世に陥った。その失いつつある日本人の心を取り戻すにはどうしたらいいのか、『独考』の一つの主要な課題でもあったこととへの新たな解明につながるかもしれない。そうすることは、異国の邪法を信奉した加乃の心を知ることにもなり、彼女を死なせたことへの贖罪《しょくざい》となるかもしれない。

そう思うと胸につかえた重苦しい気分から一瞬解放される気がした。

自分にはまだ役割がある。書くべき問題が、のこされていた。

あらたな目標は、真葛をふるいたたせた。

眼をとじると、遠い夏の日のことが甦る。真葛は瑞鳳寺の山門を見あげていた。山門をくぐると鐘楼が見えた。立ちどまってながめていると、

「奥方さま、暑いですな」南山禅師が鋭い目になつっこい笑みをうかべて近よってきた。

「さっさっ、冷たいものでも」

禅師の居間にとおされると、彼はみずから冷たい井戸水をくんで、すすめてくれた。

それから机の上にあった色紙をひょいととると、真葛にわたした。

天下山水あり、おのおの一方の美をほしいままにす。

衆美松島に帰し、天下山水無し。

さても達者なものよ、ひょうひょうとした南山の歌と筆づかいに、惚れぼれとした。

みちのくに嫁いだばかりのころ、真葛は松島を旅した。最初はなんの変哲もない風景におもえて気落ちしたが、五大堂の建っている島まで渡ってみて、はじめて、

じつにたぐいない景色であることよと、ようやく思われるようになった。

そうして船にのったとき、「ふなばたに手さし出でて、あやまちなさせ給ひそ」そういった船頭の言葉に、ひどくうたれた。

松島をめぐって真葛は紀行文をあらわした。南山はそれをよむと、

「めずらしい。女性の文章はまず感性がはたらくが、奥方さまのは、実感を認識にまで深めておられ

る」感慨ぶかげにいった。

その夜、南山から借りた書物を夢中でよみふけった。

雑談のおり、島原の乱のことが話題にのぼったのだ。南山はことさら自分の意見をいわなかったが、島原の乱の後書かれたという鈴木正三の『破吉利支丹』、さらには鈴木とも知己の間柄であるという豊後国臼杵の臨済宗の僧侶、雪窓宗崔《せつそうそうさい》があらわした『対治邪執論』――いずれも反キリスト教の書であったが、見せてくれた。

鈴木正三は元家康の家臣でのち出家して禅僧になった。彼はその書のなかで、キリシタンの神、デウスについて、「万物を造ったデウスが、なぜ他の国々を捨て置いたのか。そこでは諸仏が次々と現われて衆生を救ってきた」ではないか、と批判している。

さらに雪窓宗崔にいたっては、キリスト教の布教は、キリシタン国ヨーロッパ列強の植民地政策の一環としてなされたもので、信仰だけではない。もし彼らが純粋に布教だけを目的として来日したら、これほど広範囲に影響をおよぼさなかった、と、その侵略性、徒党性を鋭く指摘している。さらにキリスト教の他宗派を学ばない独善性のせいか、島原の乱に見る信徒たちの異常な団結ぶりを警戒していた。

ちょうど読み終えたとき、南山禅師が屋敷をたずねてくれた。

真葛はうれしそうに借りていた二書を禅師の前においた。

「ながくお借りして、あいすみませぬ」

「いやいや、それよりお役にたちましたかな」

「ええ、でも……よく分からないこともございます」
「それは、そうでしょう」
「たとえば、わたくしは、人が死んだら黄泉の国にいく、そう教えられてきました。でもキリスト教では、人は生前の行いで、天国にも地獄にもいく、と。まことさような世界があると、お考えですか？」
「難問ですな」南山は言明をさけ、にやりと大きな口で笑った。

その夜、真葛はいつまでも眠れなかった。南山禅師は明言をさけたが、彼がキリシタンの教義に批判的なのは直感でわかった。それは加乃の短い一生に責任をおってしまった真葛には、共感できる感情だった。真葛には、遠いみちのくのキリシタンが信仰を守る生きざまに、ある悲しみと疑問をおぼえてならないのだ。

みちのくの布教は貧しい製鉄師からはじめられた。西国では宣教師らは大名や有力者の権力の庇護のもとに布教につとめたというのに、みちのくでは、おなじ鉱山で働く人々が、貧しき人々、下々の人に利をみせて、その心をとらえていったという。彼らは鉱山の過酷な労働のなかで、まじないを唱えれば鉄がよく溶けると信じて、いまの苦しい暮らしも、やがてゼウスが降臨して、来世には救われるという教義を心のささえに、かくれキリシタンとして信仰を守って生きてきた。

だが昔から日本人は様々な神々をあがめてきた。それらの神々はいつでも身近にいた。そうして仏教も決して排他的ではない。こうおもうと馬琴が信奉する儒教さえ、日本人の善の心を形成してきたとも、考えられる。

そう思うと、オロシヤが国王はじめ大部分の民衆が一向宗であることが、不自然な気がしてきた。真葛の中ではどんな神もしょせん人間が考え出したもので、絶対とはおもえない。だがキリスト教は一切の他宗を認めようとはしない。日本より文明が進んでいるオランダにして、キリシタン国である以上、人々は同じ神を信じている、この不思議は真葛には異様で、恐ろしくさえ、おもわれた。

それは仏教も儒教も相対化して、動かぬものは、めぐる月日と昼夜の数、天地の中の浮きたる拍子なり、そう考えた真葛には、すんなり受け入れがたいことでもあったのだ。

そうして、あらためてオロシヤが国として仙台藩の漂流民に対してとった約束不履行の行為の原因を考えると、それこそキリシタン国オロシヤの国としての優越感が背景にはあるのではと、思い知らされた。

つまりオロシヤにとってキリシタン国こそ世界の文明国で、それを信仰しない日本などの国々は、野蛮人が暮らす未開な土地でしかない。そのような国との交渉が対等でないのはむしろ当たり前で、さらにこの考えを一歩踏みこむと、背景にはキリスト教こそが全世界の民衆を救うことができるのであり、そのデウスの神こそ唯一絶対の存在である、という結論にいきつく。でも、それは、はたして本当にそうだろうか？

幼い頃から真葛の中では、不動尊のお告げとか、身近にさまざまな神や仏の存在を感じてきた。日本人ならその感覚はわかるはずだ。それなのに神は唯一ゼウスのみで、他を邪宗として異端視するキリスト教とは、なんと日本人の肌になじまぬ教義だろうか。

真葛は身震いした。加乃は、おそらく四郎右衛門がはからずも言ったように、五歳だった彼女は、火あぶりの刑に処せられた身内の殉教を見ていたのかもしれない。そうして無意識に火を怖れ、かつ、火を放つ行為をくりかえした。おそろしい推定だが、そう考えると加乃の不可解な行動のつじつまがあう。

まだ少女にすぎない加乃のことをおもうと、あまりに無残で、真葛は敵愾心《てきがいしん》さえおぼえた。こうして考えると、異国の邪法（キリスト教）とは、なんと日本の風土になじまない、そう古来日本人が親しんできた自然や神々との穏やかで調和的な感覚とは、あまりにかけはなれたものなのだろう。

真葛はうちのめされた。

自分はあれほど身近にいた加乃の心の闇がわからなかった。そうして自分の無知が、加乃を死においやったのかもしれない、そうまで自分をおいつめていた。

真葛は硯に水をいれて、指先の痛みをこらえて墨をすりはじめた。ご禁制のキリシタンにふれる論をかくことは勇気がいる。それにキリシタン国オロシヤの情報は仙台藩の秘事で、これらの知識が表沙汰になれば、藩に問責されかねない。只野家の当主のみならず木幡家にも禍は及ぶかもしれない。只野家の家刀自として、万に一つもそのような事態は避けなくてはならない。それは気が重くなるような無謀な試みにおもわれた。でも自分にはもう残された時間はわずかだ。いま書かなかったら時を失し、悔《くや》むだけだ。真葛はご禁制に触れぬように、ここは識者である馬琴の意見を前提に論をおこしてみることにした。

馬琴にとってはオロシヤもオランダも、それキリシタン国であり紅毛人《おらんだびと》である。それで真葛もオロシヤをオランダに置きかえてみた。さらに、理想的古代以降は、正直者は少ないのが世の常だという馬琴の意見を受け入れて、時代が下る、人の代が替わる、生まれ替わるにつけ、「直人」（正直者）は、稀となると表現するなど、馬琴の影響をうけつつ、自分の理論を構築するという、ある種の危険な賭けにでた。

それは師である馬琴の学識と、自分にみせた厚情への心からの尊敬と敬愛でもあり、それゆえ彼が指摘したように「おもいあがり」「心せまきわざ」に陥らぬよう、みずからを律する試みでもあった。

だがそれは自分に足枷をはめたようにあまりに不自由で、かつて『独考』を一気に書きあげた情熱はどこからも湧いてこなかった。しかも言いたいことの一つも公然と口にできないもどかしさに、何度も唇を噛んだ。そうして論が論をなさなくなることに苛立ち、無理やり結論づけようと焦ると、筆は自分の意思にかかわらず、たよりない帰結をもたらした。

こうして書くことに何の意味があるのだろうか？　疑心に責めたてられ、それでも筆を置くことは、自らの敗北につながる。そう考えることは、ただ恐怖でしかなかった。しかも筆をとっても文字がぼやけて、書くのも読むのも不自由でしかない。腕の痛みは四六時中おこって、あまりの不甲斐なさに情けなくなる。思わず涙をぬぐうが、老いを感じるたびに、自分に残された時間の少なさに愕然とした。せめてあと一年、いや半年、三月、命があるようにと、今では願うばかりになっていた。何のために、どうして？　など、考える気力もうせて、ただ真葛にとっては『独考』の空白を埋めるのがおのれの最後の使命だと、みずからに鞭打って、不慣れなキリシタンにたいする論考を書きすすめた。

ようやく仕上がった。
真葛は自分があらわした最後の小論を手にとってながめていた。

異国より邪法ひそかに渡《わたり》　年経て諸人に及ひし考
日本は正直国也　年増に人の心正直ならす成りしは　邪法のわさ也
（異国より邪法がひそかに渡ってきた。何年かたって人々にその考えが広がった。日本は本来正直国である。その人の心が年々正直でなくなってきたのは邪法のなすせいである）

――しかし、いつとは知られず異国より渡ってきた盗法があり、これが人の心を悪に導く邪法＝キリスト教である。これを盗法というのは、日本を盗みとらんと、ひそかに渡ってきたものだからである。この邪法を信じる人は、心底に邪法を大切におもうゆえに、現実に父母や妻子が苦難にあっても心を動かされない。つまり誠の愛をもたない。

こうした世の中では、儒教を奉じて「身の不幸は天なりとおさめて嘆かぬ」ような人々は、嘲笑の対象とされ、「直人」は追いやられて世を嘆くことになる。

さらに儒仏の法を善法と信じて守っている日本のような正直国にひそかに渡りし邪法は、まず下々の人から導いた。これが徐々に広まって、いまでは世を乱そうとしている。

邪法を信じる人々は、食事を一番のたのしみとし、淫事を食事とひとしく浅く考えて、一時を楽しみ、大切な恩愛にかかわらぬことを、男女とも手柄としている。

このような風潮をあらためて、今こそ正直国日本の心をとりもどさねばならない。

それにはキリスト教国に漂着した仙台の流人がされたことに学んで、「食を干す」ことで、邪法に惑わされた人々を懲らしめることである。

それでも日本人の心にかえらぬものは、大晦日や節句の夜にやってくる江戸物乞いが、門口にたって「いかなる悪魔が来るとも、この厄払いがひっ捕え、西の海とは思えども、ちくらが沖にさらり」と唱えるように、船につみて、西の海に沈めればいい。

オランダは西より来たときく。このオランダこそ、悪魔を日本に入れたのである。

これを西の海に払えば、日本の悪人はいなくなり、国も清まるであろう。

筆をおくと真葛は深い疲労と混乱におちいった。オロシヤをオランダと置きかえる、だがオランダは、キリスト教を布教しない約束で長崎に住むことを許されている、識者には矛盾としてうつるだろう。さらにキリスト教国への敵意を若宮丸号の事件にみるようになっていた真葛には、仙台藩も警備にあたることになったオロシヤ船の蝦夷地襲撃事件から、彼らは日本を盗みとろうとしている、そう想起した。

日本を盗む、それは彼らが信奉する邪法（キリスト教）のせいで、日本の人心を悪化させたのもこの悪魔のせいである。そうして悪魔を入れたのは、オランダである。このオランダは西から来たのだから、西の海に払えば、日本は清らかな国になる……

真葛は力なく首をふった。あれほど考えぬいたキリシタンへの問題にも、直接触れられぬばかりか、あえて無視した。自分はなにを怖れている？　みちのくのかくれキリシタンの問題をとおして、日本人にとって信仰とはなにか、そうして日本人の心を形成している様々な要素を見いだし、心の乱世からの脱出を考えたいとおもったのに。

それに日本は長く鎖国している。それも邪法であるキリスト教を排斥するのが一つの意図で、そのため日本のキリシタンの信者は壊滅的打撃をうけた。いまだにかくれキリシタンも確かに存在するだろうが、その数は日本国の存亡にかかわるほどではない。ましてや今の世の人心の悪化に直接つながるともおもえない。それなのに、いまさらオランダが日本人の心を盗みとらんとして邪法をもちこんだとして、オランダを西の海に払えば、すべてが解決するなど、どうしてそんな結論になるのだろう？


真葛は自分が書いた文章を、信じられない無残な思いでながめた。

それは自分が『独考』で主張した意見とは、あまりにかけ離れている。

日本人の心が悪化したのは、貨幣経済の浸透で、世の中が金銀を争う心の乱世におちいった。さらにそれを解決すべき為政者が、儒教の規範に心を縛られ、独自に対策を講じることを怠っている、その無策にこそ原因があると痛烈に批判したのだが。

それが一体どこでどうしてこんな結論になったのか。自分はご禁制のキリシタンを書くのに只野家や木幡家への配慮から、真っすぐ向き合わなかった。それで師とあおぐ馬琴の前提をふまえて論をすすめてみた。だがこうして荒業のように強引にすすめた論は、その根拠もしめせず、当然納得のいくものではなかった。

真葛は深い懐疑と絶望にとらわれた。息をするのも耐えがたく、ただこの惨めな論文を前に、うめいていた。始終いらだって、食事も喉をとおらず、ただ煙草をふかしつづけた。
なにかが間違っている、でもなんなのだ、それが分かるまでは、死ぬわけにはいかない。

いつしか力蝉が、屋敷うちでも鳴いていた。
真葛は『キリシタン考』の草稿から目をはなすと、そろそろと縁側にいざってでた。
庭先をながめながら、「冨美……」無意識につぶやくと、女中がさっとあらわれた。
「……なんでもない」真葛は失望の色をみせ、震える手で煙管をにぎった。
加乃の後をおうように冨美が死んだのは、春先のことである。
そのとき軒先につるした風鈴の音が、チリリン、チリリン、チリリンと、なった。
真葛は微笑んだ。嫁いだばかりの真葛に南山禅師がおくってくれたものだ。
あのとき彼は、笑いながら、朗々たる声で、誰にいうともなく詠った。

渾身《こんしん》是口判虚空《こくう》　居起《きょき》東西南北風
一等冷瓏《れいろう》談己語《こご》　滴丁滴了滴丁東
（体中を口にして、虚空に判定を下し、すべての風の中にその身を置きながら、どの風にも同じようにすずやかに己の言葉を語っている。チリリン、チリリン　チリリン　と）

チリリン、チリリン、チリリン……

太陽が白く輝いた。そのとき不意に一塵の風が吹いて、机の上の草稿が、さっと舞いあがった。真葛は手をのばしてつかまえようと身体をよじった。

その拍子に、激しいめまいにおそわれた。目の前を輝くばかりの光がよぎった。

……この世で動かぬものは、めぐる月日と昼夜の数と、天地の中の浮きたる拍子……

そうだ、儒教も仏教も、キリシタンの教義でさえ、ある意味で人間が魂の救済のため、考えだした思想にすぎない。それを信仰するのも懐疑するのも、人間としては本来自由であるべきなのだ。声にならない叫びが、激情が、喉元をついてでた。

『独考《ひとりかんがえ》』は、まちがっていない。それこそ、自分の真実そのものだ。その証明は、この『キリシタン考』である。もし自分が誤ったとすれば、『独考』を真に理解する人にめぐりあえなかった不幸に、気づかなかったことである。

目の前の樹木がゆらいだ。つんざくような女中の悲鳴がして、やがて静寂がひろまった。

「よい、すべては、終わった。この世は、無……」

真葛の眼に、高く澄んだ青空が飛びこんできた。それは懐かしい江戸の空であった。

二十

馬琴はひさしぶりにおとずれた飯田町中坂の家の前で、男とぶつかった。馬琴を見ると、あわてて頭をさげた。馬琴は首をひねった。どこかで見たような、しかし、誰だったか？

「いまの男はなにしにきた？」

「感応丸を買いに」

「ふん、見たことがある。だれだ？」

「萩さまのお使いで」

おもいだした。気の強い萩尼の従卒だ。

「いつも来るのか？」

「いいえ、たしかこれで三度目……、ねえおまえさん」

おさきは奥の部屋で売薬をまるめていた夫の清右衛門に、物憂げにあいづちをもとめる。

「さようで」

「萩どのは、ご一緒か？」

「さあ？」おさきは顔だけあげて、亭主の清右衛門を見る。

ふたりはそろって首をかしげるが、感応丸を丸める手を休めようとはしない。

馬琴は舌打ちした。そろいもそろって口がおもい。

馬琴は昨年婿にとった新六に自分の町人名を名のらせて、飯田町中坂の家をあたえた。そうして自分は神田明神下の宗伯の家に移り住み、お百と同居している。

清右衛門は寡黙なうえにこまめに働く。その裏表のない実直さを気にいって婿入りさせたのだが、ていのいい下男のようなものだ。神田明神下の家の雑作や、こまごました雑用はすべて清右衛門の仕事で、士分格の宗伯とは歴然たる差をつけた。清右衛門は、こうした人づかいの荒さにも文句ひとついわず、早朝から夜おそくまで、二軒の家を行き来しては滝沢の家をきりもりしていた。

あれから六年か、萩尼の従卒が出ていった戸口を見て、馬琴は感慨におそわれた。目を閉じると、いまにも小柄な萩尼がいきおいよく飛びこんでくる気がする。

馬琴が真葛に、自作の『独考論』を送ったのは文政二年（一八一九）も末のことで、翌年の二月には二通の手紙がとどいた。一通は萩尼からで、彼女は馬琴の仕打ちを、胸せまき極端なる所作と怒って、明らかに怨言を述べていた。

ところが当の真葛からは、丁寧な礼状がしたためられているばかりで、しかも物書きである馬琴が、書肆どもが早く書くよう責めたてるのに、わざわざ二十日も費やして『独考論』を書いてくれた。そのことに心から感謝していた。そうして、この先、永い世に生きている間、この御恩をお返し奉らねばならぬと存じておりまする……など、しおらしいまでに馬琴への厚情の気持ちをのべてきた。

さらに気持ちばかりの品をと、越前産の和紙十五帖、おなじく越前産の鋏、みちのく産の埋もれ木のしおり、筆など、いずれも入手しがたい珍しい品々を、贈ってよこしたのだ。

ただそれだけの、礼節をわきまえた楚々とした文面で、馬琴の『独考論』にたいする反論など、これっぽっちもなかった。

馬琴は内心ひそかに安堵した。

これで良かったのだ。真葛のためにと、あえて批判したのだ。馬琴は自分に言いきかせたが、それでも一抹の寂しさを胸にかかえて、ただちに礼状をしたためた。真葛からはもう一度返礼の手紙があったが、それっきりぷっつり音信はとだえてしまった。

感傷にひたるまもなく、その年の九月には、馬琴に朗報が飛びこんだ。

松前家の美作守が隠居し、あとを継いだ嗣子志摩守章広が当主となると、彼は父の意をうけ、宗伯を正式に松前藩江戸屋敷の出入医に任じたのだ。

馬琴は感涙した。

月俸はたかだか三口、それでも宗伯は、これで町医から士分医師に昇格したことになる。神田明神下の邸内には武家のしきたりにより、式台をつくることが認められた。そして宗伯の父馬琴は隠居格になり、士分の地位を回復したのである。

宗伯が外出時には脇差を帯びる姿を見て、馬琴は胸をあつくした。

その二年後には宗伯は松前藩出入医筆頭に昇格、譜代の家臣並近習格となった。

馬琴の意気はあがった。『八犬伝』が版元の不祥事で一時的に中断された機会に、滝沢家の家譜『吾仏之記』を数ヶ月かけて書きあげた。またこの間、同好の士と「耽奇会《たんきかい》」を発足させ、さらには「兎《と》園会《えんかい》」をつくったが、宗伯もその一員にくわえた。

馬琴は、ついに念願の滝沢家復興をかなえたのだ。かくなるうえは、無残にも若死にした二人の兄や両親の霊にこたえるべく、いまこそ『八犬伝』の戯作をとおして、滝沢家のこころざしを世間にむかってあきらかにすることだ。

馬琴はおのれの使命にふるいたった。しかも馬琴は、京伝とともに、はじめて版元から潤筆（原稿料）を得るという作家としては破格の扱いをうけていた。これは戯作者としてはまったく異例のことで、それだけ馬琴の読本が、多くの読者の支持を得たことによる。

かれは以前にもまして、精力的な日々を自分に課した。

日常の不断の執筆の結果、ついには『南総里見八犬伝』四輯を山青堂から刊行させた。

その間、仙鶴堂、甘泉堂、錦森堂などから、新しい読本が続々とでた。

こうして滝沢家が武家として再興していく足がかりをつかんでいくと、馬琴の胸には、同じ武家の立場から、工藤家の崩壊を嘆いた真葛のことが、痛ましく思いだされてきた。

とくに夕闇せまるころになると、馬琴は執筆にも飽いて、真葛の『奥州ばなし』など、ぱらぱらとめくる。みちのくに伝わる怪奇伝承など一つ二つ読みすすむうち、惹きこまれてくる。

惜しい、じつに惜しい。なにも女だてらにこむずかしい『独考』など著して、世にでようなど勇みたたずに、こうした地方の怪奇伝説を掘りおこしていけば、それなりに評価もされよう。じっさい馬琴には、真葛がみちのくに伝わる怪奇伝承を書いた著作や随筆を、文学性が高いと評価していたのだ。

だが今日、はからずも萩尼の従卒の姿を見て、馬琴の胸にやるせない激情がこみあげた。

交わりを断ったとはいえ、自分のことが気になるのか、丸薬にかこつけてようすを見にくるなど、いかにも気の強い尼のやりそうなことだ。それも、みちのくの真葛がいまいちど自分との交流を秘かに願って、尼にたのんできたのかと思うと、自尊心がくすぐられる。

彼は二階にあがると、深いため息とともに日記にこう記した。

……いと捨てがたき思ひありて、捨てずしてかなはぬ宿世ありての事ならんと、かねてより思ひしなり。これより後、まどろまぬ暁毎に思ひ出て、そのあけの朝、せうそこさへとり出しつつ見る毎に、なみだは胸にみちしおの、ふかき慨きとなりにたり。

それから山積みにされた本のあいだから兎園会の会報をとりだすと、ぱらぱらと頁をめくって「真葛のおうな」の稿を開いてみた。交わりを断った直後に、馬琴が書いた、わずか二十枚ばかりの小文である。

萩尼に、せめてこれを渡してやったら、あの真葛も、自分の深意をわかってくれただろう。馬琴は目を閉じ、深々と息をはいた。

そのとき、階下から、

「父上、山崎さまがおみえです」おさきの気だるげな声が聞えた。

馬琴は、はっと我にかえった。

「なんだ。わしがここに居るのがどうして分かったのか……」

馬琴はぶつぶつ言いながら、階段をきしませる。

「いやちょっと、通りで姿をお見かけしたもんで」

洒落者らしく羽織の襟を広くぬいた山崎が、きんきんした声で言った。

山崎美成は下谷長者町の薬種商長崎長次郎だが、新兵衛となり、いまでは美成を名のっている。二十七歳とまだ若いが、新進気鋭の学才と熱心な研究態度で、馬琴も参加する耽奇会を引っぱっている。ただやたら鼻っぱしが強く、自信家で、先輩をおそれず、言いだしたら後にひかない。

馬琴は彼の態度を、つねづね苦々しくおもっていた。それで馬琴が主唱者となって、耽奇会の同人間に兎園小説の別会を独立させたのも、衝突を避けたい意向だった。それで兎園会に参加したのは、武士、町人、儒者、医師など、好書家、好事家、趣味人、風俗研究家、古物蒐集家などで、その多くは耽奇会と重なっていたのだが。

あるとき兎園会で、美成のことが話題になった。馬琴はつねづね彼の学識には批判的だ。その知識も雑学雑読のたぐいで、研究には体系がなく、独創の見識もないと思っていた。

「まあ読書人で、人のために本箱がわりに重宝」だと、にべもなく言ってやった。

もしやそのうわさが彼の耳にとどいて、抗議のためやってきた？

あれこれ考えながら馬琴は羽織をまとうと、なにくわぬ顔で彼の前に座った。

おさきが茶をはこんでくる。まったく気の利かぬ娘だ。

わしが嫌そうにしているのが分からぬか。茶など飲んで、長居されては面倒なだけだ。

「やあ先生、読みましたよ。兎園小説会の例の原稿、なんでしたか、その……」

わざととぼけて、色白ののっぺりした顔をにやにやさせている。

「それがなにか」

「そうそう『真葛のおうな』でしたな。えらくほめておられたが、真葛のおうなとは、一体全体どこのどなたのことですか。いやもう女嫌いの先生が、ああまでほめるとは、さぞいい女なんでしょうな」

「それを、わざわざ言いに？」

「いやそうではありません。じつは尾張の狂歌師芦辺田鶴丸から手紙がまいりまして、みちのくに旅にでるというんで、ならさっそく先生に知らせようと。どうです。田鶴丸にそれとなく真葛のおうなのようすでも探らせたら」

馬琴は絶句した。田鶴丸はあちこち手紙を送ったようだ。自分だけとおもって、じつはひそかに真葛の消息をたのんだが、美成にまで言うとはけしからん。むかむかしたが、田鶴丸の実家は尾張の呉服町で染物屋をいとなんでいる。狂歌を好んで家業を娘婿に譲って、今では江戸、尾張、京に住んでいた。江戸にくると馬琴の家にたちよるが、風流なようでも出は町人にすぎない。それに最近の馬琴と美成の、いささか険悪な関係まで知ることもないのだろう。

田鶴丸に罪はないか。そうおもうと、馬琴はすこし気持ちにゆとりがでてきた。

「かの婦人はおしいことに儒教的素養がないので、まことの道を知らざるものである。だがはじめから玉工の手を経て、飽かず磨かれたなら、かの連城の価におとらぬ才能を発揮したことであろう、わしはその才をひそかに惜しんでいる。

……わしの『真葛のおうな』を虚心でよめば、そのくらいのことは分かるはずだ。

浮ついた心で発表したわけではない。それにみちのくの怪奇伝承など書いた著作も送られてきている。いずれ兎園小説会にも発表するつもりでいる」

「なるほど、さすが先生はおかたい。ですが先生がここまで褒めるとは、もしや真葛なる婦人は、先生のおめがねにかなった女弟子、それも第一号ということですかな」

「わるいが、これから書肆がくる。またにしてもらおう」

「そりゃ失礼しやした。なにしろ先生は売れっ子だ。こちとらとはちがう」

美成はわざと卑屈に笑うが、新進気鋭の彼は、めきめき売りだして、近ごろでは文壇の寵児でもある。馬琴はさっと座をたつと、階段を蹴上がった。


その田鶴丸から便りがあったのは、翌年の四月に入ってからのことである。

彼は神田明神下の宗伯の屋敷で、執筆にも飽いて庭の雑草をとっていた。

茄子や葱、瓜などの野菜園のほかに医療好きの彼は、狭い庭にびっしりと、花さふらん、まいかい、丁字花、あした草、つわぶきなど薬草や、有用植物などを植え、さながら小薬園のおもむきをなしていた。

馬琴は、お百から手紙をうけとると、何食わぬ顔で書斎に入った。はやる気持ちをおさえかねて、手紙をひろげる。

だが田鶴丸の一行をよむと、馬琴の顔からみるみる血の気がうせた。

……かのおうな、痼症いよいよ激しくて、文政八年某の月日にみまかりし……

田鶴丸は仙台につくと、ほうぼう手をつくして、やっと真葛と親しかったという医師をたずねあて、その死を知ったのだという。

なんということだ、すでに故人となっていたとは……。

筆まめな彼は親しき人々の死を、『著作堂雑記』に書きとめていた。

この日、四月七日、かれは深いため息をもらし、やっとこれだけ書いた。

「件《くだん》の老女は痼症いよいよ甚だしく、終に黄泉に赴きしといふ。予ははじめてその訃報をきいて、嘆息にたえず、記憶の為ここに記す」

真葛はその生来の激しき性質がいよいよひどくなり、ついには死にいたった。

生前彼は真葛のことを「痼症の凝り固まり」とくさしたが、それでもその死にいたる様子を聞けば、彼女は最後まで志しを捨てず、その正義感を失うことはなかった……。

さても、まれにみるすぐれた女性であったか、惜しいことを……。

兎園小説会に『真葛のおうな』を著したのも、虫のしらせであったか。

なんとはなしに胸が騒いだのも、それとなく真葛が死を知らせてきたせいか。

不意に目の前がかすんで、しわだらけの手の甲に涙がぽたりと滴りおちた。

おもえば真葛は誰も師とせず、儒学も学ばず、ただ自分の心だけを指針として、不器用に自問自答しながら、それでも執拗に、ほとんど力業のように議論をおしすすめてきた。

だから真葛自身が整理できていない箇所では、読むにも晦渋《かいじゅう》し、あるいは論理が飛躍しすぎて、彼女の歯がゆさがこっちまで伝わって、あまりの痛ましさに読むに耐えなかった。

それでも既製の概念語にこだわらず、ときに田舎言葉をまじえて、行きつ戻りつ、とつとつと語る文体は、妙に心にのこっている。それは今思い出しても、真葛の意識の底から絞りあげるような、苦しい試みであったろうと、おもわれる。馬琴の胸に、激流のように真葛へのいとおしさがこみあげた。馬琴は目がしらをおさえた。手の甲から涙が溢れでた。

そのとき庭先から宗伯の金切り声がした。

「母上、この林檎の木、また虫に食われております」

「どれどれ、おや、ほんとうに」お百があいづちをうつ。

「治左衛門にあれほど虫がつかんよう頼んでおったのに、さては手ぬきをいたしたか、母上、厳重に抗議してくだされ」

「あいあい」

治左衛門は出入りの植木屋で、秋口に時々作業をたのんでいる。宗伯とお百のやりとりはいつものことだ。馬琴は涙でかすんだ眼で庭をながめた。

松が数本、大槙、山茶花、珊瑚樹がぼちぼち、あとは柘榴や林檎、柿の木、それに葡萄と、果樹好きの馬琴の好みでつくられている。

頬にあたる微風は早くも初夏の熱気がこもっている。

「おや、杏は今年も花もさかず、実もならない。治左衛門が進める言葉を信じて植えたが、やっぱりだめのようです」またもや癇癪をおこしたような宗伯のかなきり声がひびく。

「おやまあ、ほんとだ。柘榴も林檎も、柿も、それなりに実をつけるのに」

「そうです、母上、北にある葡萄など、大木のせいもあって、年々四百三、四十房をみのらせて、須田町の池田屋に売り払うと代金一分二朱にはなって、立派に家計のたしになっているのに」

宗伯が子どものように地団太ふんでなおも息まくのを、お百がしきりとなだめる声を聞きながら、馬琴は草履をつっかけ木戸をでた。

「おまえさま、どちらに?」

お百が不思議そうに声をかけるのを無視して、馬琴は神田明神への急坂をのぼる。それから宗伯があつく信仰して度々参詣していた不忍池の弁財天まで足をのばした。

手をあわせていると、不意に真葛との約束がまだだったことが思いだされた。

あの『奥州ばなし』と『いそづたひ』だけでも、いずれ筆写して世間に著してやろう。

そうすることが真葛の霊をしずめることになる。

ようやく晴れやかな気分になり家にもどると、宗伯とお百がそろって寝こんでいた。

「どうした?」

「父上、もうしわけございません。頭がわれるように痛くて……、母上も、です」

またか。馬琴は暗澹たる気持ちにふさがれた。

そのせいでもないが、真葛の『奥州ばなし』と『いそづたひ』が兎園小説会にでたのは、それから五年ばかりもたった天保三年から四年にかけてであった。

二十一

はやいものだわ、姉が死んで、あっというまに七年が経ってしまった。

霊岸島の松平家の奥座敷で、梛子は毎朝の読経をすませると、いつものように庭におりたった。近ごろではめったに外に出かけることもなくなった。せめて広々とした庭を散策するのが気晴らしともなっている。

風がないせいか、いつになく蒸して、池を一周するうちにはやくも汗ばんできた。

そういえばあの日もこんなふうに、朝から強い陽ざしが庭いっぱいさしこんでいた。

梛子はほうっとため息をつくと、眼の前に楚々とした風情で咲き乱れる菊の花々をながめた。いつもは涼しげな花びらも、熱気でなえたようにぐったりしてみえる。

思えばそれが何らかの予兆であったのか、昼過ぎには飛脚が仙台藩只野家からの便りだと、とどけてきた。何かしら、姉がまた何か書きとめて、おくってきたのかしら、梛子は期待に胸をはずませながら書状を受けとるが、差出人をみて、いぶかしげに首をかしげた。

只野家の当主只野図書由章からの直々の書状であった。姉の手紙で名前ぐらいは聞いてはいたが、自分には縁のないことで、もちろん会ったことさえない。

胸騒ぎがした。姉の身になにかおこったのだろうか、震える手で巻紙をさっと広げるなり、梛子はあっと小さく叫んでその場にうずくまってしまった。

なんと！……只野家からの知らせは、姉の真葛の突然の死をつげたものだった。

しかも、亡くなったのは先月の六月二十六日、かれこれ一月ばかりが経っていた。さらに只野家では、なにぶん急なことでござったゆえ、国許ではすでに葬儀一式とどこおりなくすませて、藩にも報告済みであると、大身らしいそつのなさで伝えてきた。

知らなかった！　栲子がのんきに暮らすうちに、姉は一月もまえに、ひとりさみしく黄泉の国に旅立っていたなんて……。

それにしても不思議なことよ、姉はたしかに六十四歳、世間では老婆とよばれるが、兄弟姉妹のなかでも一番丈夫だったし、とくに病がちだったとも聞いてはいない。

栲子は文机ににじりよると、ただちに返書をしたためた。

只野家の好意に感謝しつつも、自分には姉が突然死んでしまうほど重病をわずらっていたとも思えないし、いかなる事情で死にいたったのか、せめて最期のもようなどお知らせいただければありがたいと。

栲子の手紙に只野家の当主から返事があったのは、二ヶ月あまりもたってのことだった。

当主の由章は目下江戸詰で、詳細がわかるまで日数がかかったと儀礼的に詫びて、医師のことばを伝えてきた。

それによると、姉は老齢のゆえ、老い先みじかい身を嘆いて、ここ数年はひどくふさぎこむようにもなっていた。その結果、はなはだしい痫症にみまわれ、こうじて死にいたったと。栲子は憤慨した。

姉の死が、まるで老齢のせいにされてしまった。だれだって年老いるけど、聡明な姉だけはちがう、胸の奥そこでしきりと叫ぶ声に苦しめられた。

一年ばかりが過ぎたある日、栲子のもとに、遠い仙台から客が訪ねてきた。

木幡四郎右衛門、姉の義弟にあたる仙台藩の武士だという。

四郎右衛門は姉の仏壇に長い間手をあわせてから、栲子にむきあうと深々と頭をさげ、「もっと早くまいりたかったのでござりしが、なかなか江戸に出る機会もござりませんで」と、とつとつとした口調で、ようやくこれだけ言うと、深々と息をはいた。

なかなかの美声である。姉は便りで夫只野伊賀がはりのある豊かな声量の持ち主で、その伊賀に顔、姿形、性格までもよく似ているのが次弟の四郎右衛門だと書いている。

なるほど眼の前の侍は骨格もたくましく、墨をひいたような眉に、切れ長な眼、鼻筋のとおったなかなかの男前である。姉のご夫君である伊賀殿とは、どうやらかような良き殿御でござったか。こうしてみると、姉もあながち不幸せだったとは思えない。

眼を細めて勝手気ままに思いめぐらし、まるで殿方の品定めのようだと、あやうく噴きだしそうになりながら、栲子はこのめずらしい遠来の客に微笑みかけていた。

「遠くからわざわざお訪ねいただき、姉もさぞよろこんでおりましょう」

「恐縮でござりす」

四郎右衛門は栲子の笑顔にはげまされるように、実直そうな眼をむけ、出された茶を飲んだ。栲子は四郎右衛門の長い指を見ながら、何気ない調子でたずねてみた。

「それにしても姉の死はまことに急で、遠い江戸にいるわたくしには、いったい何があったのか、さっぱりわかりませんでした。四郎右衛門殿は、なにかご存知ですの？」

椁子のあまりにアケスケなことばを聞くと、四郎右衛門ははっとしたように息をのみ、眼をふせてしまった。よく見ると、膝においた両手のこぶしが心なし震えてみえた。

彼は、何かを知っている。

椁子は自分の直感をたよりに、四郎右衛門の前に膝をすすめた。

「医師の話では、姉は老齢により先々の不安がこうじて死にいたったと。でもわたくしにはとうてい納得がいきません。姉はひといちばい聡明で、自分のことより、たえず世の中のこと、ひとさまの幸せな暮らしを考え続けておりました。そんな姉が、たとえどれほど惨めに老いようと、我が行く末のことのみ案じて、死にいそぐなど、どうしてありえましょう」

椁子は姉の死以来ずっと考え続けてきた疑問をぶつけると、はたして四郎右衛門はいよいよ困ったらしく、何度もため息をはいていたが、ようやく思いきったように、荷物のなかから一通の書類をとりだし、椁子の前におそるおそるさしだした。

「これは姉上が最期まで書かれておられし、その論考でござります」

「なに、もしや、遺書か？……」

「それは……、何ともわかりもうさず」

四郎右衛門は一瞬ことばにつまった。だが、姉が書いた論考を見せてしまうと、すっと気持ちが楽になったか、その後は椁子の質問にも、ひと言、ひとこと、言葉をえらんで、ていねいに答えようとしてくれた。

それでも姉の最期には立ち会っていなかったようで、突然の死に自分も心底驚いたという彼のことばは信じられた。

四郎右衛門が帰って、栲子はようやく文机の前に座った。姉が最期まで書いていたという論考を開いてみた。

あいかわらず流麗な姉の手蹟をみると、栲子の心は熱い想いにみたされた。姉は、やっぱり老衰なんぞしていなかった。それより最後まで、世の中のことなど考えつづけていたのだ。それは馬琴でさえ認めた姉の「男魂《おとこだましい》」というものであろう。栲子は自分の直感があたったことに満足し、先をあらそうように読みはじめた。

だが冒頭の一文を読んで、栲子は首をかしげた。

異国より邪法ひそかに渡《わたり》　年経て諸人に及ひし考

異国より渡ってきた邪法……、まさか、ご禁制の切支丹に関するものだろうか？

栲子は息をつめ障子の外をうかがう。廊下に誰もいないのを確かめると、文机の前にいざりより、おそるおそる読みはじめた。

しばらくして女中が廊下から声をかけた。

もう夕膳のときだろうか、そういえばいつの間にか障子が陰って薄闇が忍びこんでいる。

「いらぬ。食がすすまぬゆえ」

「なんぞお体の具合でも悪うございますか？」

若い女中の声を無視して、椁子は姉の草稿を前にしきりに考えにふけっていた。

いつもなら姉の書いたものを読むと、心がはずんで愉快になる。姉の斬新な考えや面白い逸話にふれると、その痛快さに、胸がすく思いがしたものだ。

だがこの『キリシタン考』はどうしたことか。姉のこれまでの草稿とはあまりにちがう。

論考の説くところはこうだ。

本来正直国である日本が悪くなったのは、異国から邪法がはいってきたからで、しかもこの邪法をはこんできたのは阿蘭陀である。だから日本国が本来の善き心を取り戻すには、阿蘭陀を西の海にさらりと捨てればいい。阿蘭陀は西の海からきたのだから。


椁子はその夜なかなか眠りにつくことができなかった。遠くはなれていても姉はたえず椁子の身近にあったから、それだけに姉が最期に書き残した草稿のわけのわからなさには心底こまりはてた。仕方なく文机の前に座りなおして、幾度となく読み返して、朝方ようやくうとうとしかけたとき、廊下を忙しく行き来する女中たちの足音で眼がさめた。

朝の勤行のあいだじゅう、ひどい頭痛に悩まされ、朝粥も喉をとおらなかった。

しかたなく庭をめぐるも、頭のなかは姉が書いた不思議な論考のことでいっぱいだった。

たしかに流麗な手蹟は姉のもの、だがその説くところは、これまでの姉がいってきたこととは、あまりにかけ離れている。

日本国に悪をはびこらせたのは、阿蘭陀だというが、父平助が『赤蝦夷風説考』を著わしたのも、彼が深く敬愛する長崎の阿蘭陀通詞や前野良沢、桂川甫周ら阿蘭陀通の知識人をとおして得られた西洋の情報のおかげで、姉は昔ばなしでも自慢そうに書いていたくらいだし……。それに阿蘭陀が長崎の出島に居住を許されたのは、キリスト教を布教しないことが前提だった。だから邪法を運んだのが阿蘭陀だとは、考えにくい。

そんなことも分からない姉ではむろんない。それなのに、どうして姉はいまさらながら論考に著わしたのか、謎は深まるばかりだった。

それに姉は、寡婦となったとはいえ仙台藩只野家の家刀自《いえとじ》である。その立場からして、幕府が御禁制としている切支丹の論考など著わすのは、その説く立場の良し悪しより、お家にとっては一大事、おとがめを受けずにはすむまい。もっとも只野家が姉の論考を知っていたとは思えない。只野家の当主は当時江戸詰だったし、姉が今わの際まで書きためていた文章を、発見できたのは姉と親しかった四郎右衛門だけだったようだ。

梼子の問いに四郎右衛門は、なぜか苦渋にみちた表情をうかべ、しぶしぶながらうなずいた。それにしても、姉に何があったのか、四郎右衛門を問いつめても、一向にラチがあかず、謎は深まるばかりだった。

悶々としつつ、いつしか時間だけが過ぎていった。

小さな池をめぐるうち、栲子の胸にかつての疑問がよみがえった。おまけに夏をおもわせる強い陽ざしにはやくも息があがって、いまいましいことに目まいまでしてきた。

いつまでも若いと思うのは気ばかりで、足も腰も、ずいぶんと弱ってしまったこと。ため息をつきながらも、きょろきょろと腰をおろせそうな木陰をさがしている自分に気づくと、げんなりとしてきた。

そのとき濡れ縁から、女中が客人の来訪を呼ばわる声がした。

「客人？……どなたじゃ」

「はい、あの、若いお武家さまでございます」女中は笑いをかみころして名をつたえた。

渡辺崋山？……

あっ、あの馬琴の家に出入りしていた登、たしか号は崋山といっていた。

栲子はいそいで座敷にかけこむと、姉とおそろいの銅鏡の前にべったり座って、顔を近づけてみる。近ごろは目がぼんやりして、文字はむろん景色を愛でるにも、心もとない思いをしている。

それでも顔をむりやり鏡にちかづけてながめる。五十もすぎると肌にも脂っ気がなくなるのか、青ざめた顔には無数のしわがはびこり、鏡のなかの顔は、これが自分とはとうてい信じられない、寒々しげな老女のものだった。

栲子はいまいましげに銅鏡を鏡台にたたきふせると、いせいよく立ちあがった。そのひょうしに腰がぎくっと鳴った。腰をさすりつつ、墨染の衣をまとうと、背筋をしゃんとのばして、なにくわぬ顔で廊下をすり足でいそぐ。

「瑞祥尼さま、お帰りはおそうございますか」

さっきの女中が冷やかすように、わざと蓮っ葉な声をかける。

それを無視して屋敷の通用口をでると、塀際をのんびりと行き来していた渡辺崋山（登）が目ざとくみつけて手をあげた。

「やあ、萩どの、おひさしぶりです。いきなりお訪ねして、ご迷惑ではなかったですか？」

あいかわらず浅黒い顔に人の好さげな笑みをうかべて、登がちかよってきた。

「いえ、でもわざわざお訪ねいただくなんて、おどろきましたわ。なにか御用でも？」

「萩どの、吉報です。とうとうおやじ殿が、姉上の、『奥州ばなし』と『いそづたひ』に奥書をつけて発表したのです」

「まあ！　まことですの」栲子は驚きのあまり、思わず息をのんだ。

にわかには信じられない。絶縁状までよこした、あの馬琴が、姉の草稿を発表したなんて、しかも今ごろになって、どうして？……。

たしかに姉が生きているあいだは、栲子は馬琴のことを忘れることはできなかった。それもすべて遠いみちのくの姉のためで、もしや馬琴もああまでいったものの後悔して、姉の『独考《ひとりかんがえ》』の出版の労をとってくれるのではなかろうか。従卒に馬琴の丸薬を買いにいかせたのも、それとなく馬琴のようすをうかがうためでもあったのだ。

思わず絶句した栲子を満足そうにながめながら、登は兎園会の冊子から自分が書写したという文書を懐中からとりだすと、栲子の前にさしだした。

「こたびは前回の比ではありません。姉上の草稿そのものを発表したのですから」

登は、姉が死んだその年にも、馬琴が兎園会に書いた『真葛のおうな』の文章も筆写して、わざわざ栲子の屋敷にまで届けてくれた。あのときは所用で留守をしており、戻ってみると文机に兎園会の冊子の写しに登の手紙が添えてあった。

栲子はまぶしそうに登を見あげた。あれからずいぶん年が経ったというのに、登の思いやりの深さはすこしも変わってはいない。栲子は薄い眉をあげて、ひさびさに喉もとまでこみあげた甘酸っぱい感傷に、どぎまぎしながら微笑んでいた。

「登さま、ひさしぶりに日本橋まで、お蕎麦でもいかが？」

「まことに！　それはありがたい。じつは朝っぱらから飛びまわって、腹の虫がぐうぐう泣いておった」

あいかわらずだわ。栲子はふきだしそうになる。登は、たしか姉が死んだ前年に父を亡くして、わずか八十石ながら家督を相続、田原藩の重職の地位を継いだ。しかもその間、若くて娘のような妻女をもらって、すでに子まであるという。

「そうときまったら、萩どの、ひとっ走りいって、駕籠をひろってきます」

「いいえ、今日は暖かですもの。歩いてまいりましょう、そのぶん、たっぷりお腹をすかせれば、おいしくいただけますわ」

「それはいい。歩けば腹がすく。もっともわたしはもう腹の皮が背中にくっつきそうだが、いやいや、萩どののと歩けば、蕎麦を食う楽しみも増すというものです」

登は大股で歩きだした。小走りに後をおいかける梼子は、じきに息があがって、あやうくしゃがみこみそうになる。

「これはいかん。萩どの、やっぱり駕籠を呼びましょう、それともわたしの背中でよかったら、……さ、さ、遠慮はいりませんぞ」

膝をおり腰をかがめてふりかえった登のひょうひょうとした笑顔に、梼子はぷっとふきだし、あわてて目がしらをおさえた。久しぶりに登の情のぬくもりにふれ、梼子は生き返ったように顔をくしゃくしゃにして、腹の底から笑っていた。

姉が死んでからというもの、梼子の日常は一変した。むろん尼の暮らしなど、もともと殺風景きわまりないものだが、それでも姉が元気でいたころは、この世は十分におもしろく、楽しみも多かった。それが突如、姉が死んだ、しかもその最期はただ事ではなかった。

激しい狂気と混乱のうちに、あたかも自死するように、姉は遠いみちのくでたったひとり寂しく死んでいった。

四郎右衛門はけっしてそうは言わなかったが、苦しげな彼の態度がその事実を証明していた。

それからというもの、梼子はたしかに変わった。

これまでのように、気の合った女同士、尼どうし、江戸の町を気ままに散策しながら、和歌を詠んだり、たまには名物といわれる店でたらふく飲み食いしたり、俗世を楽しむ機会もあったが、にぎやかな人の輪のなかで、ふとした拍子に、自分だけがひとりぼっちだと感じることが度重なるようになると、出かけるのがおっくうにもなる。

それだけに、いまの栲子には自分の浮きうきした心の弾みが嬉しくもあり、どことなく後ろめたくもあった。そっと隣を歩く登を見あげると、彼はむかしのとおり、暖かな陽ざしに眼を細めながら、栲子に歩調をあわせるように、ぶらりぶらりと歩いている。

はたして日本橋の蕎麦屋に入るなり、登はなれたもので、「おやじ、蕎麦」と大声をはりあげ、いつもの奥の座敷に陣取った。

店の主人が蕎麦をはこんでくると、登は熱い蕎麦をふうふういいながら、何杯もたいらげた。若い妻女がありながら、登はまるで飢えた子どものように、無邪気な表情で蕎麦に食らいついて、鼻の頭に丸くてぽちぽちした汗まで浮かばせている。

栲子はさっきから登が写してくれた姉の遺稿集に見入るふりをしながら、ほんとうは蕎麦を喰らう登の、どんな表情のひとつをも見逃すまいと、眼をこらして見つめていた。

その登は、熱い蕎麦湯を思いっきりのみこみ、思わず「アチッ」と白黒させた眼をむけて、ぐいっと身をのりだしてきた。

「萩どの、いったとおりでしょう。おやじ殿は、姉上のことを決して忘れてはおられなかった……。おやじ殿にとって姉上は、武家における「家」あるいは「血族」という、自分とおなじ「個」をもつ、共通の自我をかかえた、たがいにわかりあえる存在だった、というより、おやじ殿にとっては、生涯はじめて出逢った真実の心をもった女性でもあった。それゆえ、老いてなお、彼の胸をひたして、生きつづけているのです」

感激屋の登は、自分のことばに酔ったように早くも眼をうるませている。そこには少禄だが家督を継ぎ、妻子をえて、田原藩の藩政に深くかかわる自信が、さらには尊敬する馬琴へのゆるぎない信頼感が、爽やかにあふれでていた。

椅子はくすっと笑った。外見はたしかに脂の乗りきった壮年の登だが、椅子の眼には、かつて馬琴の家であった達者な絵を描く、ちょっと風変わりな若い侍のままだった。

それでも馬琴の兎園会の冊子を筆写し、わざわざ届けてくれた登の好意を思うと、渇ききった椅子の心も体までが、みずみずしさにうるおってくるようだ。

気持がなごんでくると、自分も登のように素直に人の好意をうけてみたい。そう、いつまでも馬琴への恨みつらみを抱いて生きるより、そのほうがずっと生き生きと残りの人生を楽しめそう。姉だって、きっとそう思っているかもしれない、など思うまでになっていた。

椅子は頼もしげに登を見つめると、これ以上ないほど晴れやかな声をあげた。

「登さま、それではいよいよ、姉の『独考』の出版も、まじかということですね」

椅子は屈託なげにいうと、ダメ押しするように薄い唇のはしに笑いをにじませた。

「えっ……」

登は、意外なことを聞かされ、思わず顎を引いた。

馬琴からは、その先の、『独考』のことなど、聞いてもいなかったからだ。

勘の鋭い椅子は登の動揺を見逃さなかった。

「では、うそ、ですの？　馬琴先生は、姉をけっして忘れてはいなかった、先生の胸のうちには、いまなお姉への熱い想いが、みゃくみゃくとなみうっている。そうおっしゃったのは、すべてはざれ言だった、とでも？」

「うそじゃありません。おやじ殿の気持ちはまことです。だが姉上の書かれた『独考』は、公儀の目もあり、これぱっかりはたとえおやじ殿の力をもってしても、かなりむずかしいのでは」

登は、話題が意外な展開をみせたことに、面食らっていた。

「公儀の目ですって？……でも、馬琴先生は、たしかにお約束くださいましたわ。いずれ機会をみて出版の労をとろうと」

「そりゃまあそうでしょうが……」

「それを一方的に反故《ほご》にしたのは、先生のほうですわ。姉は師ともあおぐ馬琴から、絶交状までたたきつけられ、悲しみと深い絶望のあまり、まるで自死するように命を縮めたのですから」

あのときの悔しさがこみあげて、椅子は怒りのあまり細い眼をつりあげた。

「それは！……姉上は、おきのどくです。だがおやじ殿にも考えがあってのこと、これほど公儀の目がうるさくなければ、出版の機会もあったかもしれない。だが幕府の出版統制はきびしく、おやじ殿でなくとも、われらの言動まで見張られているやもしれん」

思わず声をひくめて登は用心深くあたりをうかがう。どこで誰が聞き耳をたてているか、わかったもんじゃない。それほど登の身辺も慌ただしさをましていた。

四年前には長崎でシーボルト事件がおこった。天文方の高橋景保が禁制の地図をシーボルトにわたした嫌疑で投獄され、翌年には獄死している。

もっとも幕府がこれほど危機感をいだいて言論統制にやっきとなっているのも、背景には今年二月ごろから活発になった東北地方の飢饉が引き金になっていた。窮民の蜂起はいまや東北から江戸にまで波及し、江戸でも富豪の打ち壊し騒動を引きおこしていた。

小藩だが田原藩も例外ではない。登も年寄末席の立場から、飢饉に備えて義倉を設ける、さらには海に面する田原藩は独自に国防の任務もあり、それらの対応におわれていた。

その多忙な合間をぬってやってきたが、やれやれ、姉思いの尼さまを、どうやら怒らせてしまったようだ。実直な登は途方にくれた。

「萩どの、しばし、しばし気を鎮められよ。姉上のことは心からお悔やみもうしあげる。おそらくおやじ殿にも人には言えぬ深い事情があってのことだろう。ただこれだけはうそいつわりのないこと、姉上は、あの気むずかしいおやじ殿の心を、はじめてわしづかみにした、たったひとりの稀なる女人……」

だが登のことばは楞子のきっとした声にさえぎられた。

「登さま、姉はさようなお情けをこうほど、いやしくはありませんでしたわ……。出版事情？　たしかに今のご時世ではむずかしいのでしょう。でもそうだとしたら、正直におっしゃってくだされば、姉だって馬鹿じゃありませんもの、時期を待つことにも納得いたしましたでしょう」

たしかにそうだ。登はしぶしぶうなずいた。

「……でも、あの馬琴先生は、そのようにはなさらなかった。逆に姉の『独考』を、ご自身の『独考論』で、こっぴどく批判した。いえ、それは批判というより、もっと惨いこと、姉の考えのすべてを完膚なきまでこきおろして、姉が生きて来た人生そのものまで否定しつくしたのですから。……、姉は、自分の『独考』を、真に理解してくれる人にこそ、出会いたかった、姉の願いは、ただそれだけでしたから……」

言いながらも悔しさがこみあげるのか、栲子は何度も鼻をつまらせ、涙をとめどもなくながした。

「萩どの……」

慰めるすべもなく、登は懐中をまさぐり、よれよれの懐紙をとりだすと、おそるおそる栲子の前においた。

栲子は上の空でうけとると、なおも激しく泣きじゃくりながら、うめくようにことばをはいた。

「姉は、苦しんで、苦しんで、失意のうちに死にいたりました。最後の遺稿となった『キリシタン考』は、姉の遺書そのものですわ」

「なに！……姉上が、いまわの際に書かれた、『キリシタン考』ですって？　それはいったいどんなことが書かれているのだろう」

話題が変わった安堵からか、好奇心のせいか、登はぐいっと身をのりだし、濃い眉をぴくりとあげた。

「どんなって……」

栲子は口ごもり、自分のうかつさにうろたえた。

あの『キリシタン考』は姉の直筆とはいえ、世間に公表するために書いたものとは、およそ考えにくい。それが証拠に木幡四郎右衛門は、只野家にも内緒でこっそり届けてくれたくらいだ。それを百も承知で、たとえ登にでも、うかうかとしゃべろうとしたのは、ただ姉を傷つけるだけのことでしかない。

そのとき登が、手をぽんとたたくと、眼を輝かせながら、栲子の顔をのぞきこんだ。

「そうだ、萩どの、いっそおやじ殿に見せたらどうだろう？　姉上の、最後の論考だもの。おやじ殿はきっと興味をもつ。それにおやじ殿なら、他人には容易に分からんことも、読み解ける」

栲子はあっ気にとられた。登のひとの善さが、なぜか急にうとましくなった。

だいいち姉の『独考』さえ理解せずに、自分の『独考論』で木っ端みじんに罵倒した馬琴が、どうして『キリシタン考』を読み解くことなどできるというのだ。

「分かりませぬ。姉が悶死したいま、姉の真意など、だれにも分からない。むろんあの曲亭馬琴にさえ、分かろうはずもない」

おもわず語気を荒くした栲子に、登があわてて首を横にふった。

「萩どの、それは誤解というものです。おやじ殿は、かの源氏物語の文学性をもみぬいた当代一の知性の持ち主です。姉上が、おそらくいまわのぎわに書いた『キリシタン考』、それを読み解けるのは、江戸いや日本国ひろしといえどもおやじ殿だけ、それこそ姉上の最期のこころ、苦悩までをも分かち合える、姉上にとって、この世にふたりとない人物だからです」

駄目押ししたような登のひとことに、栲子はぎくっと身震いした。

心の奥底の、ひどくやわらかな部分を、いきなり錐で刺されたような鋭い痛みをおぼえたのだ。栲子は一瞬顔をしかめ、どこか放心したような細い眼を宙におよがせていたが、薄い唇はわなわな震えていた。

「萩どの、どうかなされたか？」

登が、腫れものにでもさわるように、おずおずとたずねる。

不意に椅子が、引きつったように笑いだした。

「……とうとう、最後の一人になってしまいましたわ。わたしが死ねば、工藤の『家』もなくなる……」

笑いながら、椅子は涙をしゃにむにのみこむと、きっぱりと顔をあげた。

「曲亭馬琴先生は、その生涯の著作『南総里見八犬伝』で、ご自身の滝沢家の再興をたくされた」

「ええ、たいしたものです」

「そうでしょうか？」

「というと？」

「馬琴先生の頭の中には、いつだって古代の聖人が国を治めた時代の、ええ、『仁』とやらの『理想の王国』しかないみたいですわ。それって、いまのこの時代に、ほんとうに通用しますの？」

「これはてきびしい」

「男のかたが何を夢みて生きようと勝手ですわ。でも女は、そうはまいりませんのよ。この世に生まれついたときから、女にはあらゆる束縛があって、嫁ぐのも『家』のため、どんなに学問をつんでも、学者や、役人にはなれない。馬琴先生の尊敬する儒者にも、ですわ」

「姉上のことは、ただただおきのどくです。だがおやじ殿も、姉上の『独考』を読んで、本心では感心しておられる。出版がむりだったのは、おやじ殿のせいばかりとはいえない」

登は、蛸のように青ざめた栲子の顔をのぞきこむと、心からの同情をこめてさとした。

だが、栲子には、もはや登の声は聞こえていない。放心したまま、まるで念仏をとなえるように、ぶつぶつと口の中でつぶやいていた。

「……真葛、唐文をよむことをとどめられて、不自由なる事、いくばくという事なければ、父の心むけにさへ、うらめしく思う事もありき……。今おもへば、唐心に落いらで有りし故、かかる事も考え伝えられし。さて、父のたふとさもおもひ知られき……」

栲子の眼の前に、不意に姉の顔がうかんだ。

決して美しくはないが、なにかにとりつかれると妖しいまでに輝いて、誰をも魅了してしまう瞳が、栲子にかたりかけていた。

きまじめで不器用な姉は、師ともあおぐ馬琴の教えを忠実にまもって、最後の論考を、これでもか、これでもかと、執拗におしすすめた。

その結果が、あの不可解な『キリシタン考』の論考だった、としたら……。

「姉のいうとおりでしたわ。姉は、唐心におちいることがなかった故で、心を縛られることもなく、だから斬新な発想がえられたのですから」

姉は、最期の瞬間には、おそらく気づいてしまったのだろう。

あの『キリシタン考』こそ、馬琴との決別の書であったことを。

「でも……、姉の不幸は、この時代には早すぎたことかもしれない、姉自身も『天地の間の拍子』にあってはいない、そうもうしておりましたもの」

椁子の青白い頬に、紅いシミがまだらのように醜く浮かびあがっていた。

だがその細い眼は、きらきらと燃えるような強い光をはなっている。

椁子の熱気にあおられたように、登が照れくさそうに頭の毛をむしゃくしゃかいた。

「姉上の『天地の間の拍子』、そうです。わたしも、たしかに合っていない。なにしろ不器用で、先の時代を見通せても、いざとなると情にしばられて、行動がついていかない」

「……そこにいくとおやじ殿はすごい。時代を自分にむりやり合わせてしまう」

「まあ、そんなことってできますの？」

「武士と戯作者、その両方とも手離さない」

「それは、たいそうなことですこと」

椁子は泣いてはれぼったくなったまぶたを赤くそめて、

「たしかに馬琴先生の描く世界は、古の聖人たちの理想の王国を、今の世に強引に再現して力強く描かれてはいます。ですが……」

悪戯っ子のように眼をぐるっとまわすと、登の顔をじいっとのぞきこんだ。

「ですが？」

「その昔、西域では砂にうもれた王国があったといわれています。『仁』の『理想の王国』も、その砂上の楼閣のように、かつてはあったものでしょう。でも今となっては、誰も探すことも、住むこともできない、幻の王国、しょせんは夢物語にすぎませんわ。戯作はそれでも、成り立つのかもしれませんが……、現実は夢ではないのです。姉は、それでも精一杯現実に立ち向かおうと最後まで気力をふりしぼって、生きたのですから……」

※　※　※　※

二年後、その萩尼椿子も亡くなった。奇しくも馬琴の嫡男宗伯が死んだ同じ年であった。

崋山は馬琴から知らせを受け急ぎ駆けつけたが死に目にあえず、死に顔を克明にうつしとった。士分たる宗伯を亡くし、馬琴は再び町人身分となった。その胸中を察すると、崋山は慰めるすべもなく、家を辞した。

見あげると椿子の細い眼のような月が闇の中に鈍い光をおとしていた。

……夢の王国も、しょせん砂上の楼閣……、
不意に椿子の声が、高笑いが、崋山の胸をえぐった。


だがその五年後に、崋山の身にふりかかる危難を、誰が予想しただろうか。

米船モリソン号が日本人漂流民をのせマカオから江戸に向かうも、江戸湾内で砲撃され退去した。

当時著名な蘭学者であった崋山は、『慎機論《しんきろん》』『西洋事情書』の著書のなかで、何が何でも外国船打ち払いは時代遅れとし幕府の政策を批判した。西洋通であった崋山には、ロシア、イギリスなどの勢力

の台頭で、いずれ開国も必要だとの考えを持っていた。

天保十年五月、崋山は北町奉行所に召喚され、吟味のうえ、揚屋入りを命じられ、十二月には幕政批判の罪で在所田原での蟄居の判決をうけ、護送された。

二年におよぶ蟄居中、崋山は絵を描いて、苦しい家計の足しにした。それが幕府に知れた。崋山は藩主に難が及ぶのを危惧《きぐ》して、自刃してはてた。

崋山が死んだそのころ、江戸では両眼を失明しつつも、宗伯の嫁の路に代筆させた馬琴の『八犬伝』が、いよいよ大団円をむかえようとしていた。

かれは、「邯鄲《かんたん》の夢」の故事をひきあいに、読者にこううったえている。


盧生が夢は、五十年、また吾戯墨《わがぎぼく》も五十年、ただ一炊の暇《ひま》ならで、嗚呼《ああ》久しい哉《かな》、吾衰《われおとろ》えたる、吾夢にすら思い寝の、腹稿将《まさ》に尽《つく》さまとす。

(邯鄲の盧生はわずか一炊の間に、一生五十年の夢をみた。これに対して私の文筆の業はもはや五十年、しかし盧生の夢とはちがって、それはそれは長い時間であった。私は衰えてしまったが、その夢にみていた大構想は、いまや果たされようとしている)


それから一年ばかりして、『八犬伝』全九巻は、堂々と世に出た。

その末尾の「回外剰筆」で、馬琴はこう書き記している。

――自分を慕って入門を志望する者は多かったが、すべて拒絶した。それは、著作の苦しさ、ましてや一家の生計をたてることの厳しさを知ればこそであり、さらには能力や意欲において門人として認知しうる者がいなかったからである。

ただ例外として、櫟亭金魚《れきていきんぎょ》と、『独考《ひとりかんがえ》』をもたらした只野真葛だけは別である。

そうして真葛にかんしては、きわめて好意的にこう記している。

嬬婦《やもめ》にして、吾には七《なな》つばかりの姉なりと聞えしに、この老女《おうな》は、書を善《よく》し、歌をよみ、和文《やまとぶみ》もまたつたなからず、かつ、殊《こと》なる男魂《をとこたましひ》をもて、独考《ひとりかんがえ》といふ、議論の書三巻《ふみみまき》と、奥州ばなしといふ随筆一巻《ひとまき》、また磯づたひといふ、紀行一巻、其余も小冊子三四巻綴りしを吾によせて、筆削《ひつさく》を乞《こ》わるることの切なれば、吾已《われやむ》ことを得ず、独考論《どつこうろん》という二巻を編述《あみの》べて、もて是に答にき。然《しかれ》ども是も女流なれば、辞して久しく交《まじ》はらじ。こは文政元年《はじめのとし》のことなりしに、後七稔《ななとせ》ばかりを歴《へ》へ、竟《つひ》に鬼籍《きじやき》に入りしと、風の便りに聞えけり。

これはまったく異例のあつかいだった。

当代一の人気戯作者馬琴が、心血そそいで完成せた畢竟《ひつきよう》の大作『八犬伝』の末尾に、わざわざこうまで好意的に書きあらわした女流など、これまで誰もその存在すら知らなかったことだから。しかもあの極端に堅物で女嫌いの馬琴が名指しで賞賛するなど、みちのくの女流只野真葛とは、いったいなにものだろう？

読者はもちろん、論壇、さらには口がさのない連中など、ひとしきりその話題でもちきりだった。好奇心の強い連中のなかには、わざわざみちのくまで行って、真葛なる女流のことをたしかめようと、旅にでるものもいたそうな。

こうして馬琴が触れたことで、遠いみちのくで埋もれていた真葛の名が人々に知られるようになった。だが、その主要なる著書『独考』は、その後惜しいことに散逸して、原本の行方もわからないという。

それも、馬琴がみずからの『独考論』のなかで、真葛の原文を多く引用したこともあり、それが結果として、真葛の『独考』を、今日世に知らしめることになったとは……。

妖しくも不思議なえにしで結ばれた江戸の当代一の男とおんな、かれらが真剣に魂の火花を散らしたのは、江戸も末期の爛熟の時代が産んだ、一幅の絵巻物であろうか。

それとも、「邯鄲の夢」の故事のごとく、一炊の夢物語であったのだろうか。

（了）

あとがき

　只野真葛との出逢いは、七年ほどまえにさかのぼる。当時仕事に忙殺されて、息抜きにでかけた図書館で、江戸時代の女性思想家である只野真葛を紹介した本を偶然手にしたのだ。

　正直おどろいた。とくに真葛が過ごした娘時代の闊達な暮らしぶり、それも老中田沼意次が全盛だった時期にあたり、真葛は仙台藩医工藤平助の長女として、恵まれた環境で成長した。平助は、仙台藩医としても藩主に認められ、さらに阿蘭陀通詞吉雄幸作やオランダ学者前野良沢など、多彩な人材との交流の結果、みずからも『赤蝦夷風説考』を著わし、田沼意次から、次期蝦夷奉行にといわれたほど、この時代にあっては先見の明のある警世家として評判の人物であった。

　そんな多才で開明思想の持ち主の父のもとで、娘時代をのびやかに過ごした工藤あや子は、当時としても珍しく、生き生きとした活発な女性だったようだ。

　とりわけ印象に残っているのは、藩医であった父の往診の供をした帰り道、あまりに治らない娘さんのことをいぶかり、「どうしてなかなか治らないのでしょう?」とたずねると、父は、「ライ病だからな」と、平然とこたえた。あや子は、これが世にきこえたライ病かとおびえ、「うつらないでしょうか?」とこわごわ聞くと、父は、「ライ病がうつってたまるもんか」と、笑いとばしたというくだりである。

　江戸時代、すでに蘭方医たちの知識でも、ライ病に対する偏見はなかった。そのことへのおどろきと、それがいつのまにか、「ライ病はうつる。しかも治らない」など、偏見と差別にさらされたのがつい最近までのことで、それらを考えると、当時の知識人たちの水準の高さに圧倒されたおもいがした。

ただ、いかに開明的な思想の持ち主の父平助でも、長女のあや子には、女ということで、漢文も論語も学ぶことを許さなかった。そればかりか、弟が仙台藩医として地位をかためるため、あや子に仙台藩の有力者に嫁ぐよう懇願、あや子は仙台藩只野家の後妻として、生まれ育った江戸を離れてみちのくに嫁いでいく。

娘時代の体験があまりに活き活きとしていただけに、仙台藩の大身に嫁いでからは、「かい鳥」とみずからを悲しむように、その叫びは悲鳴のように胸をえぐった。

しかも、父の死後、工藤家を継いだ弟の急死、たくさんいた兄弟姉妹も死に絶えて、いまでは尼になった妹の栲子だけしかいなくなり、工藤家の崩壊を身をもって知ることになった真葛に、追い打ちをかけるように、夫只野伊賀の急死……。

時代はちがいこそすれ、真葛の気持ちは痛いほど、理解できる。

わたし自身も、若かった青春の日々をおもいかえすと、いまだに胸がしめつけられるほど、熱い情熱がこみあげる。それが自分の人生で、もっとも輝いていたあの日々だとしても、その時を呼びかえそうにも、二度と帰らぬ過ぎ去った追憶にすぎないことを。だがそんな過去の積み重ね、豊かな経験があるからこそ、いまふたたび飛翔する勇気もでる。

真葛も、過去をふりかえることから、懸命に脱却しようとする。

そうして真葛、五十五歳の年に、みずからの考えを『独考』として著わし、ふたたび世に出ること、懐かしい江戸にもどろうと決意したとき、その草稿を妹の栲子にたくして、馬琴のもとに運ばせる。真葛の妹、萩尼栲子は、当代一の人気戯作者馬琴にも、臆することなく出かけていき、強引に姉の草稿を渡してしまう。

武士の出である馬琴には、戯作者に甘んじられぬ鬱屈があり、工藤家の崩壊を嘆く真葛にはおもわず共感すらおぼえてしまう。そうしてついには、真葛こそ、自分とおなじ「個」をもった、しかもおのれの『八犬伝』を、真に理解するたぐいまれなる女性ではあるまいか……。

江戸も終わりに近い文化文政時代の文化の爛熟期に、おもいがけないきっかけで文のやりとりをした、時代がうんだ天才、馬琴と真葛、このふたりの関係が、やがて火花を散らして、ついには絶交にいたるとは。

運命とは、ひととの出会いとは、まことに皮肉なものだ。それだけに、おもしろい。

かりに真葛の『独考』が世に出られたら、彼女はふたたび江戸の地をふみ、大名家の奥奉公に、みずからの知識で出仕もかなっただろう。さらには幕末の動乱をむかえた真葛は、世の中の変転をどう観察したろうか。そうして『独考』は、風雲の時代の女性らに、どんな勇気と行動をとらせただろうか。

想像するだけで胸がわくわくする。

江戸時代という制約のなかで、いかに本居宣長の影響をうけたとはいえ、おとことおんなは、あい争うものなり、いや、それぱかりか、生きとし生けるものは、すべてあい争うのが本能である、など、本質をついだ論旨のユニークさには、おんなのもつ本来のたくましいまでのエネルギーがふつふつとたぎっている。

とはいえ、真葛本人は、教養あふれる女性らしく、あまりに奥ゆかしく、ただ精神のみが、清らかすぎて、出版を依頼した馬琴にこっぴどく批判されると、沈黙してしまう。

巨大な父工藤平助の娘として、後妻に入った只野伊賀の男らしさに、真葛は真綿のごとくつつまれて、真葛自身は世間の荒波にもまれることなく、世の中に対しても、ひたすら純粋さを失わずに生きてきてしまったのか。

これに対して梼子は馬琴の態度に激しくいきどおる。尼ながら、さっぱりした気性のせいか、あまり物事にとらわれることなく、自由自在に笑い、怒り、泣いている。

高名な馬琴に食ってかかるわ、姉のために、馬琴の家紋の矢車紋をふくさに染めこむなど、馬琴の気をひいたり、後に蘭学者として名をのこす渡辺崋山にも臆することなく、おもいのたけをぶちまけている。

ちなみに馬琴の『八犬伝』は、わたくしの娘時代の愛読書の一冊であり、熱烈なファンでもある。その馬琴に出版をたのんだ真葛の気持ちはわかるが、馬琴から、『独考論』で痛烈な非難をうけて沈黙してからの真葛の心の闇、死にいたるまでの苦悶をおもうと、やりきれない。

せめて真葛が最後に筆をとった『キリシタン考』の謎に、本格的に迫ってみたい。そうすることで、真葛がなぜ突然死んでいったのか、その鍵を少しなりとも明らかにしてみたい。そう思いいたったのが、本書を書いた真のねらいである。

読者はどうおもわれたであろうか。

平成二十九年三月吉日

小室　千鶴子

編集部註／作品中に一部差別用語とされている表現が含まれていますが、作品の舞台となる時代を忠実に描写するために敢えて使用しております。

参考文献

鈴木よね子『只野真葛集』解説　国書刊行会　一九九四年
関民子『只野真葛』　吉川弘文館　二〇〇八年
関民子『江戸後期の女性たち』　亜紀書房　一九八〇年
門玲子『わが真葛物語』　藤原書店　二〇〇六年
門玲子『江戸女流文学の発見』　藤原書店　二〇〇六年
柴桂子『江戸時代の女たち』　評論新社　一九六九年
工藤平助『赤蝦夷風説考』　北門叢書　国書刊行会　一九七二年
新村出『新村出全集』二巻、三巻　甲鳥書林　一九四三年
只野淳『みちのく切支丹』　富士クリエイティブハウス　一九七八年
高田衛『滝沢馬琴』　ミネルヴァ書房　二〇〇六年
麻生磯次『滝沢馬琴』　吉川弘文館　一九五九年
真山青果『随筆滝沢馬琴』　岩波文庫　二〇〇〇年
佐藤昌介『渡辺崋山』　吉川弘文館　二〇〇五年
渡辺信夫『宮城県の歴史』　山川出版社　二〇〇四年
石井清純『禅問答入門』　角川選書　二〇一〇年
中村吉治『武家の歴史』　岩波新書　一九七二年

真葛《まくず》と馬琴《ばきん》

2017年9月1日　第1刷発行

著　者 ── 小室《こむろ》　千鶴子《ちづこ》

発行者 ── 佐藤　聡

発行所 ── 株式会社　郁朋社《いくほうしゃ》

〒101-0061　東京都千代田区三崎町 2-20-4
電　話　03（3234）8923（代表）
ＦＡＸ　03（3234）3948
振　替　00160-5-100328

印刷・製本 ── 日本ハイコム株式会社

装　丁 ── 宮田 麻希

落丁、乱丁本はお取り替え致します。

郁朋社ホームページアドレス　http://www.ikuhousha.com
この本に関するご意見・ご感想をメールでお寄せいただく際は、
comment@ikuhousha.com　までお願い致します。

 ISBN978-4-87302-651-0 C0093